SWORD ART ONLINE —
015
REKI KAWAHARA abec bee-pee
SWORD ART ONLINE
Alicization invading

「……是你守護的世界喔，桐人。」

愛麗絲・辛賽西斯・薩提

§ 原本是效忠於
「亞多米尼史特蕾達」的整合騎士，
和桐人相遇後突破右眼的封印，
覺醒成為真正的人工智慧「愛麗絲」。

「………………」
桐人 §
迷途闖進神祕「假想世界」Underworld的少年。
為了離開這個世界而到達「中央聖堂」的最上層，卻因為和
最高司祭「亞多米尼史特蕾達」的死鬥而陷入心神喪失狀態。

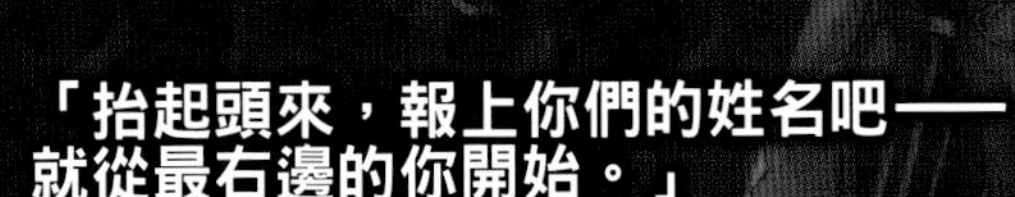

皇帝貝庫達 §

利用超級帳號「暗神貝庫達」登入至「Underworld」暗黑領域方的美國傭兵公司最高作戰指揮者（CTO）。
藉此開始奪取人類首次創造的真正人工智慧「愛麗絲」的作戰計畫。

利魯匹林§半獸人族首領。

伊斯卡恩§拳鬥士公會第十代冠軍。

蒂·艾·耶爾§暗黑術師公會總長。

夏斯達§暗黑騎士團長。

西古羅西古§巨人族首領。

夫薩§暗殺者公會頭領。

「嗨，大小姐。妳看起來
比我想的還有精神，這樣我就放心了。」
—貝爾庫利・辛賽西斯・汪
§
整合騎士團團長。
是愛麗絲的師父，
也是世界上最古老且最強的劍士。
使用斬斷未來的神器「時穿劍」。
「吾師愛麗絲大人！
我就知道您一定會回來！」
—艾爾多利耶・辛賽西斯・薩提汪
§
愛麗絲的弟子，
也是最年輕的整合騎士。
使用能分裂出無數鞭頭的神器「霜麟鞭」。

「叔叔，好久不見了。」
「好久不見嘍，愛麗絲。」
法那提歐·辛賽西斯·滋
§ 整合騎士團副團長，愛麗絲的前輩。
兩人有點合不來。
使用操縱光素的神器「天穿劍」。

「Underworld」全圖

平地哥布林族棲息處
北方洞窟
山地哥布林族棲息處
盧利特村
半獸人棲息處
暗之人族棲息處
東大門
黑曜岩城
「人界」中央聖堂
「黑暗領域」
巨人族棲息處
食人鬼棲息處
世界盡頭的祭壇

插畫／來栖達也

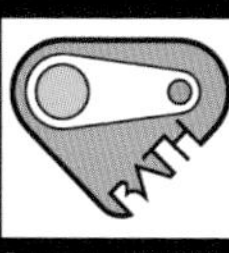

「RATH」的商標

「Underworld」是由「黑暗領域」整個包圍「人界」的形態所構成。
其全景是模仿自「RATH」公司的商標。至於「RATH」則是軍方為了隱藏「愛麗絲計畫」而偽造的民間企業。
商標是由大小齒輪與驅動皮帶所構成，同時也類似豬鼻的模樣。
把這個基本圖樣與Underworld地圖重疊在一起，就能知道帝城黑曜岩城是動力齒輪，暗喻將藉由它來轉動人界這個石臼。

「這雖然是遊戲，
但可不是鬧著玩的。」

——「SAO刀劍神域」設計者・茅場晶彥——

SWORD ART ONLINE
Alicization invading

REKI KAWAHARA

abec

bee-pee

015

第十四章　盜魂者(Subtilizer)　西曆二〇二六年六月～七月

狙擊手有著一頭淺藍色頭髮。

少女般纖細的身體，與巨大的五十口徑狙擊槍呈現不可思議的調和感。

因為她以臥射姿勢背對著自己，所以看不見她的臉。但她一定有宛如山貓般凜然、姣好的容貌吧。

右眼靠在瞄準器，食指按在扳機上，一動也不動地持續瞄準下方道路的集中力確實值得稱讚。雖然很想再繼續待在背後觀看，但剩餘的時間不多了。

離開躲藏地點，開始走在廢棄大樓的地板上。慎重地迴避散布在地面的小石頭、木片以及金屬屑等微小物體，在完全無聲的狀態下逼近少女背後。

少女的肩膀忽然震動了一下。

應該是感覺到聲音或振動之外的某種現象吧。雖然有非常敏銳的第六感，但已經太遲了。

伸出去的右臂纏住她纖細的脖子，然後用左手壓住後腦勺。

在寧靜，但是帶著堅決意志的情況下使勁往上勒。

發揮「軍隊格鬥術」技能的效果，少女可視化的生命——HP條開始急遽減少。狙擊手拚命掙扎，但是這款VRMMO遊戲「Gun Gale Online」，只要STR沒有太大的差距，幾乎不可能空手逃過已經固定的裸絞。不過現實世界也差不多就是了。

其實早就預測到，名為「Bullet of Bullets」的大賽總共二十九名參賽者當中，最想戰鬥……不對，應該說最想獵殺的藍髮狙擊手，會從這棟五層樓建築物的上方進行狙擊了。

問題是不論從四樓還是五樓，地圖上的主要街道都在射程之內。必須迅速做出她埋伏在哪個樓層的選擇。

就常識來說，應該會選擇能盡早進入狙擊態勢的四樓。但是，看見四樓的圖書室時，直覺與理論就同時對自己發出低語。第六感告訴自己，那個狙擊手在現實世界裡應該還是年輕的學生。是學生的話，理論上應該會避開讓人聯想到現實生活的圖書室才對。

結果預測果然中的。藍髮狙擊手浪費了多爬一層樓的數十秒，出現在五樓的倉庫裡。

而現在，她就像是迷途闖進蜘蛛網的蝴蝶，脆弱的生命馬上就要消逝了。

啊啊，如果這不是假想世界裡二進位檔案的減算，而是奪取真實生命的魂魄……

如果在手臂裡死命掙扎的不是遊戲角色，而是玩家真正的肉體……

「那個瞬間」會有多麼美好啊。

表示在視界右上角的狙擊手HP已經不到百分之五。但少女還是為了脫離絞技而拚命掙扎。

即使確定敗北還是不發出無謂的聲音，也沒有放棄掙扎而變得毫無力氣。即使身為敵人，也覺得她這種盡力而為的態度相當惹人憐愛。

於是就像抱著戀人一樣，從後面把嘴巴靠近少女的耳朵，低聲呢喃：

——妳的靈魂一定相當甜美吧（Your soul will be so sweet）。

1

緩緩睜開眼睛。

不知道什麼時候睡著了。看來上週剛買的義大利製沙發有點太柔軟了。身體依然沉在柔韌的皮革裡，瞄了一下左手腕上的智慧型手錶。

凌晨兩點十二分。

站起來後，稍微伸展一下背肌，然後走向南側的玻璃牆。一整面都是由瞬間調光玻璃構成的牆壁，目前是呈現透明狀態，從四十三樓的董事室可以眺望河岸的夜景。

在點起燈的高樓大廈群光線照射下，港口靜靜地發出亮光。長長的棧橋上，拴了好幾艘大型船舶。

那種直線、帶壓迫感的外型並不是豪華客船。它們是屬於美國海軍太平洋艦隊第三艦隊的戰艦。

加州的第二大都市聖地牙哥，長久以來都是與軍事基地息息相關的城市。有超過兩萬五千名軍方人員居住在此地，此處的經濟主要是倚靠巨大的海軍基地支撐。

但近年來已經出現各種急遽成長的新產業。例如情報、通訊、生化科技等高科技產業。

此外也存在把軍事與高科技同時做為武器的企業。也就是主要接受軍方或大企業的委託，幫忙進行警衛、訓練甚至是在戰場直接戰鬥的民間軍事公司（PMC）。

身為總公司位於聖地牙哥鬧區的「Glowgen Defense Systems」的首席技術長（CTO），加百列・米勒一面低頭看著港口的夜景，一面不自覺浮現淺淺的微笑。

剛才那場短短假寐中作的夢，讓他的心情有一點點激昂。

夢境是關於幾天前在這間董事室裡參加的，完全潛行型遊戲內的活動。

加百列幾乎不太作夢，不過只要一作夢，就一定是詳細重現過去的某個場景。雙臂依然殘留著藍髮狙擊手死命掙扎時的舒暢感覺。就好像那不是夢，而是現實一般……

錯了，不是那樣。因為那場戰鬥不是現實，而是在假想世界發生的事情。

完全潛行科技是非常了不起的發明。自己要對開發者Akihiko Kayaba表達無上的敬意。他如果還在世，不論花幾百萬美金也要把他挖角過來。就算他是世紀的超級罪犯也一樣——不對，應該說正因為他是這樣的人才值得挖角。

但是AmuSphere帶來的體驗越是真實，終究不是現實的空虛感就越強烈。簡直就像是不管怎麼喝都無法止渴的鹽水一樣。

GlowgenＤＳ的最年輕董事兼大股東的加百列，過著物質上沒有任何不滿的生活。但是他內心深處抱持的，卻是用金錢絕對無法滿足的渴望。

「……妳的靈魂一定相當甜美吧（Your soul will be so sweet）……」

再說了一次夢中的發言。

其實很想用三年前就開始學的日文這麼對她呢喃。但對方應該認為ＨＰ條上掛著ＵＳ標籤的自己是美國人，必須避免給她太過強烈的印象。將來應該有好好對話的機會吧，到時候還有很多事情想問她。

不自覺浮現在嘴角的淡淡微笑消失後，加百列觸碰埋在窗戶數個地方的觸控感應器來降低透明度。結果變黑成為鏡子的玻璃上就映照出自己的模樣。

將一頭金髮微微往後梳的他，有一雙藍色眼睛。六呎一吋（185公分）的身軀上，穿著白禮服襯衫與深灰色長褲。鞋子是以哥多華皮革特別訂製而成。雖然一看就是一副強烈的白人既得利益者的模樣，但加百列認為自己的外表也不過是一種符號。因為肉體只是包裹靈魂的空殼罷了。

靈魂。

幾乎所有宗教都採用了靈魂的概念。當然基督教也有人死後靈魂將會按照生前的行為而被送往天堂或地獄的說法。但加百列相信靈魂的存在並加以深究，並不是因為他是基督徒或者天主教徒的緣故。

因為他曾經實際體驗，親眼見過靈魂的存在。

在自己的手臂當中，生命即將消逝的少女，確實從額頭升起難以言喻的美麗光芒聚合體。

加百列・米勒是一九九八年三月出生在加州洛杉磯近郊的太平洋帕利塞德這個城鎮。

身為家中獨子的他，在富裕的父母親投注大量精神、物質的愛情下長大成人。雖然生活的宅邸相當寬敞，裡面有許多可以遊玩的空間，但幼年加百列最喜歡的地方是父親的收藏品保管庫。

他的父親是Glowgen Defense Systems的前身，Glowgen Securities的最大股東兼經營者，平常的興趣是蒐集昆蟲標本，寬敞的保管庫裡排列著數不清的玻璃箱。加百列只要有時間就會躲進保管庫，一隻手拿著放大鏡來觀察各種顏色的昆蟲，或者是坐在房間中央的沙發上沉浸於茫然的幻想當中。

獨自在天花板挑高的微暗房間裡，在周圍數萬隻沉默的昆蟲包圍下，年幼的加百列有時會產生奇妙的感慨。

房間裡面所有昆蟲在某個瞬間前都還有生命。在非洲草原、中東的沙漠或者南美的密林裡元氣十足地築巢並且尋找食物。

但是到了某個時候就被蒐集者抓住，遭到藥水處理，經過數次的買賣，最後來到米勒家整齊地排列在玻璃箱裡。也就是說，這個房間除了是昆蟲標本的收藏室之外，同時也是排列著數萬隻遭殺戮屍骸的巨大墓地……

加百列閉上眼睛，想像周圍的蟲子忽然取回生命的景象。

牠們的六隻腳拚命地在空中踢動，也不停振動著觸角與翅膀。無數「喀沙喀沙、喀沙喀沙」的細微聲音重疊在一起，形成清脆的細碎波浪朝著加百列撲去。

喀沙喀沙、喀沙喀沙。

加百列瞬間睜開眼睛。感覺被釘在正面玻璃箱角落的綠色甲蟲，腳好像正在動。他立刻從沙發上跳下來，雖然跑到玻璃箱前面死命凝視著甲蟲，但牠這時已經變回沒有生命的標本了。

如同金屬般鮮豔的翠綠色甲殼、長著銳利尖刺的腳、浮現極小網洞的複眼。加百列想著，過去究竟是什麼樣的力量在驅動如此精緻的物體呢？

父親說過，昆蟲沒有像人類這樣的大腦。他詢問那麼牠們是用哪裡思考後，父親就給他看了一部影像。

鏡頭當中是一對正在交配的螳螂。圓滾滾的母螳螂從背後壓住小小的公螳螂，然後使交配器互相接合。母螳螂有好一陣子沒有動作，但忽然無預警地用雙臂的鐮刀抓住公螳螂的上半身，接著開始大口咀嚼牠的頭部。公螳螂就在加百列帶著驚愕心情的注視下持續著交配，等自己的頭完全被啃光後才分開交配器。然後在母螳螂鬆開鐮刀時，一溜煙地逃走了。

即使完全失去頭部，公螳螂依然攀上樹葉、爬上樹枝，持續以靈巧的動作逃亡。父親這時一邊指著影像一邊說。

包含螳螂在內的昆蟲，全身的所有神經都是腦部。所以就算失去只是感覺器官的頭部，也還能活一陣子。

看見這種影像後，加百列有好幾天都一直思考著那麼螳螂的靈魂究竟在什麼地方。就算頭被吃掉也還能存活，那麼就算失去腿部應該也沒什麼問題才對。這麼說起來，是在腹部還是胸部嘍？但昆蟲們就算柔軟的腹部被壓扁，或者胸部被大頭針貫穿，腳也還是能充滿活力地活動一陣子。

如果失去身體的某個部位都不會立刻死亡，那麼螳螂的靈魂是不是薄薄地散布在全身呢？當時只有八或九歲的加百列，拿家裡附近捕捉到的昆蟲做了幾次實驗後，得到這樣的結論。

驅動昆蟲這種半機械機關的不可思議力量——也就是靈魂，不論破壞哪一個部位都還會頑強地停留在軀殼當中。但是到了某個瞬間，才會覺得已經無法撐下去而放棄，然後捨棄軀殼離開。

加百列熱切地希望能親眼看見離去的靈魂，可以的話甚至想把它抓住。但是不論怎麼對放大鏡睜大眼睛，或者是慎重地進行實驗，都無法捕捉到從昆蟲身體裡脫出的「某種物體」，更不用說能看到什麼動靜了。即使在宅邸後方廣大樹林深處製作的祕密實驗場裡花了漫長的時間與龐大的熱情，也沒辦法實現這個小小的願望。

年幼的加百列本能上理解，父母親不會喜歡自己做這樣的實驗。所以自從螳螂那件事之後，就沒有再向父親問過同樣的問題，也完全沒有透露關於實驗的事情。但越是隱藏，這樣的欲望似乎就越是強烈。

那個時候，加百列有個同年紀的好友。

那是一個名叫愛麗西亞·克林格曼的女孩。身為企業家獨生女的她，就住在鄰接加百列家的宅邸裡。兩人當然念同一間小學，而且兩家人也經常有交流。愛麗西亞是名內向、溫順的少女，跟在外面玩得髒兮兮比起來，她比較喜歡在家裡看書或者錄影帶。

加百列當然也沒有把祕密實驗的事情告訴愛麗西亞，甚至連昆蟲與靈魂的事情都沒提過。但他腦袋裡還是持續思考著這件事。有好幾次加百列都一邊窺看著在自己身邊露出天使般笑容並且專心閱讀著故事書的愛麗西亞，一邊想像著她的靈魂究竟在哪裡。

昆蟲和人類不同。人類失去頭部就無法存活。所以人的靈魂應該在頭部……也就是在腦袋裡吧。

但是，加百列用了父親的電腦上網搜尋後，早已得知腦受到損傷並不一定會造成死亡。也有被粗鐵管直接從下巴往上貫穿腦部依然沒有死亡的建築工人，以及想要切除一部分腦部來治療精神病的醫生。

所以，應該是在腦的某個部分吧。加百列一邊看著愛麗西亞被宛如棉毛的金髮圍起來的額頭，一邊這麼想著。愛麗西亞的靈魂就藏在光滑的肌膚、堅硬的頭蓋骨與柔軟腦組織的極深處。

自己一定會和愛麗西亞結婚吧，稚嫩的加百列心底規劃著這樣的未來。這樣的話，說不定有一天能夠親眼看見愛麗西亞的靈魂。如同天使般美麗的愛麗西亞，靈魂一定是美得筆墨難以形容。

加百列的這個願望，竟然很快地在意想不到的情況下實現了一半。

二〇〇八年九月，巨大投資銀行的破產，扣下了世界金融海嘯的扳機。

不景氣的浪潮也吞沒了洛杉磯郊外的太平洋帕利塞德。有好幾間豪宅遭到出售，路上的高級轎車也變少了。

幸好Glowgen Securities的經營一向是走穩健路線，才得以把影響壓抑到最小，但是隔壁的克林格曼先生經營的不動產投資公司就背負了龐大的債務。隔年四月，失去包含宅邸在內所有資產的一家人，為了投靠經營農場的親戚，決定搬到遙遠中西部的堪薩斯市去。

加百列感到很傷心。以十歲小孩子來說算是聰明的他，了解只是十歲小孩的自己幫不了愛麗西亞，也確實想像出今後有如何嚴酷的環境在等待著愛麗西亞。

擁有完美保全系統的宅邸、每天由熟練廚師製作的三餐、全是富裕白人小孩的學校，這些特權將永遠離開愛麗西亞的人生，改由貧困與勞動來取代。更重要的是，愛麗西亞總有一天理應屬於自己的靈魂，會受到某個不知名的人傷害並且失去光輝，這實在讓加百列難以忍受。

所以他選擇殺了愛麗西亞。

愛麗西亞在學校跟大家道別的當天，加百列把從回家校車上下車的她邀到自宅後面的森林裡。他巧妙地避開設置在道路與家家戶戶圍牆上的所有監視鏡頭，一邊確認沒有被任何人看見一邊走進森林裡，然後走在不會留下腳印的樹葉上，引導愛麗西亞來到被濃密灌木林圍起來的「祕密實驗室」。

不知道過去曾經有無數昆蟲在此喪命的愛麗西亞，當加百列用兩隻手臂繞過她纖細的身體時，也用力地回抱著加百列。愛麗西亞輕輕地啜泣，然後說了不想到別的地方，只想和小加一直在這裡生活。

加百列心裡呢喃著「我會實現妳的願望」，然後把右手伸進上衣口袋，拿出事先準備好的道具。那是父親處理昆蟲用的，帶有木製握把的四英吋長鋼鐵製長針。

他悄悄地把銳利的尖端伸進愛麗西亞的左耳，然後以左手按住她的右耳，在沒有任何猶豫的情況下把針完全插了進去。

愛麗西亞像是不清楚發生什麼事情般，愕然地眨了眨雙眼，接著冷不防身體產生強烈的痙攣。數秒鐘後，瞪大的藍色眼睛失去焦點，最後——

加百列就看見了「那個」。

從愛麗西亞光滑的額頭中央，出現了發出閃閃亮光的小小雲狀物體。它輕飄飄地靠近加百列的眉間，然後毫無抗拒地進到他的頭裡。

春日午後包圍四周的柔和陽光消失了。幾道白光從正上方貫穿高處的樹梢降了下來，加百列感覺自己好像聽見細微的鐘聲。

難以言喻的高昂感讓加百列的雙眼流下淚水。剛才自己看見了愛麗西亞的靈魂……而且不只是這樣，加百列甚至直覺自己看見愛麗西亞靈魂正在看的東西。

光輝的小雲朵花了像是永恆般的幾秒鐘穿過加百列的頭腦，然後在從天而降的光芒引導下持續往上升，最後消失無蹤。這時春日的日照與小鳥的鳴叫聲又重新出現了。

加百列以雙手抱住失去生命與靈魂的愛麗西亞，思考著剛才的體驗究竟是真實，還是因為極度興奮所產生的幻覺。同時他也確信，不論是真是假，自己今後的人生都將追求剛才所看見的東西。

加百列把愛麗西亞的屍體，放進事先在巨大櫟樹根部發現的一個深邃直立洞穴裡。接著慎重地檢查自己的身體，把附著在身體上的兩根長長金髮拿起來，一起丟進洞裡面。長針則是洗乾淨後放回父親的道具箱裡。

即使地方的警察奮力調查，還是無法發現愛麗西亞・克林格曼失蹤事件的任何線索，最後事件只能無疾而終。

從短暫、深沉的回憶裡醒過來後，二十八歲的加百列・米勒把視線從玻璃鏡子上映照出來的自己移開，直接走到放在西側牆邊的辦公桌旁。一坐到挪威製的躺椅上，埋設在桌子玻璃桌面裡的三十英吋螢幕面板就有電話型的圖像閃爍。

一碰之下，隨即出現女祕書的臉龐，同時也有聲音傳出。

「米勒先生，抱歉在休息時間打擾您。營運長(COO)弗格森先生想約您明天一起用晚餐。不知道您意下如何？」

「跟他說我行程都排滿了。」

加百列立刻這麼回答，平常總是很冷酷的祕書露出有點困擾的表情。因為ＣＯＯ可是副社長，也就是GlowgenＤＳ的第二號人物。只不過是十名董事其中之一的加百列——原本不能拒絕這種高層的餐會邀約才對。

但是祕書困惑的表情一秒鐘左右就消失，接著傳出沉穩的聲音：

「遵命，我會如此轉達。」

電話掛斷後，加百列就把身體深深躺進椅子裡，接著交疊雙腳。

加百列已經知道弗格森要說些什麼了。他一定是想阻止自己參加某個「作戰」吧。

但COO內心的想法絕對完全相反。那隻老狐狸心裡一定巴不得我愚蠢地跑去戰場，然後登上戰死者名單（KIA）。因為加百列是前任社長的親生兒子兼公司的大股東。

當然，加百列自身也知道大企業的董事參加實彈到處飛舞的作戰是相當愚蠢的行為。就算有從軍的經驗，CTO的工作也是在安全的總公司辦公室裡訂定整體作戰計畫，根本沒有必要將自身暴露於危險的戰場上。

但是他無論如何都得參加這次有極大內情的機密作戰。因為那個案件與加百列看見愛麗西亞的靈魂之後，就賭上人生追求的事物有直接的關聯。

作戰的委託人不是國防部這個老客戶，而是幾乎沒有打過交道的國家安全局——NSA。

上個月，兩名來到這間房間的NSA探員，讓幾乎沒什麼感情的加百列產生好幾次驚訝的感覺。

首先，這次作戰完全是非法的任務。因為是要Glowgen的戰鬥小隊搭乘海軍潛水艇，然後強行襲擊同盟國日本的船艦。而且就算在交戰中殺害了對方的船員也無所謂。

至於作戰的目的是要奪取某種科技。

聽見詳細內容的加百列，因為過於驚訝——或許可以說歡喜，忍不住輕聲叫了出來。幸好探員們並沒有注意到。

「Soul translation technology」。是自衛隊（JSDF）內名為「ＲＡＴＨ」的小組織所開發出來的，能夠解讀人類靈魂的驚人機器。

身為靈魂探求者的加百列，原本就對在日本出現的完全潛行科技有強烈的興趣。在Gun Gale Online裡和日本的玩家們戰鬥，還學了日文就是因為這個理由。他甚至花了好幾萬美金，買到一台應該全部遭到廢棄的「惡魔機器」NERvGear——當然，不是買來戴在自己頭上。

加百列預測到日本的完全潛行技術的開發，將會因為那款死亡遊戲的騷動而漸趨式微。但是他卻秘密地持續進行研究，終於快要得知人類靈魂的祕密了。

對加百列來說，ＮＳＡ的委託就跟命運沒有兩樣。

雖然是大企業，終究不過是民間軍事公司的Glowgen ＤＳ，當然不可能拒絕現在權力比ＣＩＡ還要強大的ＮＳＡ所委託的案件。急遽召開的董事會裡，以兩票之差決定接下這次的任務。為了防止情報洩漏，參加作戰的戰鬥員都是專門從事暗殺任務，而且個人經歷有些汙點的契約社員——

而加百列則自願擔任作戰指揮官。

當然，公司不會告訴戰鬥員們加百列是Glowgen的董事這個事實。如果他們知道的話，很可能馬上會開始研討背叛公司，綁架加百列要求贖金的可能性，這群人就是這樣的傢伙。

加百列甘願冒這樣的危險，也一定要到現場去。

NSA的探員們曾經這麼說過。RATH藉由STL科技，不只成功解讀，甚至還複製了人類的靈魂。如果被賦予「A.L.I.C.E.」代號的人工靈魂完成的話，就會被搭載到日本製的無人兵器上，東亞的軍事平衡也會就此崩壞。

遠東地區——不對，應該說世界上哪個地方發生紛爭都不關自己的事。但聽見愛麗絲這個名字的瞬間，加百列就下定了決心。

一定要把它變成自己的東西。

無論如何，都要把保存在名為LightCube那個小小媒體裡的靈魂弄到手。

「愛麗絲……愛麗西亞……」

身體依然靠在放下椅背的椅子上，加百列靜靜地呢喃著這兩個名字。嘴角則不知不覺浮現出些許微笑。

由加百列的祖父開創的Glowgen公司，社名是帶有「產生光輝的物體」這種意義的自創名詞。祖父當時似乎是想著幸福的光輝，但身為後繼者的加百列，浮現在腦袋裡的卻只有愛麗西亞瀕死前從額頭飄出來的金色光輝。

產生光輝的物體。也就是靈魂。

這一切全都是命運。

一週後，加百列就要和十一名戰鬥員前往關島，搭乘停泊在海軍基地中的核子潛艇入侵日本領海。在作戰開始前轉移到搭載的小型潛水艇（ASDS）上，對成為目標的超大型海洋研究母船「Ocean Turtle」發動強攻。

雖然不清楚能不能在沒有人員受傷的情況下成功占領，或者是哪一方——又或者是雙方都會出現死傷者，但加百列已經確信自己將得到「愛麗絲」與ＳＴＬ技術。至於ＮＳＡ，只要隨便複製LightCube的資料給他們就可以了。

就快要……就快要成功了。自從愛麗西亞之後，不知道用了幾個人來持續進行著實驗，卻還是無法接近靈魂的本質，但自己馬上要親手抓住成功了。

就能夠再一次看見那美麗的雲朵了。

「…………妳的靈魂……一定相當甜美吧…………」

這次加百列換成用日文再度呢喃了一遍，然後閉上了眼睛。

2

擔任海狼級核動力攻擊潛艇「吉米・卡特」艦長的達利歐・吉利亞尼上校，是一名從清掃魚雷管的小兵一路爬上這個位子的，徹頭徹尾的潛水艇船員。首次搭乘的潛艇是古老的白魚級柴電動力潛水艇，在快令人發瘋的狹窄艦內，不論去到哪裡都有輕油味與噪音。

跟它比起來，世界上最花錢的海狼級潛艇簡直就跟勞斯萊斯一樣。吉利亞尼從二〇二〇年被任命為艦長後，就對艦艇與船員投注了相當大的心力。在嚴格的訓練下，目前高張力鋼板的船體、S6W型反應爐以及一百四十名船員就像生物一樣連結在一起，技術已經熟練到不論什麼樣的海洋，只要水深足夠就可以在裡面任意遨遊。

「吉米・卡特」已經跟吉利亞尼的小孩差不多了。很可惜的是，自己已經到了從第一線上退下來，選擇上陸或者提早退休的年紀，但推薦接任的副艦長格思里一定能成功地指揮本艦才對。

但是──

短短十天前，該艦接到了一件像要讓吉利亞尼晚節不保般奇妙又危險的命令。

吉米・卡特是被設計為支援特殊作戰用的潛艇，搭載了能與海軍特種部隊ＳＥＡＬｓ共同進行作戰的各種設備。搭載在後甲板上的小型潛水艇（ASDS）也是其中之一。

在這之前已經數次載著ＳＥＡＬｓ的隊員，航行到其他國家的領海深處。但目的都是為了保護美利堅合眾國乃至於全世界的和平。要前往戰場的男人們，無疑都和吉利亞尼的部下有共同的使命感。

但是，兩天前從關島登艦的那些傢伙——

雖然吉利亞尼只去後部區塊看過那些乘客一次，但他差點就命令部下把他們趕到深海裡。那十幾個男人完全沒有紀律，有人躺在地板上，有人的耳機裡傳出巨大音樂聲，也有人正在玩牌賭錢，甚至還能看見散落一地的啤酒空罐。那群傢伙絕對不是正經的船員。甚至連有沒有軍人的身分都很可疑。

只有一個人，也就是為了隊員紀律散漫向吉利亞尼道歉的高大隊長似乎還有點禮貌。

但是那個男人驚人的藍色眼睛——

回握男人伸出來的右手之後，眼神和他相交的吉利亞尼，隨即再次感受到長久以來忘記的感覺。

沒錯，那是在加入海軍之前，也就是少年時代發生的事。在出生並且長大的邁阿密海邊游泳的時候，身邊突然有一隻大白鯊超越自己身旁。幸好當時沒有遭受襲擊，但吉利亞尼在近距離下看見那隻鯊魚的眼睛。那是能夠吞沒所有光線，宛如無底洞一般的眼睛。

男人的眼睛深處，也擴散著和那隻鯊魚同樣的虛無……

「艦長，艦首聲納有反應了！」

聲納士忽然傳出的聲音，把吉利亞尼從回憶中拉了回來。

「是核子反應爐的渦輪聲，比對中……聲紋一致，確定是目標的巨大人工母船。距離十五英哩。」

吉利亞尼切換意識，迅速從發布戰鬥指令的艦長席做出指示：

「好，保持目前深度，減速至十五節。」

命令被重複了一次，接著就是一瞬間的減速感。

「知道護衛的神盾艦在什麼位置嗎？」

「目標西南西三英哩處確認到燃氣渦輪引擎聲……查核完畢，是海上自衛隊（JMSDF）的長門艦。」

吉利亞尼死命盯著顯示在正面大型螢幕上的兩個光點。

神盾艦就不用說了，據說巨大人工母船是沒有武裝的海洋研究船。讓這些武裝的混混衝入那艘母船就是這次的命令，而且還是身為同盟國的日本船艦。實在很難相信這是總統或者國防部長承認的正規作戰。

吉利亞尼腦海裡重新浮現直接帶來五角大廈命令書的黑西裝男們所說的話。

——日本在那艘巨大人工母船裡，進行著為了再次跟美國戰爭的研究。為了保持兩國的友好關係，只能在極機密的情況下把這項研究毀掉。

吉利亞尼還沒有嫩到會完全相信他們所說的話。

但年老的他同時也知道最後自己除了執行命令之外就沒有其他選擇了。

「客人準備好了嗎？」

低聲向站在旁邊的副艦長做確認。

「在ＡＳＤＳ內待機中。」

「好……那就維持目前的速度，上升到一百英尺！」

壓縮空氣將壓艙水箱內的海水推出，產生的浮力抬起「吉米‧卡特」的巨大軀體。和光點的距離緩慢但確實地減少。

日本人研究員會出現傷亡嗎？恐怕難以避免吧。自己一直到死，可能都無法忘記曾經執行過這樣的任務吧。

「與目標的距離剩下五英哩！」

拋開猶豫，吉利亞尼以毅然的聲音下令。

「讓ＡＳＤＳ脫離！」

微小的震動傳到身體上，宣告著後甲板上的行李已經離艦。

「脫離完成……ＡＳＤＳ開始自力航行。」

帶著一群野狗與一隻鯊魚的潛水艇速度越來越快，一直線朝著漂浮在海面的巨大海龜腹部前進。

第十五章　於北方之地　人界曆三八〇年十月

1

把洗好的盤子放在晾乾用的籃子裡，愛麗絲．辛賽西斯．薩提一邊用圍裙的裙襬擦手一邊抬起頭來。

小小玻璃窗外的許多樹梢，因為這幾天的寒流，讓上面已經泛紅或者黃色的樹葉散落了一地。和央都聖托利亞比起來，這裡的冬天果然來得快多了。

就算是這樣，從久違的藍天照射下來的索魯斯光線看起來還是相當暖和。正面樹木的粗大樹枝上，一對爬樹兔正靠在一起，看起來很舒服般享受著日光浴。

帶著微笑看著這種模樣一陣子後，愛麗絲就轉過頭說：

「今天天氣很好，我們就帶著便當到東邊的山丘去吧。」

但她沒有得到回答。

只有兩間房的圓木小屋裡，兼具客廳、食堂、廚房功能的房間中央，放著一張簡樸的白木桌子。

一名黑髮年輕人坐在其中一張同樣簡樸的椅子上。愛麗絲的呼喚沒有讓他抬起頭，只是持續茫然盯著桌子上的某一點看。

他本來就不是豐腴的體型，現在明顯比愛麗絲還要纖瘦。即使隔著寬鬆的居家服，也能看出他骨瘦如柴的體格。沒有內容物的右邊袖子無力地從肩口往下垂，讓他的模樣更讓人不忍直視。與頭髮同樣漆黑的眼睛裡沒有光輝。空虛的雙眸只映照出他封閉的心。

壓抑下不論感覺到多少次都無法習慣的胸口疼痛後，愛麗絲用開朗的聲音繼續說：

「外面有點風，還是穿厚衣服比較好。等一下喔，我馬上就準備好。」

她脫下圍裙，將其掛在流理臺旁邊的鉤子上，然後朝旁邊的寢室走去。

將金色長髮綁在腦後，並且用棉質頭巾蓋住。依然沒有視力的右眼則用一條褪色的黑色碎布纏住。穿上一件掛在牆壁上的毛織外套後，把另一件夾在腋下並回到客廳。

黑髮年輕人完全沒有動作。靜靜把手貼在他瘦削的背部加以催促後，他才用僵硬的動作從椅子上站起來。

但年輕人最多也只能這樣了，他連一梅爾都沒辦法走。愛麗絲從後面把外套披到他身上，再繞到前面確實把脖子底部的皮繩綁好。

「再忍耐一下。」

對少年搭完話，她就急忙跑到房間角落。

放在那裡的，是一張由亮茶色木材所製成的堅固椅子。上面還有大小兩組鐵製車輪代替四隻椅腳。那是在森林裡獨居的，名為卡利塔的老人幫忙改造而成。

愛麗絲握住輪椅椅背上的把手，滾動輪子把它推到年輕人背後。接著讓身體搖搖欲墜的年輕人坐到皮革椅面，再以厚厚的圍毯確實蓋住他的雙腳。

「好！那我們出發吧。」

當愛麗絲砰一聲拍了年輕人的雙肩，握住把手準備把輪椅朝房間南邊的門推去時——

年輕人的人忽然微微改變方向，以抖動的左手朝著東側的牆壁伸去。

「啊……啊～」

低沉沙啞的聲音根本不是任何單字，但愛麗絲馬上了解年輕人的需求。

「啊，抱歉。馬上幫你拿過來。」

年輕人伸出手的牆壁上，以堅固的掛鉤掛著三把長劍。

右側是愛麗絲擁有的金色長劍「金木樨之劍」。

左側是過去年輕人腰間的的漆黑長劍「夜空之劍」。

正中間的則是主人已經過世的純白長劍「藍薔薇之劍」。

愛莉絲首先把跟金木樨之劍差不多重的夜空之劍從牆上拿下來用左臂抱住。

接著拿起藍薔薇之劍。這把的重量只有黑劍的一半。因為收在劍鞘裡的劍身已經有一半消失了。

而這把劍的持有人，身為年輕人好友的那個亞麻色頭髮的少年，現在已經不在人世……

她一瞬間閉上眼睛，然後才拿著兩把劍回到輪椅旁邊。默默把兩把劍放到少年的大腿上後，年輕人就把左手放在上面，接著再次低下頭。他只有在想要黑白雙劍時，才會用聲音與動作表達自己的意思。

「要抱好，不要掉嘍。」

壓抑胸口不論過了幾個月都無法變淡的痛楚後，愛麗絲這麼對他搭話道。然後推著增加重量的輪椅走出門外。

從門廊到地面的距離不是用階梯，而是由厚厚的木板所構成。通過木板來到庭院裡，立刻有冰涼的微風與平穩的日照包圍兩個人。

圓木小屋建在深邃森林深處一片開闊的草地上。是愛麗絲親自砍下木材，刨皮並且組合而成。外表雖然不好看，但只使用高優先度樹種建造的小屋可以說相當堅固。教導愛麗絲所有建造方式的卡利塔老人，當時不斷重複說著從來沒看過這麼有力氣的女孩子。

這片草地似乎是愛麗絲與尤吉歐孩提時期的祕密遊戲場地。很可惜的是，自己完全想不起那個時候的事情。受到「合成祕儀」的影響，成為整合騎士前的記憶已經全被奪走了。

對於卡利塔老人以及其他村民，只簡單地說了自己忘記過去的所有事情。但是現在的自己——整合騎士愛麗絲．辛賽西斯．薩提只不過是借宿在此地出生長大的愛麗絲．滋貝魯庫身體裡的短暫人格。如果可以還給本人，那麼自己也願意歸還，但愛麗絲本來的記憶已經跟尤吉歐一起離開這個世界了。

「……那我們走吧。」

甩開一瞬間的沉思這麼說完後，愛麗絲就從家門前推著輪椅前進。

直徑三十梅爾左右的圓形草地幾乎全被柔軟的草皮所覆蓋，只有東側的一角，一根整個突出的樹枝下堆了厚厚的一層枯草。簡直就像巨大生物的巢穴——應該說根本就是巢穴，但目前看不見巢穴主人的身影。往那邊瞄了一眼後，愛麗絲就一邊想著牠今天跑到哪裡玩了，一邊走過由南到北貫穿草地的小徑進入森林。

道路在五十梅爾前方分為東西向。往西邊走就可以到達名為盧利特的村莊，不過沒特別的事情不會想過去。愛麗絲走向東邊的道路，一邊踩著從樹葉縫隙照射到地面上的陽光，一邊開始往前走。

她就這樣緩緩走在十月將近尾聲，逐漸從紅葉轉移到落葉季節的森林當中。

「會不會冷？」

雖然這麼對年輕人問道，但是得不到回答。就算被極為寒冷的暴風雪包圍，現在的他也不會發出任何聲音。愛麗絲從他身後往前窺探，確認外套的衣領有確實拉緊。

當然，只要生成一兩個熱素就很容易能取暖。但盧利村裡有覺得愛麗絲他們很可疑的村人，所以還是想避免造成濫用神聖術的謠言。

在經常有人走動的道路上留下新的輪子痕跡走了十五分鐘左右，道路前方就變得明亮多了。樹林到了盡頭，眼前出現有點高的山丘。雖然道路也變成略為往上的坡道，但愛麗絲還是輕鬆地把輪椅推上去。

來到山丘頂端，視界一口氣變得遼闊。

附近的東邊可以看到魯魯湖的藍色水面。更深處是廣大的濕地，南方則是無限延伸的森林。往北方看去，就發現覆蓋著皚皚白雪的「盡頭山脈」貫穿天際聳立在遠方。曾經騎著飛龍輕鬆飛越那些山峰的過往，現在好像是久遠之前的夢境一樣。

確實有用雙眼看看美麗景色的心情。在這個充滿地力與陽力的土地，應該可以治癒半年前在中央聖堂外壁失去的右眼。但是，目前實在沒有獨自用神聖術消除傷痕的心情。

因為即使面對無限寬廣的晚秋風景，年輕人還是持續以空虛的眼睛茫然看著空中。

在輪椅旁邊坐下來後，愛麗絲把身體靠在大大的車輪上。

「真是漂亮，比掛在中央聖堂牆上任何一幅畫都美麗。」

她一邊微笑，一邊叫著年輕人的名字。

「……是你守護的世界喔，桐人。」

一隻白色水鳥在湖水上劃出點點波紋並且滑行，最後飛上天空離開。

不知道坐了多久。

回過神來，才發現索魯斯已經升到相當高的地方。差不多該回小屋去準備午餐了。目前的桐人每次只能吃一點點食物，所以每一餐都不能夠隨便，否則他的天命上限會因此降低。

「差不多該回去了。」

當她站起身，一邊這麼對桐人搭話一邊握住輪椅把手時——

就注意到踩著草皮爬上山坡的輕快腳步聲，於是愛麗絲回過頭去。

走過來的是一名穿著黑色修道服的少女。殘留著稚氣的可愛臉龐露出閃耀的笑容，並且使勁揮著右手。

「姊姊！」

興奮的聲音乘著微風傳過來，愛麗絲嘴角也綻放出微笑並輕輕向對方揮手。

宛如飛行般衝上最後十梅爾距離的少女，停下腳步花了幾秒鐘調整呼吸，才再次用開朗的聲音說：

「早啊，愛麗絲姊姊！」

她往旁邊一跳，也元氣十足地對坐在輪椅上的桐人打招呼：

「桐人也早啊！」

不在乎對方毫無反應的她，臉龐依然露出燦爛笑容。但在看見桐人放在大腿上那兩把劍的瞬間，就出現些許悲傷的神情。

「……早啊，尤吉歐。」

她一邊這麼呢喃一邊伸出右手，用指尖輕輕撫過藍薔薇之劍的劍鞘。不認識的人做出同樣的動作，桐人就會稍微出現防禦的反應，但目前則是乖乖地坐在輪椅上。

跟兩個朋友打完招呼的少女，撐起身體再次轉向愛麗絲。

愛麗絲意識到胸口深處產生不可思議的暖流，並且開口回答：

「早安啊，賽魯卡。虧妳知道我們在這裡。」

當初是花了一個多月的時間，才能夠不用賽魯卡小姐來稱呼對方。

半年前，在中央聖堂從桐人口中得知妹妹的存在後，就一直焦急地等待與對方見面的那一刻。但是，像目前這樣實現願望後，越是疼愛賽魯卡，就越覺得自己——並非愛麗絲・滋貝魯庫，而是名為愛麗絲・辛賽西斯・薩提的整合騎士，真的有資格成為她的姊姊嗎？

不知是否注意到愛麗絲無法斬斷的糾葛，只見賽魯卡帶著天真無邪的笑容說：

「我沒有用神聖術找你們喔。到家裡發現你們不在，然後今天的天氣又這麼好，我就想你們應該到這裡來了。我把剛擠的牛奶和今天早上剛烤好的蘋果起司派放在桌上了，等一下可以拿來當成午餐。」

「謝謝，真是幫了我一個大忙。我正煩惱不知道該做些什麼菜呢。」

「憑姊姊做菜的技術，桐人哪一天說不定會站起來逃走喔！」

賽魯卡說完就哈哈大笑，愛麗絲也笑著回答她：

「真敢說！我現在烤鬆餅已經不會烤焦了啦。」

「真的嗎？明明一開始想用熱素來烤鬆餅，結果卻把它燒成了木炭。」

愛麗絲準備用指尖戳賽魯卡的額頭來警告她時，迅速躲過這一擊的賽魯卡直接就撲進愛麗絲懷裡。看到妹妹用力把臉貼在自己胸口，愛麗絲溫柔地把她的背抱過來。

只有這個瞬間，會強烈地希望能從心頭承受的重壓下逃走。

逃避整合騎士的責任，在遠離人群的森林深處過著平穩的日子，如果能忘記這種行為帶來的罪惡感，究竟會有多輕鬆呢？但愛麗絲同時也知道，自己絕對無法忘記這件事。和最愛的妹妹互相擁抱的這個瞬間，毀滅的時刻也一步步從盡頭山脈後面逼進。

半年前，在公理教會中央聖堂進行那場激鬥的最終幕——

受到足以耗盡天命的傷勢，無法動彈的身體躺在大理石地板上的愛麗絲，隱約還記得戰鬥的結果。

最高司祭亞多米尼史特蕾達與手拿雙劍的桐人之間的死鬥。

被元老長裘迪魯金妄執之火焚燒後，最高司祭因而消滅。

桐人的好友尤吉歐在肉體和愛劍一起斷成兩半後就此死亡。

看著尤吉歐嚥下最後一口氣的桐人，以激烈的口氣對著出現在大廳北端的不可思議水晶板大叫。經過一段愛麗絲幾乎無法理解是什麼意思的對話後，桐人忽然像是全身僵硬，然後就直接倒在地上——接著世界就被寂靜所包圍。

當愛麗絲稍微回復一些天命，身體可以活動的時候，索魯斯的曙光也正好從東邊的窗戶照射進來。以這道光做為神聖力的來源，愛麗絲首先治癒了倒地的桐人身上的傷勢。但是他還是沒有恢復意識，在沒辦法的情況下，只能先對自己施予治癒術，才調查他搭話的水晶板。

但是原本發出淡紫色光芒的表面已經完全失去光輝，不論如何觸碰與呼喚，都得不到任何回答。

束手無策的愛麗絲只能癱坐在地板上。

雖然相信桐人說的話，為了守護人界的人民與在邊境生活的妹妹而與絕對的支配者亞多米尼史特蕾達戰鬥，但內心實在沒想過自己能活下來。

當身體被最高司祭稱為「巨劍魔像」的奇怪巨劍士兵深深貫穿時……

將自己的身體當成盾牌擋住降下的轟雷時……

以及揮下的劍刃正要了結桐人的性命，自己奮不顧身地衝出去時——

愛麗絲都有了死亡的覺悟。但是在賢者卡迪娜爾、不可思議的大蜘蛛夏洛特、尤吉歐的犧牲以及桐人的奮戰守護下，終究還是保住了一命。

——既然救了我，就要負起責任啊！

對著躺在旁邊的桐人這麼大叫了無數次。但是黑髮年輕人還是沒有張開眼睛。接下來就自己思考，自己選擇前進的道路吧……愛麗絲感覺他好像這麼對自己說道。

抱著膝蓋幾十分鐘後，愛麗絲終於站了起來。

不知道是不是大廳的主人已經消滅的緣故，升降盤也跟水晶板一樣沒有反應。用劍將其破壞後，就背著桐人往下跳到第九十九層。

從那裡走下長長的階梯，穿越眾元老依然詠唱著術式的房間來到中央聖堂的大階梯後，立刻前往被留在大浴場裡的劍術師父——整合騎士長貝爾庫利．辛賽西斯．汪的所在地。

被尤吉歐用武裝完全支配術凍結起來的大量熱水這時幾乎完全融化。原本貝爾庫利已經承受裘迪魯金的石化術，幸好這時候他呈大字形漂浮在浴槽裡的身體已經恢復原狀了。

把巨大身軀拖到通道上，一邊叫著「叔叔！」一邊拍打他的臉頰後，魁梧的男性先打了一個大大的噴嚏才醒了過來。

貝爾庫利先是以毫無緊張感的表情宣告「哦，天亮了嗎」，愛麗絲才好不容易向師父說明狀況。這時貝爾庫利也不由得露出嚴肅的表情，聽完全部的說明後就以極為有包容力的聲音說了一句話。

他說：「辛苦妳了，大小姐。」

之後騎士長展開了迅速的行動。把敗給桐人他們，但是不知道為什麼以毫髮無傷的狀態躺在玫瑰園中央的副騎士長法那提歐、同樣被石化關住的迪索爾巴德與艾爾多利耶等整合騎士聚集在第五十層的「靈光大迴廊」裡，並且盡可能告訴他們所有的事實。

像是和北聖托利亞修劍學院的兩名修劍士戰鬥後，最高司祭亞多米尼史特蕾達被打敗並遭到消滅。

以及最高司祭本人正進行著把半數人民變成由劍骨組成的怪物兵器這樣的恐怖計畫。

還有理論上是騎士團上層組織的元老院，實質上只有元老長裘迪魯金一個人，而他也和最高司祭一起死亡了。

只有整合騎士的來歷——不對，應該說「製造方法」被隱瞞了下來。事先就對最高司祭「被從神界召喚下來」的說詞感到懷疑的貝爾庫利還能夠承受知道實情的衝擊，但他判斷必須慢慢花時間來告訴其他騎士事情的真相。

但光是這樣，艾爾多利耶與法那提歐等人還是產生了激烈的動搖。其實這也不能怪他們。

擁有與神相同的力量，數百年來都以絕對支配者身分君臨整個世界的最高司祭死亡的事實，原本就不容易接受了。

在經過極為混亂的討論後，騎士們之所以選擇暫時聽從騎士長的指示，除了貝爾庫利原本就擁有的聲望與實力之外，可能也和「敬神模組」(Piety module)依然在運作有關吧。不論狀況有什麼樣的改變，他們都還是效忠於公理教會的騎士，而亞多米尼史特蕾達與裘迪魯金既然已經離開人界，騎士長貝爾庫利無疑就是教會的最高層了。

而貝爾庫利接下指揮權的瞬間，就開始將全部的精力投注於原本的任務，也就是「守護人界」上。他本身應該也有迷惑與糾葛才對。因為知道了自己被奪走的關於愛人的記憶，就存在於伸手可及之處。

但是他卻把構成巨劍魔像的三十把劍以及三百多根水晶柱全都嚴密地封印在中央聖堂第一百層裡，也決定暫時對騎士團之外的其他人隱瞞最高司祭死亡的消息。這是因為準備抵抗黑暗領域即將到來的猛烈侵略，比恢復自己以及其他整合騎士的記憶重要多了。

當貝爾庫利盡力於重整已經崩壞了一半的整合騎士團，以及重新整編、訓練虛有其表的人界四帝國近衛軍等繁重工作時，愛麗絲當然也從旁提供了幫助。她的右眼綁著桐人幫忙製作的即席眼帶，就這樣在聖托利亞裡四處奔走。

但她沒辦法一直留在中央聖堂。除了不少整合騎士之外，知道最高司祭死亡的眾修道士裡面，都開始出現應該對公理教會揮劍相向的反叛者──也就是桐人處刑的意見。

工作告剛一段落，愛麗絲就和桐人跨上飛龍離開央都。那是付出許多犧牲的激鬥後，又過了兩週之後的事情。

但接下來的日子也相當辛苦。露宿在外的不習慣生活當中，桐人還是一點都沒有醒過來的跡象，雖然認為一直昏睡的他需要堅固的屋頂與溫暖的床鋪，但也沒有足夠的金錢可以住宿街上的旅館，而且也提不起勁來使用整合騎士的權威。

這時候她才想起來，曾在中央聖堂外壁聽桐人說過盧利特村這個名字。

就算失去記憶，只要是愛麗絲與尤吉歐故鄉的居民，說不定會接受自己和桐人。於是她就在抱著一縷希望的情況下，將飛龍的轡繩朝向北方。因為必須照顧桐人的身體所以一次不能飛行太長的距離，結果花了整整三天才縱貫諾蘭卡魯斯帝國，到達位於盡頭山脈山麓斜坡上的小村莊。

為了不嚇到村人而降落在村子稍遠處的森林裡，命令飛龍在那裡看守行李後，愛麗絲就背負著桐人徒步朝村子走去。

離開森林之後，穿越麥田進入小徑，在那裡遇見了幾名村民。但他們都只是露出驚訝、懷疑的表情，沒有任何人向他們搭話。

來到建築在高台上的盧利特村，準備鑽過木製的門時，一名高大的年輕人就從蓋在旁邊的守衛室裡衝出來。還殘留著雀斑的臉變得通紅，擋住愛麗絲的去路後……

——等等，外人不准隨便入村！

年輕侍衛一邊大叫一邊像要喚起注意般把手放在腰間的劍上，不過在看見愛麗絲背上的桐人後，隨即露出懷疑的表情。嘴裡低聲呢喃著「咦，這傢伙是……」並且再次凝視著愛麗絲，最後同時張大了眼睛與嘴巴。

——妳……妳該不會是……

聽見他這麼說，愛麗絲才稍微鬆了一口氣。於是她便思考著用詞遣字，對事隔八年似乎還記得自己的侍衛說道：

——我是愛麗絲。想找村長卡斯弗特・滋貝魯庫。

或許應該自稱愛麗絲・滋貝魯庫才對，但她實在說不出口。幸好光說名字似乎就夠了，臉色瞬間由紅轉藍的侍衛，嘴巴開合了好幾次後就衝回村子裡去。因為他沒有說等一下，所以愛麗絲鑽過村子大門，朝侍衛跑走的方向前進。

剛過正午的村子裡，立刻出現宛如蜂窩被戳到般的騷動。幾十名村民擠在不算寬的道路兩旁，當他們看見愛麗絲經過時，全都發出同樣的驚呼。

但他們的臉上幾乎都沒有看見遊子歸鄉時高興的表情。甚至對身為女子卻身穿金屬鎧甲的愛麗絲與她背上一直沉睡著的桐人感到懷疑、警戒以及恐懼。

坡度緩緩爬升的道路，最後與圓形廣場會合。

中央有一座噴水池與水井，北側則有一座上頭掛著圓十字的小小教會。愛麗絲在廣場入口停下腳步後，在遠處觀看的村民們立刻露出不安的表情並開始竊竊私語。

幾分鐘後，東側的人牆分開，一名男性從深處踩著堅定的步伐走了過來。女孩馬上就了解，這名將上唇灰色鬍鬚整理得相當整齊的壯年男性，就是盧利特村村長以及愛麗絲以前的父親卡斯弗特·滋貝魯庫。

卡斯弗特在稍遠處站定後，就以完全沒有變化的表情依序凝視著愛麗絲與桐人。

經過十秒鐘左右，才發出低沉但十分清晰的聲音。

——是愛麗絲嗎？

面對這個問題，愛麗絲只回答了一聲「是的」。但村長沒有走過來也沒有對她伸出手，反而用更加嚴厲的聲音繼續詢問。

——妳為什麼會在這裡？妳的罪過已經被赦免了嗎？

這次愛麗絲就沒辦法立刻回答了。因為連她自己也不知道犯了什麼罪，以及罪過究竟被赦免了沒有。

桐人曾經說過，年幼的愛麗絲·滋貝魯庫被整合騎士迪索爾巴德帶到央都去的主要理由是「入侵黑暗領域」。那確實是違反禁忌目錄的行為。但是禁忌已經無法束縛成為整合騎士的愛麗絲。因為對騎士來說，只有最高司祭的命令才是唯一的法律。但是最高司祭已經不在人世了。接下來他們得自己決定罪過、饒恕以及善與惡等概念……

愛麗絲一邊這麼想，一邊筆直地回望村長的眼睛並且回答。

——犯了罪後，我受到的刑罰是失去了在這座村子裡生活時的所有記憶。我不知道這樣罪過算不算被饒恕了。但是現在的我，除了這座村子外就沒有可以去的地方了。

這是愛麗絲沒有絲毫虛假的真心話。

卡斯弗特閉上眼睛，嘴角與眉間出現深邃的皺紋。但過了一會兒就抬起頭來的村長，隨著銳利眼神宣告的，是極為冷徹嚴厲的發言。

——離開吧。這座村子容不下罪人。

可能是感覺到一瞬間橫切過愛麗絲身體的僵硬感吧，賽魯卡抬起臉，稍微歪著頭說：

「姊姊……？」

面對以貼心的態度如此呢喃著的妹妹，愛麗絲邊露出微笑邊回答：

「沒事啦。那我們差不多該回去了。」

「……嗯。」

點點頭後鬆開手臂的賽魯卡，稍微仰頭看了愛麗絲一陣子，但馬上又重新露出開朗的笑容。

「我幫忙推到岔路為止！」

剛做出這樣的宣言，她就站到桐人的輪椅後面，以小小的雙手握住把手。除了椅子本身就相當重之外，就算桐人再怎麼瘦也還是一個人的重量，而且還要再加上一把半的神器級武器的重量。這對於只有十四歲，而且不做粗重工作的修女見習生來說實在太重了——她一開始挑戰時愛麗絲雖然這麼想，但是賽魯卡整個人往前傾並且用力踩著地面後，輪椅就慢慢動起來了。

「現在是下坡，要當心一點喔。」

雖然賽魯卡到目前為止都沒有弄倒過輪椅，但愛麗絲還是用有些擔心的聲音這麼對她說道，結果被她回了一句「沒問題啦，姊姊怎麼還是那麼愛擔心」。聽說在盧利特村生活時的愛麗絲，自己雖然時常和尤吉歐一起去探險還是做實驗，但卻是個對妹妹有點保護過度的姊姊。

不知道是即使失去記憶基本的性格還是沒變，或者只是單純的偶然。愛麗絲走在以認真表情推著輪椅的賽魯卡旁邊這麼想著。

來到山丘底部，平緩的下坡就變成了平坦的道路。這時賽魯卡還是拚命推著重量增加的輪椅。當愛麗絲凝視著妹妹的側臉時，思緒再次回到了過去。

被拒絕回到村子的那一天，沮喪的愛麗絲低著頭離開了盧利特村，結果就是站在樹蔭底下的賽魯卡叫住了她。如果沒有賽魯卡明知這是違反村長父親旨意的行動，卻還是如此做的勇氣，以及她所介紹的卡利塔老人所發出的善意，愛麗絲現在應該還是像無根的浮萍一樣到處飄零吧。

這對賽魯卡來說，也絕對不是容易接受的事情。

好不容易回到故鄉的姊姊，竟然忘記過去所有的事情。

兩年前，雖然只有短短幾天但是有了深刻交流的桐人陷入昏睡。

而等同於哥哥的尤吉歐死亡——

但賽魯卡只有得知尤吉歐再也回不來的時候流過眼淚，之後在愛麗絲面前就一直保持著笑容。這讓愛麗絲每天都因為賽魯卡堅強的心靈與深切的關懷感到驚嘆。她覺得這是比修道士的神聖術與騎士的劍還要強大且尊貴的力量。

在這同時，她也每天都體認到離開公理教會的自己是多麼無力。

在卡利塔老人幫助下，選擇在離村子兩基洛爾的森林深處蓋了一間雖然小但是十分堅固的小屋後，愛麗絲首先進行的工作是對持續昏睡的桐人施予大規模的治癒術。

她選擇了廣大森林中擁有最豐富提拉利亞恩寵的地點，以及天空中沒有一片雲可以遮住索魯斯光線的日子，將地神與陽神賦予的龐大空間神聖力凝縮到十個光素裡，然後把它們變為治癒之力灌進桐人體內。

愛麗絲全心全意進行的治癒術，規模大到別說是一個人了，甚至連飛龍龐大的天命都能瞬間恢復到最大值。她確信不論桐人身上有多嚴重的傷勢，包含被砍斷的右臂在內都會立刻回復，然後像什麼事都沒發生過一樣醒過來。

但是——

炫目的靈光消失後，桐人確實是睜開了眼睛，但漆黑的雙眸裡沒有意識的光芒。愛麗絲反覆呼喚著他的名字、搖動他的肩膀，最後還緊抓著他的胸口大叫，但他都只是以空虛的目光往上看著天空。愛麗絲甚至連他的右臂都無法治癒。

從那一天之後已經過了四個月，還是完全看不到任何桐人恢復意識的徵兆。

賽魯卡經常對愛麗絲說，姊姊這麼盡心盡力地照顧桐人，他總有一天會復原的。但愛麗絲內心有些惶恐地想著，自己只是被最高司祭亞多米尼史特蕾達創造出來的存在……

說不定根本辦不到這種事情。

由於默默推著輪椅的賽魯卡說著「稍微……休息一下」並停下腳步，愛麗絲也因此而再次從沉思當中醒了過來。

看見額頭冒出汗水而且氣喘吁吁的妹妹，愛麗絲隨即用左手溫柔地摸著她的背部。

「謝謝妳，賽魯卡。接著換我來推吧。」

「原本想努力推到岔路的……」

「已經比之前多推了一百梅爾了。真的幫了我很大的忙。」

來到村子之後，學到了如果是年紀大很多的姊姊，這時似乎會給妹妹一些零用錢，很可惜的是口袋裡連一枚銅幣都沒有。以目前的財政狀況，就算只掉一席亞在森林裡都會很辛苦，所以除了去購物之外，愛麗絲都不會把錢放在身上。

這時她以撫摸賽魯卡亮茶色頭髮來代替獎勵。呼吸平靜下來的妹妹高興地笑了起來，但是當愛麗絲注意到她的表情裡帶著一絲陰影時，就歪著頭問道：

「怎麼了，賽魯卡？有什麼困擾嗎？」

一邊握著輪椅的把手一邊這麼問完後，賽魯卡猶豫了一會兒才開口說：

「……那個……巴爾波薩叔叔又想拜託姊姊幫忙處理開墾地的樹木了……」

「什麼嘛，原來是這種事嗎？妳不必為了這種事煩惱，謝謝妳通知我。」

愛麗絲雖然帶著微笑做出這樣的回應，但妹妹卻忽然從沮喪的表情轉變成不滿地噘起嘴。

「因為……那些人實在是太任性了。桐人你也這麼認為吧？」

她對著坐在輪椅上的桐人這麼問道，但低頭的年輕人當然沒有回答。但賽魯卡就像得到他的同意般，加強語氣繼續表示：

「巴爾波薩先生和利達克先生都不讓姊姊住在村子裡，但是遇到困難的時候都想找姊姊幫忙。雖然把話帶到了，但姊姊可以拒絕沒關係喔。食物我會從家裡帶來給妳。」

賽魯卡的話讓愛麗絲忍不住笑了起來，然後才安撫鼓起臉頰的妹妹。

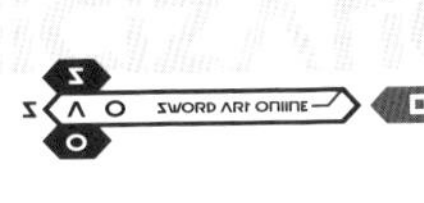

「賽魯卡的心意我很高興，但真的不用在意。我很喜歡現在的家，而且光是能讓我住在村子附近就很值得感謝了。餵桐人吃完午飯……我馬上就過去，地點在哪裡？」

「……說是在南方的開墾地。」

小聲回答完後，賽魯卡就默默在輪椅旁邊走了一陣子。

來到圓木小屋附近的岔路時，她才用堅定的聲音說：

「姊姊，我明年研修期間結束後，就可以拿到一些薪水了。到時候妳就不用幫忙那些人。姊姊和桐人……就由我……由我永遠……」

賽魯卡說到這裡就無以為繼，愛麗絲則輕輕把她的身體抱過來。

將臉頰靠在顏色雖然不同，但觸感十分相似的茶色頭髮上，然後呢喃著：

「謝謝妳……但只要妳在我身邊，我就覺得很幸福了，賽魯卡……」

目送依依不捨地一邊不停揮手一邊離開的賽魯卡，和桐人一起回到圓木小屋的愛麗絲迅速準備起午餐。

雖說最近好不容易已經可以做些家事，但做菜的技術還是上不了檯面。跟金木樨之劍比起來，在村子裡雜貨店買來的菜刀就像玩具般脆弱，光是戰戰兢兢地切個食材都得花上二三十分鐘。

幸好今天賽魯卡送來了剛烤好的派，所以就把它切成一小口來餵桐人。用叉子把派靠近他嘴邊，耐著性子等待一陣子後，他就會稍微張開嘴巴，屆時再把派放進他嘴裡。這時桐人就會像重現過去吃東西時的記憶一樣，慢慢、慢慢地開始咀嚼。

在桐人咀嚼的期間，自己也慎重地品嚐加了蘋果與起司的派。這應該是由村長的老婆莎蒂娜．滋貝魯庫所做。她就是賽魯卡以及愛麗絲的母親。

在中央聖堂生活時，人界各地的山珍海味都排滿在大食堂桌子上任他們隨意享用。跟那些食物比起來，莎蒂娜親手做的派在味道與外觀上都比較樸素，但是卻覺得好吃了好幾倍。雖然桐人的反應比愛麗絲親手做的料理還要好讓人有點生氣就是了。

用完餐，收拾好餐具後，再次讓桐人坐到輪椅上，並且把兩把劍放到他的大腿上。

一離開小屋，就看見午後的日照讓前面的庭院發出金色光芒。最近的白天已經變得相當短，拖拖拉拉的話天色馬上就會暗下來。愛麗絲急忙移動到南邊的岔路後，這次則是往西方前進。

走了一陣子來到森林盡頭，眼前變成一大片等待收割的麥田。隨風搖曳的沉甸甸麥穗後方，可以看見往上隆起的盧利特村。在並列的紅色煉瓦建築物正中央有一處高高突起的尖塔，那裡就是賽魯卡生活的教會。

賽魯卡與管理教會的阿薩莉亞修女，都不知道統治人界四帝國公理教會組織的中央聖堂，現在已經是沒有主人的空中樓閣。但同時也是孤兒院的小教會，目前依然順利地營運著。

最高司祭的死沒有讓中央聖堂陷入巨大的混亂，也沒有對人們的生活產生影響。禁忌目錄依然發揮著效用，持續束縛著人們的意識。這些人真的可以拿起劍來，為了守護人界而戰嗎？

只要用公理教會與帝國皇帝的名義下命令，他們就應該會遵從吧。但光是這樣，還是無法在跟黑暗軍隊的戰鬥中獲勝。至少騎士長貝爾庫利已經理解到這個難以撼動的事實。

最後決定戰局最大的因素，並不是武器的優先度，也不是術式的行使權限而是意志力。桐人顛覆絕望的戰力差距，打倒數名整合騎士以及元老長裘迪魯金，甚至消滅最高司祭亞多米尼史特蕾達的戰鬥表現就是最好的證明。

愛麗絲一邊挺起胸膛，承受站在麥田中工作的村民們投射過來交雜著警戒與不安的視線，一邊在心中對著自己的劍術師父呢喃著。

——叔叔，對生活在人界的人民來說，和平可能不是自己守護，而是永遠被賜與的東西。

——而讓他們變成這樣的，一定就是……公理教會、禁忌目錄以及我們整合騎士團。

騎士長貝爾庫利在這個時候，一定也在央都聖托利亞為了四帝國軍的訓練與裝備的製造而四處奔走吧。說不定已經把軍隊移動到應該是最大戰場的伊斯塔巴利耶斯帝國邊境，也就是「東大門」。不論是實務上的輔佐，還是開戰後的戰力，目前都是有越多騎士幫忙越好的狀態。

——但現在的我……

陷入沉思的愛麗絲穿過麥田，來到村子南邊的一大片開墾地。在被挖起的黑土前停下輪椅，開始眺望廣大的土地。

據說短短兩年前，前方還是規模比愛麗絲他們居住的東方森林還要大的一片茂盛樹海。

但是做為森林主人的那棵高聳入雲，並且像無底洞般不停吸取神聖力的「惡魔之樹」基家斯西達已經被桐人與尤吉歐砍倒，所以現在村裡的男人們都拚了命地開墾農田，賽魯卡之前就以傻眼的表情這麼對愛麗絲說明過了。

開墾地中央殘留著巨大的漆黑樹墩，南端則有十幾名村民奮力揮動著斧頭。其中的一個角落，可以看見一個挺著大肚子的男人，自己手裡沒有斧頭，但是囉嗦地做出各種指示，他就是村子裡最大農場的主人納伊古魯．巴爾波薩。

雖然有點不願意，但愛麗絲還是把輪椅推進被踩得相當踏實的小徑。即使經過自己過去曾經砍倒的大樹所留下的樹墩旁邊，桐人也沒有任何反應，依然低頭抱著兩把劍。

首先注意到兩個人往這裡靠近的，是坐在剛砍倒的樹幹上休息的巴爾波薩一族的年輕人們。大概是十五六歲的三個人，毫無顧忌地眺望著在金髮上綁了頭巾的愛麗絲，然後把視線移到坐著輪椅的桐人身上。小聲地互相說了些什麼後，就發出低沉的笑聲。

無視這幾個人直接通過他們面前後，其中一個年輕人以懶散的聲音大叫：

「叔叔～來了喔～」

結果雙手扠腰，不停大呼小叫的納伊古魯．巴爾波薩就迅速回過頭，肥滋滋的圓臉上也露出笑容。他大大的嘴巴與細長的眼睛，讓人稍微想起元老長袞迪魯金。

但是愛麗絲盡量擠出笑容，並且輕輕點了點頭。

「午安，巴爾波薩先生。我聽說您有事找我……」

「喔喔、喔喔，愛麗絲啊，妳來啦。」

他晃動著圓肚子張開雙臂靠了過來，原本以為他會抱住自己的愛麗絲擺出警戒姿勢，幸好他看見愛麗絲身前的輪椅後似乎就打消了念頭。

納伊古魯改為站到右側邊五十限的地方，然後轉動巨大身軀，用手指著聳立在森林與開墾地界線上的大樹。

「看得見那棵樹吧。我們從昨天早上就開始砍那棵該死的白金橡了，但是就算十個大男人揮動斧頭還是只有這麼一點進展。」

他以右手的食指和姆指比出一個小小的半圓。

樹幹半徑應該有一梅爾半的白褐色巨樹，根部牢牢地抓住地面，頑強地抵抗著開墾者們。目前也有兩名大漢正交互揮動巨大的斧頭，但砍進樹幹的深度大概還不到淺淺的十限。

脫掉上衣的男人們上半身已經是揮汗如雨。胸口與手臂的肌肉算是渾厚，但平常應該很少握斧頭吧，可以看出動作有點僵硬。

在愛麗絲的注視下，其中一名大漢的右腳打滑，斜斜地砍中了其他地方。斧頭的柄從中折斷，整個人跌坐到地上的男人，隨即遭到周圍的伙伴毫無顧忌的訕笑。

「真是的，這個大笨蛋，到底在做什麼啊……」

巴爾波薩低聲咒罵，然後再次看著愛麗絲說：

「照這個樣子，光要砍倒這棵樹就不知道得花幾天了。我們在這裡浪費時間的時候，利達克他們那群傢伙已經拓展了二十梅爾的正方形土地了！」

一提到規模僅次於巴爾波薩家的富農，納伊古魯就踢開腳邊的小石子。他原本急促地噴著鼻息，但忽然間就露出滿臉笑容，並且以溫柔的聲音說：

「事情就是這樣，雖然約定好一個月一次，但這次可不可以破例幫個忙呢，愛麗絲？雖然妳可能不記得了，但我在妳小時候，經常會賞妳糖吃……不對，應該說給妳糖吃。以前的妳真的是個很可愛的女孩子，當然現在也是很……」

壓抑住嘆息聲後，愛麗絲打斷了納伊古魯的話。

「我知道了，巴爾波薩先生。如果只有這一次的話。」

像眼前的白金橡一般，排除阻礙開墾的樹木或者岩石，就是愛麗絲目前的天職──不對，應該說暫時的餬口方式。

當然，這不是正式的工作。在村子外圍的生活穩定下來後又過了一個多月左右，發生一塊大石頭落下來，塞住通往西邊放牧地道路的事件。剛好經過的愛麗絲獨自把它從路上移開的事情在村子裡傳開，不知不覺間就開始接受這樣的委託了。

實際上，既然要和桐人一起過生活，就多少需要一些現金，所以能夠有工作當然相當感謝。但是賽魯卡擔心只要有人提出要求就幫忙出力的話，村子裡的男人們可能會永無止盡地來找愛麗絲幫忙，所以決定每一間農家每個月只能委託一件工作。

應該被禁忌目錄、諾蘭卡魯斯北帝國基本法、村民規範等所有規則束縛住的納伊古魯，即使知道規定也還是進行了第二次委託，但愛麗絲卻不覺得驚訝。他當然並不是像愛麗絲或者尤吉歐那樣突破了「右眼的封印」——根據最高司祭的說法是「Code 871」——只不過是認為愛麗絲的身分比自己低下罷了。與在村外破爛小屋裡生活的前罪人之間的約定，根本不需要傻傻地遵守。

心裡面雖然想著這些事，但愛麗絲還是再次向納伊古魯行了注目禮，然後離開輪椅旁邊。愛麗絲先確認了一下桐人的反應，看來他並不在意周圍的騷動。內心對他說了句「稍等一下喔」，然後走向那棵巨大的白金橡。

注意到愛麗絲走過來的男人們，有的臉上浮現輕浮的笑容，有的則明顯咂著舌頭。但現在已經沒有人不知道愛麗絲的力量，所以他們全都默默地離開樹旁邊。

和他們交換位置站到大樹前的愛麗絲，迅速以右手指尖劃出神聖術的圖樣，叫出了「史提西亞之窗」。不愧是連十個大漢都束手無策的樹木，天命的數值算是相當高。這種優先度的話，就不能跟之前一樣使用借來的斧頭了。

於是她先小跑步回到輪椅處，彎下腰對輕聲桐人呢喃著：

「抱歉，桐人。希望你把劍借我用一下。」

右手一輕輕碰到黑色皮革劍鞘，就感覺抱住劍的左臂稍微變得僵硬。

但耐著性子凝視空虛的眼睛後，手臂終於放鬆力道，並且有沙啞的聲音從喉嚨發出：

「……啊……」

與其說是了解愛麗絲的意思，應該更接近是記憶的殘留現象吧。那不是思考，只是留在桐人心中的回憶驅動著現在的他。

「謝謝。」

愛麗絲低聲道完謝，從他手臂裡拿起黑劍。確定桐人不會躁動後，再次回到白金橡旁邊。

這確實是一棵相當雄偉的樹。雖然比不上聳立在央都聖托利亞各處的古老大樹，但樹齡應該也超過百年了吧。

在心裡對樹說了聲對不起，接著愛麗絲站穩雙腳。

然後右腳在前，左腳在後。左手將「夜空之劍」舉到腰部的高度，右手則輕輕貼在捲著黑色皮革的劍柄上。接著以左眼測量和樹之間的距離。

「喂喂，想用那麼細的劍砍倒白金橡嗎？」

一個男人剛這麼大叫，周圍的人就開始跟著起鬨。在「劍會折斷啦～」「樹沒砍斷天都要黑了」等等嘲笑聲中，也參雜了納伊古魯．巴爾波薩似乎相當擔心的聲音。

「啊～愛麗絲啊，可以的話希望在一個小時左右把事情解決。」

開始這份工作後已經砍倒了十棵以上的樹，每一次大概都要花三十分鐘左右。之所以如此耗時，是因為愛麗絲為了不弄壞借來的斧頭而必須壓抑力量。但今天就不用擔心了。夜空之劍是優先度足以媲美金木樨之劍的神器。

「不用花那麼多時間。」

呢喃般回答完後，愛麗絲就握住劍柄。

「……喝！」

隨著簡短的喊叫聲，往下踩的右腳下方，像是爆炸一樣捲起一陣土塵。

雖然很久沒有揮動真正的劍，幸好還沒有忘記劍技。從劍鞘裡抽劍使出的左水平斬，化作黑色閃電橫越天空。

周圍的男人們似乎都看不見這一道斬擊。即使愛麗絲已經從劍完全揮向右前方的姿勢中站直身軀，他們也只是疑惑地皺著眉頭。

白金橡光滑的樹皮上，只有男人們砍出的些許切痕，除此之外就沒有任何痕跡——看起來似乎是這樣。

最後某個人說了「搞什麼，沒砍中啊～？」，接著就有好幾個人發出笑聲。愛麗絲瞄了聲音的主人一眼，一邊把劍收回劍鞘裡一邊說：

「要朝你那邊倒了。」

「啥？妳在說什……」

說到這裡，男人就因為驚愕而瞪大了雙眼。因為他看到白金橡的樹幹開始慢慢傾倒。周圍的人全都發出「嗚哇啊啊啊」的悲鳴然後朝後方逃走。

巨樹隨著強烈的地鳴聲倒在三秒前男人所站的地方。

愛麗絲一邊以右手揮開漫天塵沙，一邊移動到樹墩前面。全新的切斷面上清晰地浮現出年輪，而且就像被仔細擦拭過般閃閃發亮，但是角落有一個地方稍微裂開了。

是劍技生疏了，還是因為失去右眼的緣故——愛麗絲邊這麼想邊改變身體的方向。

下一刻，馬上就忍不住將上半身往後仰。因為納伊古魯．巴爾波薩張開雙臂，發出巨大的聲音跑了過來。

反射性抬起左手上的劍後，聽見劍鍔發出輕脆聲響的納伊古魯立刻緊急煞車。但他臉上還是帶著笑容，將張開的雙手在身前互握並且大叫：

「太……太……太厲害了！竟然有如此高超的技術！侍衛長吉克根本跟妳不能比！簡直就是神技啊！」

又往前靠近了一梅爾左右的距離後，他就用同時帶著感嘆與慾望的表情繼續說：

「怎……怎……怎麼樣啊，愛麗絲，我給妳雙倍的禮金，不要一個月一次，乾脆一週一次……不對，每天幫助我一次吧！」

愛麗絲則是對高速搓著雙手的納伊古魯輕輕搖了搖頭。

「不用了，現在收到的金額已經夠我們生活了。」

如果把金木樨之劍帶過來並且使用武裝完全支配術，那別說一天砍一棵大樹了，甚至可能在短短幾分鐘內把這片森林變成一望無際的裸地。但是這麼做的話，他們的要求將變為荒野翻土、粉碎岩石甚至是讓老天爺下雨。

一面發出「嗯唔唔唔唔」的沉吟一邊扭動身體的納伊古魯，在愛麗絲「請付費用」的聲音提醒下才像回過神來般眨了眨眼睛。

「嗯……嗯，對喔，對喔。」

他把手伸進懷裡，從看起來沉甸甸的皮革袋子裡，抓出一枚約定好的一百席亞銀幣。

巴爾波薩把它放到愛麗絲手掌上，不甘心地繼續表示：

「愛麗絲啊，那妳看這樣如何。我現在再付妳一枚金幣，妳這個月拒絕利達克那個傢伙的委託……」

愛麗絲把嘆息聲吞下去，準備再次拒絕對方時——

耳朵聽見了「喀砰」的沉重聲音。瞬時抬起臉來，就看見遠處的輪椅已經翻倒，桐人的身體整個摔到地上。

「……桐人！」

愛麗絲以沙啞的聲音大叫，跑著經過納伊古魯身邊。趴到地面的桐人，以拚命的動作伸直了左臂。他的前方可以看見原本在休息的年輕人當中，有兩個人一起把收在白色皮革劍鞘裡的長劍豎立在地上，然後以興奮的口氣大叫：

「嗚喔，這把劍也太重了吧！」

「所以那個瘦弱的女孩才能一劍把白金橡砍倒吧。」

「別說那麼多了，好好撐住！」

第三名少年大叫著，然後為了拔出藍薔薇之劍而用雙手握住劍柄。

愛麗絲聽見自己咬緊的牙根發出了「嘰」一聲。接著就從喉嚨裡迸出銳利的叫聲：

「你們這些傢伙……！」

聽見她聲音的少年們，只能茫然張大嘴巴看著愛麗絲。

她瞬間跑過剩下來的二十梅爾距離，在帶著煙塵的情況下停止腳步。看見愛麗絲表情的三個人，開始慢慢往後退。

愛麗絲用力吸了一口氣，盡力將快要爆發的感情壓抑下來，首先幫忙趴倒在地上的桐人站起身子。重新讓他在輪椅上坐好後，就壓低聲音命令道：

「那把劍是這個人的東西。快點還給他。」

下一刻，三個人臉上就浮現反抗的表情。準備拔出藍薔薇之劍的魁梧年輕人，歪著嘴唇用手指著桐人說：

「我們跟他說把劍借給我們了。」

坐回輪椅上的桐人依然將左臂朝著白劍伸去，然後發出細微的聲音。

按住劍鞘的其中一名年輕人，像要嘲弄他般歪著嘴唇繼續說：

「然後那個傢伙就很豪爽地借給我們了。他當時是發出『啊～啊～』的聲音。」

剩下來的一個人也配合他笑著說「對啊對啊」。

愛麗絲這時只能用力以右手握住輪椅的把手。因為這隻手已經快要拔出握在左手上的夜空之劍了。

如果是半年前的自己，一定會毫不猶豫地把碰到藍薔薇之劍的六隻手全部砍飛。整合騎士不受禁止傷害他人的禁忌目錄束縛。更何況，突破右眼封印的現在，已經沒有任何法律可以規範愛麗絲的行動了。

但是——

愛麗絲將牙根咬到發疼的地步，拚命與自己的衝動戰鬥著。

這些年輕人是桐人與尤吉歐不惜犧牲生命也要守護的人界人民。自己沒辦法傷害他們。而且他們兩個人也不希望自己這麼做。

愛麗絲就這樣一動也不動地沉默了幾秒鐘的時間。但她恐怕還是無法掩飾左眼散發出來的殺氣。三個年輕人臉上的笑容消失，像是很害怕般把視線移到旁邊。

「……知道了啦，幹嘛露出那麼恐怖的表情。」

最後魁梧的年輕人心不甘情不願地丟出這麼一句話，然後手放開劍柄。剩下來的兩個人恐怕也是再也撐不住了，只見他們以有點鬆了口氣的表情放開劍鞘。藍薔薇之劍當場重重掉到地上。

愛麗絲默默走了過去，彎下腰部，故意只用右手三根手指輕鬆地把白色皮革劍鞘抬了起來。轉過頭的瞬間，狠狠瞪了幾個臭小鬼一眼，然後才回到輪椅旁邊。

用外套的衣襬擦了擦沾在劍鞘上的塵埃，再次把黑白兩把劍一起放到桐人的大腿上後，他就緊緊抱住它們並且停止所有動作。

愛麗絲這時瞄了納伊古魯．巴爾波薩一眼，結果他像是對騷動完全沒有興趣一樣，早就專心指揮著男人們。微微向他不停呼喊的背部行了個禮，愛麗絲就推著輪椅從小徑上朝著北方往回走。

許久沒有出現在胸口的熾烈暴怒感，不知道什麼時候已經被冰冷的無力感取代。

自從在盧利特村附近的森林裡生活之後，已經不是第一次有這樣的感覺了。村民們甚至不願意跟愛麗絲說太多話，而且也不把失去意志的桐人當成一個人。

但是也沒辦法責怪他們。因為在他們心裡，愛麗絲依然是違反了禁忌目錄的罪人。光是默默讓她住在村子附近，並且願意賣給她食材與日用品，就已經很值得感謝了。

但內心的角落同時也忍不住浮現——到底是為了什麼的想法。

到底是為什麼，要承受那麼大的痛苦和最高司祭亞多米尼史特蕾達戰鬥呢？另一名最高司祭卡迪娜爾、有意識的黑蜘蛛夏洛特以及尤吉歐喪失生命，桐人失去語言能力與感情，付出這麼大的代價後究竟守護了什麼？

這樣的思考，最終只是得到一個絕對不能說出口的問題。

就是守護像巴爾波薩家的人們真的有意義嗎？

這樣的迷惑，就是讓愛麗絲捨棄長劍隱居在邊境之地的理由之一。

在這裡過生活的現在，位於伊斯塔巴利耶斯帝國盡頭的「東大門」後面，暗之國的軍隊也正一步步逼近。依照目前的情勢來看，騎士長貝爾庫利致力發展的新生「人界守備軍」究竟來不來得及到現場設防都不一定了。身為整合騎士的自己仍未被解任——能夠辦得到的也只有死亡的最高司祭而已——愛麗絲或許應該盡快趕到東大門去才對。

但是金木樨之劍對愛麗絲來說已經過於沉重了。

原本深信是自己故鄉的神界根本不存在，宣誓效忠的公理教會是建立於眾多謊言之上，尤其是現在又知道太多人界的人民醜陋與卑鄙的一面。在對自己的正確性深信不疑的情況下揮劍，而且能向神明祈禱的日子已經是遙遠的過去。

目前愛麗絲真心想守護的人可以說寥寥無幾。父母親、賽魯卡、卡利塔老人以及桐人。只要能保護這幾個人，就算背棄騎士的任務，一直在此地過著平穩的生活又有什麼關係——

離開開墾地，進入穿越麥田的道路後愛麗絲就停下腳步，對著桐人呢喃：

「可以順便去村子裡買點東西嗎？我不會再讓那種無禮的小鬼對你惡作劇了。」

雖然沒有回答，但認為沒有反應就是答應了的愛麗絲，隨即推著輪椅往北方前進。

用賺來的一百席亞銀幣買了一個禮拜份的食材與生活必需品，準備回到森林小屋去時，天空已經完全染上晚霞的顏色。

當愛麗絲準備登上小屋的門廊，就注意到有低沉的風聲靠近。於是連同輪椅稍微往後退，來到草地中央附近等待著聲音來源。

最後從快要擦過樹梢的低空出現在她眼前的，是有著巨大雙翼以及長脖子與尾巴的大型獸類——也就是飛龍。牠是把愛麗絲與桐人從央都運送到這裡來的坐騎。名字叫作雨緣。

飛龍在草地上空迴旋兩圈後，輕輕地降到地上。牠收起翅膀，先伸長脖子用鼻尖碰了一下桐人的胸口，然後用大大的頭部摩擦著愛麗絲。

愛麗絲搔了搔牠脖子下方微微帶著藍色的軟毛，龍就用喉嚨發出低沉的咕嚕嚕聲。

「雨緣，妳有點變胖了。不要吃太多湖裡的魚喔。」

帶著微笑這麼斥責牠後，龍像是有點不好意思般呼一聲從鼻子噴出鼻息，接著轉動長長的身軀走回小屋東側的床鋪去。在鋪著厚厚一層乾草的床鋪上，把尾巴繞到脖子上面，整個身體縮成一團。

半年前，決定在這塊草地上建造小屋當天，愛麗絲就把掛在雨緣頭上的皮革馬轡拆下來，並且解除拘束術式。甚至對牠說，妳已經自由了，回位於西帝國的飛龍之巢去吧，但飛龍還是沒有離開愛麗絲的跡象。

牠自己收集乾草製作了床鋪，白天似乎就在森林裡嬉戲，或者在湖裡捕魚，不過傍晚一定會回到這裡來。明明壓抑住飛龍高傲剛猛性格，讓牠遵從騎士命令的神聖術已經不存在了，愛麗絲無法理解牠為什麼不回故鄉。

但是成為整合騎士後就一直跟自己在一起的雨緣，按照牠自身的意志持續待在自己身邊還是讓人感到很高興，所以也沒有故意把牠趕走。村民時常目擊牠在森林上空飛翔的模樣，結果也成為愛麗絲風評不佳的原因之一，但事到如今在意這種小事也於事無補了。

對開始在乾草上發出低沉鼻息的雨緣說了聲晚安，愛麗絲就推著輪椅進入小屋裡。

晚餐煮了燉半月豆與肉丸子。雖然豆子有點硬，丸子的大小有點不一，但感覺味道已經頗像一回事了。當然，桐人不可能跟自己說他的感想。用小湯匙把食物放進他嘴裡，就會像想起來一樣咀嚼並且吞嚥。

心裡雖然想著如果可以知道他喜歡和討厭的食物就好了，但回想起來就會發現，自己和這個年輕人好好對話的時間根本短到連一天都不到。賽魯卡兩年前好像在教會裡和他一起生活了一段時間，不過賽魯卡說只記得他不論什麼吃料理都會露出相當美味的表情。而愛麗絲也覺得那的確很符合桐人的個性。

花了一些時間終於讓桐人吃完燉菜，接著就把他連人帶椅子一起移到小型暖爐旁邊，當愛麗絲自己到流理臺洗碗盤並且把它們排在籃子裡時——

平常都會靜靜睡到快天亮的雨緣，忽然在窗外發出嚕嚕嚕的低鳴。

吃了一驚的愛麗絲停下手，豎起耳朵專心聽著。穿越森林的夜風當中，可以聽見混雜著不符季節的初冬冷風般的聲響。那是又薄又大的翅膀在風中穿越時所發出的聲音。

「…………！」

愛麗絲衝出廚房，確認桐人乖乖坐在椅子上後，就打開玄關的門。接著再次豎耳傾聽，判斷穿越風的聲音越來越靠近後，就來到前面的庭院仰頭看著夜空。

在滿天星空作為背景下，呈螺旋狀往下降的黑影無疑是一隻飛龍。為了慎重起見看向草地的東邊，馬上就發現雨緣果然也趴在床鋪上看著天空。

「不會吧……」

想到可能是黑暗領域的暗黑騎士越過盡頭山脈，正想回去拿劍的時候，就看到龍的鱗甲在月光照射下發出銀色光芒。這也讓愛麗絲稍微放鬆肩膀的力量。雖然世界是如此遼闊，但能操控銀鱗飛龍的，就只有公理教會的整合騎士而已。

但現在放心還太早了。到底是誰，又是為了什麼專程飛到這樣的邊境來？難道要處刑桐人這個反叛者的論調過了半年還沒平靜，中央聖堂終於派人來追捕了嗎？

可能是感覺到愛麗絲的緊張了吧，雨緣也從床鋪裡爬出來，昂起脖子再次發出低吼。但威嚇的低沉吼叫立刻消失，變成讓人胸口一揪的撒嬌般咕嚕聲。

愛麗絲馬上就明白牠發出這種聲音的理由。

繼續迴旋了三圈後，在草地南端著地的飛龍，脖子附近長著顏色和雨緣極為類似的軟毛。那無疑是雨緣的哥哥，也就是名為瀧剞的飛龍。這麼說來，坐在牠背上的就是——

愛麗絲隨即用僵硬的聲音，對著以輕盈動作降到地面，身穿白銀鎧甲與頭盔的騎士搭話：

「……你竟然知道我在這裡。找我有什麼事嗎，艾爾多利耶·辛賽西斯·薩提汪？」

排名比身為第三十位騎士的愛麗絲還要後面的唯一一名整合騎士沒有立刻出聲，先把右手靠在胸口深深行了一個禮。

然後挺直身子，緩緩摘下頭盔。帶有光澤的淡紫色頭髮輕輕在夜空中飄動，讓他帶有都會氣息的華麗美貌露了出來。對方隨即用以男性來說算高亢且圓滑的聲音——

「久違了，吾師愛麗絲大人。雖然裝扮不同，但您依然是那麼地美麗。在今夜如此完美的夜色下，想到師父的黃金秀髮一定會發出亮麗的光輝，我便感到興奮難眠，於是帶著祕藏的名酒來訪。」

藏在背後的手迅速伸到前面，結果手上果然握著一支紅酒瓶。

愛麗絲把嘆息聲吞下肚，回答這名不知道為什麼會變成自己徒弟的男子。

「……傷勢完全痊癒了是很好，但你的個性還是一點都沒變。我現在才注意到，你說話的口氣有點像那個元老長裘迪魯金喔。」

她背對發出「嗚咕」這種奇妙聲音的艾爾多利耶，直接朝小屋走去。

「那……那個……愛麗絲大人……」

「有重要的事情就到裡面說。沒有的話就自己一個人把酒喝完，然後回央都去吧。」

隔了半年後再次相遇的瀧刳和雨緣兄妹正高興地互相摩擦脖子，愛麗絲抬頭瞄了牠們一眼，快步走回小屋裡。

乖乖跟了過去的艾爾多利耶，以好奇的眼光環視狹窄的小屋，然後把視線停留在旁邊低著頭的桐人身上。但他對過去曾交過手的背叛者沒有什麼評論，只是快步走到桌子深處，替愛麗絲把椅子拉出來。

「…………」

覺得連道謝都很愚蠢的愛麗絲以嘆息聲來取代，然後重重坐到椅子上。艾爾多利耶自行坐到她對面，把紅酒瓶放到桌上。面面相覷的瞬間，他的臉色之所以微微一沉，應該是看見依然綁在愛麗絲右眼上那條黑色綳帶的緣故吧。但表情立刻恢復原狀的艾爾多利耶，抬起臉後就輕輕動著鼻翼。

「……愛麗絲大人，怎麼有好香的味道。話說回來，我因為急著上路，到現在都還沒吃晚餐呢。」

「還說什麼話說回來。應該說，從央都飛到這樣的邊境，帶了酒卻沒帶乾糧的你到底是在想什麼？」

「我已經向三神發誓一輩子不吃那種又乾又粉的東西了。要用那種東西填飽肚子的話，乾脆任由飢餓耗光天命算了……」

不把艾爾多利耶無謂的回答聽到最後，愛麗絲就從椅子上站了起來。移動到廚房後，從放在灶上的鐵鍋裡盛起剩下來的燉豆子與肉丸放到木盤上，然後回到桌子前。

艾爾多利耶以混雜著歡喜與懷疑的表情，凝視著放在眼前的木盤。

「………冒昧地請問，這不會是愛麗絲大人親手做的吧……？」

「是啊。那又怎麼樣？」

「…………沒有。想不到有一天能嘗到吾師親手做的料理，這比您傳授我祕劍劍招時還要讓人高興。」

他以緊張的表情握住湯匙，然後把豆子放進嘴裡。

愛麗絲再次對咀嚼食物的艾爾多利耶質問道：

「那麼你到底是怎麼找到這個地方的？這裡和央都之間的距離，不論什麼樣的術式都無法到達……而且現在的騎士團也沒有為了尋找我一個人就派出飛龍四處偵查的餘力吧。」

艾爾多利耶沒有立刻回答，只是低聲說了句「想不到頗為美味」，並且拚命動著湯匙，最後從吃得精光的盤子上抬起頭來，用不知道從哪裡拿出來的手巾擦拭完嘴巴後，才筆直地看著愛麗絲。

「是順著我和愛麗絲大人之間靈魂的羈絆而來……雖然很想這麼說，但很可惜的，找到這裡單純只是偶然。」

他用演戲般的動作大大張開右手。

「從巡邏盡頭山脈的騎士那裡，傳來了最近北方這邊有許多哥布林與半獸人在偷偷蠢動的報告。雖然已經按照騎士長的指示把北、南、西的洞窟全部弄塌了，但牠們可能學不會教訓又想把洞挖開，所以我才來這裡確認。」

「……挖開洞窟……？」

愛麗絲皺起眉頭。

貫穿盡頭山脈的四條道路裡，南、西以及距離盧利特村頗近的北方洞窟都相當狹窄，做為黑暗軍隊主力的食人鬼與巨人無法從那裡通過。因此預測敵軍會在「東大門」外面集結，但騎士長貝爾庫利為了慎重起見，在得到指揮權後就讓這三個地方的洞窟崩塌了。

就是知道這件事愛麗絲才會到此隱居，但敵人要是重新把洞窟挖開的話，狀況就又不一樣了。盧利特村將瞬間從和平的邊境，轉變成最先籠罩在戰火當中的最前線。

「那麼……你去確認過黑暗軍隊的動態了嗎？」

「我花了一整天在洞窟周圍盤旋，結果不要說半獸人了，連一隻哥布林都沒看見。」

艾爾多利耶輕輕聳了聳肩，繼續說道：

「大概是把獸群看成軍隊了吧。」

「……確認過洞窟內部了嗎？」

「當然。我從黑暗領域那邊看過了，岩石確實一直堆到洞窟頂端。想挖開的話一定得動用大部隊。確認完之後……拉了韁繩準備回到央都去時，瀧剳不知道為什麼有點浮躁。讓牠自由飛翔後，就降落到這個地方來了。老實說，我也嚇了一跳。真的完全是偶然……不對，應該說是命運的引導吧。」

不知不覺中艾爾多利耶演戲般的口氣已經消失，這時他又用剛直的騎士表情繼續說道：

「在這個得以再次相見的時機，基於職務我必須這麼說。愛麗絲大人……請您回到騎士團來吧！對我們來說，您一個人的劍更勝過千名援軍！」

像是要逃開騎士強烈的視線般，愛麗絲輕輕地閉上眼睛。

這些事情愛麗絲當然都知道。

包圍人界的脆弱牆壁已經發出龜裂的聲音，隨時可能倒塌。想支撐住牆壁的騎士長貝爾庫利與新生守備軍目前正陷入苦戰。

對於守護、教導自己的騎士長還有尚未還的恩情，而且跟包含艾爾多利耶在內的整合騎士團夥伴們也還有一體感。但光憑這些依然無法戰鬥。

實力是來自於意志。愛麗絲在中央聖堂的戰鬥裡，發現到這個真相。雖然意志力能夠像那個時候的桐人一樣，逆轉令人絕望的戰力差距，但也可以讓最強的神器變成廢鐵——

「……辦不到。」

愛麗絲以細微的聲音回答。

艾爾多利耶一聽見，馬上發出銳利的聲音：

「為什麼？」

他不等愛麗絲待回答，立刻用鞭子般銳利的視線看著坐在暖爐旁邊的年輕人。

「是那個男人的關係嗎？打破中央聖堂的牢房，對許多騎士、元老長，以及最高司祭大人揮出反叛之劍的那個男人，到現在還幻惑著愛麗絲大人的心嗎？如果是這樣，就讓我幫忙斬斷您困惑的根源吧。」

艾爾多利耶在桌子邊緣握住的手開始用力，愛麗絲則用單眼緊緊瞪著他。

「住手！」

雖然是經過壓抑的音量，但光是這樣一句話，就已經讓騎士的身體往後仰。

「他也是為了自己相信的正義而戰。如果不是這樣，為什麼我們這些最強的整合騎士，乃至於騎士長閣下會全部被打倒呢？直接和他交過手的你，應該親身體驗過他手上長劍的重量吧。」

高挺的鼻梁上雖然因為懊悔而出現皺紋，但艾爾多利耶還是緩緩放鬆肩膀的力道。他一面把視線落到桌面，一面像呢喃般說出一段獨白：

「……我也很難接受亞多米尼史特蕾達大人想將半數人民變成無魂劍骨士兵的計畫。而沒有那個年輕人……桐人和他的朋友尤吉歐出現，應該就沒有人能阻止計畫實現。更何況，引導他們兩個人的，是過去與亞多米尼史特蕾達大人比肩而立的另一名最高司祭卡迪娜爾大人。如果貝爾庫利閣下說的話是事實，那麼事到如今我也不想再追究桐人的罪過。但是……如果是這樣，我就更加不能理解了！」

像是要把至今為止壓抑在胸口的想法全都吐露出來一樣，艾爾多利耶大叫著：

「反叛者桐人如果真像愛麗絲大人所說的那樣，是凌駕我們這些整合騎士的能人，那現在為什麼不拿起劍來戰鬥呢！為什麼淪落成這種丟臉的模樣，把愛麗絲大人束縛在這種邊境呢！如果是為了保護人民才刺殺亞多米尼史特蕾達大人，那麼現在更應該趕到東大門去才對吧！」

艾爾多利耶熾熱如火的一番話，似乎也沒辦法傳達到桐人心中。映照在他半閉雙眸當中的，就只有暖爐中搖晃的炭火光芒。

這時愛麗絲平穩的聲音打破了堆積在現場的沉重沉默：

「……抱歉，艾爾多利耶。我還是沒辦法和你一起離開。和桐人的狀況無關……是我的劍已經失去了力量，就這麼簡單。現在和你交手的話，我恐怕撐不了三回合。」

艾爾多利耶相當驚訝般地瞪大了雙眼。這名高傲的年輕騎士，臉龐就宛如稚嫩的少年皺了起來。

最後那張臉又浮現出帶著諦觀之意的微笑。

「……這樣啊。那麼，我也無話可說了……」

他緩緩伸出右手，並且呢喃著神聖術的起句。以持續的高速詠唱生成兩個晶素後，就把它們變成極薄的紅酒杯。

從桌上拿起紅酒瓶，只用指尖就把堅固的木栓彈飛。在兩個杯子裡各倒了少量的鮮紅液體，然後放下酒瓶。

「……早知道是離別之酒，我就把祕藏的西帝國產兩百年紅酒帶來了。」

艾爾多利耶拿起其中一只酒杯，一口氣把酒喝光，接著靜靜把杯子放回桌上。行了個禮後站起身子，大大地翻動純白披風。

「那麼，就此告別了，師父。本人艾爾多利耶，一生都不會忘記您教導我的劍法與神聖術要訣。」

「……保重了。我會祈求你平安無事。」

好不容易擠出這些話的愛麗絲緩緩向對方回點了一下頭，接著整合騎士的靴子就踩著響亮的腳步聲離開了。他的背部散發出不可動搖的傲氣，讓愛麗絲只能夠把視線移開。

騎士開門並且將其關上。瀧剞在前面的庭院發出一聲尖銳的叫聲，接著就是拍動翅膀的聲音。雨緣捨不得與哥哥分開的鼻音，讓愛麗絲的胸口為之刺痛。

強勁的翅膀聲遠去，最後完全消失，但愛麗絲還是無法動彈，只能一直坐在椅子上。

在晶素生成的玻璃杯天命耗盡前，愛麗絲用指尖輕輕把它拿起來靠到嘴唇上。隔了半年才又嚐到的紅酒，在舌頭上留下的不是甜味，而是苦澀的酸味。幾秒鐘後，兩個空杯子就撒下微光消失了。

她把木栓再次塞回仍未喝完的瓶子上，然後站了起來。移動到暖爐旁邊，對一直默默坐在那裡的桐人搭話道：

「……對不起，你一定累了吧。平常這個時候早已經在休息了。來，到床上去吧。」

輕輕把手放到肩膀讓桐人站起來後，就帶著他來到隔壁的寢室。幫忙把黑色居家服換成原色睡衣，接著讓他躺到窗邊的床上。

即使拿起疊在腳邊的毛毯蓋住脖子以下的身體，半閉著眼睛的桐人也只是毫不眨眼地往上持續看著天花板。

吹熄牆壁上的油燈，室內就充塞著淡藍色的黑暗。愛麗絲在桐人旁邊坐了下來，溫柔地撫摸著他消瘦的胸口與骨骼突出的肩膀，幾分鐘後，他就像是某種動力忽然消失般閉上了眼睛。

等待桐人的鼻息穩定下來，愛麗絲就離開床邊，換上自己的白色睡衣。接著又回到客廳，從窗戶確認雨緣的狀況後，就熄滅兩盞油燈，走回寢室當中。

她拉起床上的毛毯，鑽到桐人身邊，隨即有些許溫暖包圍她的身體。

平常總是一閉上眼睛就能逃進睡夢當中，但今天卻一直沒有睡意。

艾爾多利耶步行離開時，背後晃動的披風那炫目的白色還殘留在眼中，像針扎般刺激著眼睛。自己的背部過去也像他一樣充滿驕傲。以自己的劍守護人界以及生活在其中的人民，並且維護公理教會的權威，這種無可動搖的確信變成了活力，在身體裡四處流動。

但是自己已經完全失去這樣的力量了。

真的很想詢問——艾爾多利耶這名過去的弟子。教會與最高司祭的虛偽被揭穿的現在，你到底相信什麼，又為了什麼而戰？

但是她終究沒能那麼做。因為除了愛麗絲與貝爾庫利之外的整合騎士，並不知道最高司祭那恐怖計畫的全貌。就拿艾爾多利耶來說好了，他也還不知道自己的「記憶碎片」被封印在中央聖堂最上層裡，同時也不清楚「最愛的人」淪落成巨劍魔像的一部分這個事實。

因此他還能繼續相信公理教會這個組織。期盼著三女神派遣新的最高司祭到中央聖堂，毫無謬誤地領導人民的日子到來。

但知道神與神界的存在根本是天大謊言的自己，應該怎麼辦才好？

雖說是出於無奈，但騎士長還是對其他騎士隱瞞了一半的實情，讓他們為即將來臨的大戰做準備。若是自己現在加入其中，愛麗絲懷抱於胸的迷惘一定會讓其他騎士感到迷惑。

誰也不知道急就章的守備軍是不是能擋得住黑暗軍隊的總攻擊。如果東大門被突破的話，渴望人血的怪物最後一定會湧入這個邊境村莊吧。真的沒有可以迴避這齣慘劇的方法了嗎——

當愛麗絲這麼想時，腦袋裡一定會重新浮現一道聲音。

和最高司祭決戰之後，桐人在即將倒地之前，從不可思議的水晶板裡發出來的兩句話。

——到世界盡頭的祭壇去。(World End Altar)

——從東大門出去後一直往南。

從來沒聽過「World End Altar」這樣的神聖語名。但是自己知道走出東大門後有什麼東西。

那是有一整片炭灰般黑色地面以及血色天空的黑暗領域荒野。只要踏進一步，不論是要前進還是後退都相當困難。

就算克服難以想像的困難橫斷暗之國，到達那個叫什麼祭壇的地方好了，那裡又有些什麼呢？真的有誰——或者什麼東西能從黑暗軍隊手底下守護生活在人界的人民嗎……？

愛麗絲在枕頭上轉過頭，看向躺在床鋪另一邊的年輕人。

然後在毛毯裡爬行，移動到桐人身邊。稍微猶豫了一下後就伸出手，像作惡夢而害怕的小孩子般緊緊抱在他身上。

不論怎麼用力把瘦到慘不忍睹的身體拉過來，過去用如火焰般激烈的個性讓愛麗絲內心產生動搖的那個年輕人都沒有任何反應。緩慢跳動的心臟沒有加速，甚至連伏下的黑色睫毛都沒有震動。活在這裡的……不對，或許應該說存在這裡的，只是完全燃燒殆盡的無魂空殼罷了。

現在右手如果有劍的話——

幹脆就同時貫穿兩顆緊靠的心臟，讓一切全部結束。

這一瞬間的思考，變成了眼淚從愛麗絲眼角溢出，滴到桐人的後頸並散開。

「桐人，教教我……我該怎麼辦才好……」

沒有聲音回答她的問題。

「我……該怎麼辦…………」

一滴又一滴落下的淚珠，淡淡地凝聚了由窗簾縫隙照射進來的月光。

2

天亮後的十之月二十二日，是這個秋天最冷的日子。

愛麗絲取消了散步，和桐人一起在暖爐邊度過這段時間。雖然按照卡利塔老人教導，打算在冬天正式來臨前準備大量的柴火，但現在看起來已經沒有這個必要了。

光是寫兩張羊皮紙信件就花了一整天的愛麗絲，猶豫了一下後，才在泛用語寫下的滋貝魯庫姓氏下方，再用神聖語簽下了辛賽西斯．薩提。

仔細地把信件摺好，用帶子綁起來，在外面寫上賽魯卡的名字。然後和另一封給卡利塔老人的信並排在桌子上。

那是道別和謝罪的信件。自己已經沒辦法繼續住在這間被整合騎士艾爾多利耶得知的房子裡了。下一次恐怕就不是艾爾多利耶，而是騎士長貝爾庫利本人過來說服自己。那個時候，愛麗絲將不知道怎麼拒絕對自己有大恩的師父。

所以只能再次逃走。

嘆了一口又細又長的氣後，愛麗絲抬起臉來，看向坐在桌子對面的黑髮青年。

「桐人，你想去哪裡？聽說西域的高原地帶相當美麗。還是南域的密林地帶比較好？據說一整年都很溫暖，可以摘到各種水果喔。」

雖然試著發出更加開朗的聲音，但桐人當然還是沒有任何反應。

空虛的眼睛只是一直朝著桌子表面。想到又得帶著這名受傷的年輕人過流浪的生活，愛麗絲心頭就感到一陣刺痛。但是，也沒辦法把他丟在盧利特村不管。不能強迫身為修女見習生的賽魯卡接下這種困難的任務，而且愛麗絲本身也不願意這麼做。因為照顧桐人，已經是愛麗絲活下去的唯一理由了。

「……好吧，就把去向交給雨緣決定吧。差不多該睡了，因為明天還得早起呢。」

幫桐人換衣服並且讓他躺到床上後，自己也換上睡衣並且把油燈吹熄，接著愛麗絲就鑽到毛毯底下。

在黑暗當中，豎起耳朵傾聽桐人的呼吸聲。知道他完全睡著後，愛麗絲悄悄移動身體。把頭靠在桐人骨瘦如柴的胸口後，緊貼在上面的耳朵就感覺到緩緩的鼓動。

桐人的心已經不在這裡了。心臟的聲音，也不過是過去留下來的殘響。每天晚上都靠在他身邊睡著的愛麗絲，這幾個月來一直有這樣的想法。但同時也有怦咚怦咚的聲響深處，似乎還殘留著些什麼的感覺。

如果現在的桐人是思考完全正常，只是無法表達出來的話，應該要如何開脫自己這樣的行為呢？想到這裡愛麗絲就一邊露出些許微笑，一邊陷入淺淺的睡眠當中。

突然間，靠著的身體傳來輕微的震動。

愛麗絲死命抬起沉重的眼瞼。雖然左眼看向東側的窗戶，但從窗簾縫隙裡看見的天空還是一片黑暗。感覺上大概只睡了兩三個小時而已吧。

愛麗絲對身體再次繃緊的桐人呢喃：

「還是晚上喔……再睡一下吧……」

她一面再次閉上眼睛，一面撫摸著桐人的胸口想讓他沉睡。但是當聽見耳邊發出細微的聲音後，愛麗絲才終於注意到年輕人的異常。

「啊……啊……」

「桐人……？」

現在的桐人，已經沒有自發性的欲求。應該不會因為寒冷或者口渴之類的事情醒過來才對。但是年輕人的身體卻震動地更加厲害，簡直就像要離開床鋪般動著腿部。

「怎麼了……？」

想到「不會是意識恢復了吧」的愛麗絲，迅速撐起上半身，甚至不願意花時間點燃油燈，直接就生成一個光素。

在微弱白光照耀下，桐人的眼睛還是跟平常一樣充滿空虛的黑暗。看見這一幕後，愛麗絲沮喪地嘆了口氣。但這樣的話，到底是什麼讓他——

這時愛麗絲的耳朵又聽見從窗外發出的聲音。

「咕嚕嚕，咕嚕嚕嚕！」

應該在空地角落睡覺的雨緣，這時發出了鳴叫聲。那是帶有要主人提高警戒之意的尖銳聲音。

跳下床鋪的愛麗絲，直接從寢室穿越客廳，推開了玄關的門。外面的冰冷夜風一瞬間灌了進來。原本應該只蘊含森林氣味的風，這時卻帶有其他奇異的味道。這刺入鼻腔深處般的氣味是，燒焦味——

愛麗絲光著腳跳到前面的院子裡。環視夜空後，瞬間屏住了呼吸。

西方的天空可以看見火光。

不祥的朱紅色光芒，無疑是由巨大火焰反射出來。凝眼一看之下，就能看見幾道橫跨星空的黑煙。

——森林火災？

雖然一瞬間有了這樣的想法，但立刻就打消。乘著焦臭的風一起傳過來的，是細微的金屬敲打聲——以及大量的悲鳴。

這是敵襲。

黑暗領域的軍隊襲擊了盧利特村。

「……賽魯卡！」

愛麗絲發出沙啞的悲鳴，準備要衝回家去。但爬上門廊時就整個人僵住了。

無論如何都要救出雙親與妹妹。

但其他村民又如何呢？

如果想盡可能解救所有人，就一定得跟黑暗軍隊正面交戰。但現在的自己真的還有這樣的力量嗎？

整合騎士愛麗絲力量的泉源，是對公理教會與最高司祭的盲目忠誠心。而這樣的信仰已經隨著右眼消失，現在的自己真的可以揮動金木樨之劍並使用神聖術嗎？

整個人凍結的愛麗絲，耳朵——

聽見小屋裡傳出「喀嗟」的聲音。

嚇了一跳的她瞪大了左眼。在微暗的客廳中央，有一張椅子翻倒了，椅子旁邊則有一名黑髮年輕人正在地上爬。

「……桐人……」

愛麗絲驅動著快喪失力量的腳進入小屋內。

桐人眼裡依然沒有意志的光芒。但他緩慢動作的目的已經相當明確。伸出來的一隻手臂，筆直地指著掛在牆壁上的三把劍。

「桐人……你……」

從愛麗絲胸口湧起的暖流塞住了她的喉嚨。她花了一段時間，才發現讓視界模糊的東西是眼淚。

「……啊……啊……」

發出沙啞聲音的桐人，完全沒有停下動作，只是全心全意地朝著劍前進。愛麗絲擦去眼角的淚水，一直線朝年輕人跑去，把他瘦削的身體從地板上抱起來。

「別擔心，我會過去。我會去幫助村子裡的人。放心在這裡等我回來吧。」

迅速對他呢喃完後，愛麗絲就用力抱緊桐人。

怦咚、怦咚。靠緊的胸口，可以感覺到心臟的跳動。

這樣的聲響裡，潛藏著就算心扉緊閉也絕不會燃燒殆盡的意志力。就算只是微弱的火光，愛麗絲的身體還是確實感覺到溫度。

用力貼緊對方的臉頰後，愛麗絲就抬起輕盈的身體，讓他坐到椅子上。

「救完大家後，我會馬上趕回來。」

再次對他這麼說完後，就先把一直收在櫃子裡的鎧甲與劍帶拖出來，直接套到睡衣上面。

接著又跑到東側牆邊，毫不猶豫地抓下自己的愛劍。

隔了半年才又握住金木樨之劍，雙手立刻就感覺到它沉甸甸的重量。把劍鞘上的掛鉤鉤在劍帶上，一邊穿上外套一邊把腳放進靴子後，隨即再次跑下門廊來到前院。

「雨緣！」

朝著東側的床鋪叫了一聲，立刻有一道巨大的影子飛過來，對著愛麗絲低下頭。

跳上長脖子底部的愛麗絲，用短促的聲音下達命令：

「走吧！」

銀色雙翼「啪嚓！」一聲拍打了起來，經過短暫的助跑後，飛龍一口氣飛上夜空。

才上升到一定高度，馬上就清晰地看見盧利特村的慘狀。冒出熊熊火光的主要是村子北側。襲擊者果然是從黑暗領域穿越盡頭山脈而來。

昨天晚上艾爾多利耶曾經說過，在貝爾庫利指示下弄塌的「北方洞窟」沒有異狀。如果短短一天就能夠撤去那麼大量的瓦礫，那麼為了這次襲擊而動員的士兵數量就不只是十幾二十人那麼簡單了。

自古以來，似乎就有少數部隊趁著黑夜穿過貫通盡頭山脈的三處洞窟，來到人界為惡的事情發生。桐人和尤吉歐也說過，在到央都之前，曾經在北方洞窟和哥布林集團戰鬥。但從來沒聽過有如此大規模且露骨的襲擊。暗之國整體對人界進行總攻擊的氣勢果然越來越高漲了嗎？

當愛麗絲想著這些事情時，雨緣一口氣飛越深邃的森林，來到盧利特村近郊的麥田上空。雖然沒有韁繩，但愛麗絲改用手掌輕輕拍了一下龍的後頸，做出滯空的指示。

接著她探出身子，凝眼觀察村子的狀況。南北延伸的大道上，北側已經冒出紅艷的火光，可以清楚地看見眾多襲擊者進逼的影子。以跳躍般動作行走的，是敏捷的哥布林。稍遠處則有不少龐大的半獸人往此處推進。

中央廣場的北側附近，雖然築起了由家具與木材堆疊出來的臨時防禦線，但哥布林的前鋒部隊已經抵達該處，越過障礙物互相交鋒的刀刃不停閃出刺眼的光芒。

應戰的是村子裡的侍衛隊。但是人數、裝備與訓練程度根本比不上哥布林部隊。這樣下去，馬上就會被後方一面踩著沉重腳步一面往這裡逼近的半獸人部隊輕易地擊潰。

愛麗絲壓抑下想立刻縱身到戰場中央的心情，繼續確認狀況。

村子的東側與西側也有幾處著了火。但是廣場南邊似乎還沒有受到傷害。除了侍衛之外的村民——當然賽魯卡也是——應該都從南門脫逃到森林裡避難了吧。

心裡這麼想的愛麗絲，再次凝眼看向廣場，結果忍不住發出了聲音：

「為什麼……！」

教會前的圓形廣場上，出現無數像要包圍中央噴水池般的緊緊靠在一起人影。因為人數實在太多，導致於無法立刻注意到。盧利特村的所有居民應該都聚集在那裡了。

他們為什麼不逃到村子外面？

襲擊者的本隊到達防禦線的話，侍衛們瞬間就會潰敗吧。要是不立刻開始移動，就來不及避難了。

愛麗絲再次拍拍飛龍的脖子，讓牠前進到廣場正上方後大叫了一聲：

「雨緣，在我叫妳之前，先在這裡待機！」

然後就毫不猶豫地從高達數十梅爾的高度縱身往下跳。在外套衣襬強烈拍動的情況下，劃過夜晚冰冷的空氣落下。

圍成圓形的三百多名村民可能還算有應戰的意識吧，在外圍配置了拿著鋤頭與大鐮刀等農具的男性。這些人旁邊有兩名男性不停做出指示，而愛麗絲就在他們附近落地。

石頭地板隨著雷鳴般的轟然巨響呈放射狀裂開。一陣強烈的衝擊由腳底貫穿愛麗絲腦門，雖然減少了一些天命，不過確實發揮出效果。

兩名男性——富農納伊古魯．巴爾波薩與盧利特村村長卡斯弗特．滋貝魯庫，都因為忽然從頭頂降下來的人影而嚇得沉默。

愛麗絲看見父親的臉後感到有點難以呼吸，但還是沒有錯過自己造成的寂靜大聲喊道：

「在這裡沒辦法抵擋牠們！請立刻讓所有村民從南方的大道避難！」

聽見愛麗絲的指示後，男人們臉上就露出更加驚訝的表情。

但回過神來的納伊古魯從嘴裡發出來的，卻是渾厚的怒罵聲：

「別說蠢話了！怎麼能拋下房子……拋下村子直接逃走呢！」

面對額頭露出青筋的富農，愛麗絲立刻以尖銳的語氣反駁道：

「現在避難的話，還可以不被哥布林追上順利逃走！家產和生命究竟哪個比較重要！」

頓時語塞的納伊古魯只能發出「咕」一聲，這時由村長卡斯弗特代替他以低沉緊張的聲音說：

「是侍衛長吉克指示我們在廣場圍成圓形來加強防禦。在這種情形下，身為村長的我也必須遵從他的命令。這是帝國法律的規定。」

這次換成愛麗絲說不出話來了。

在發生事故時，擔任侍衛長天職者，得暫時取代村長或鎮長掌握所有居民之指揮權。諾蘭卡魯斯北帝國基本法裡確實存在這樣的條文。

但名為吉克的侍衛長，不過是一個剛從父親那裡接下天職的年輕人。在這樣的異常事態當中，不可能做得出冷靜的指揮與判斷。卡斯弗特臉上藏不住的焦慮，正表示他內心也有這樣的想法。

只不過，對村民來說，帝國法律擁有絕對的權威。想讓他們開始避難的話，只能把應該在廣場北側的防禦線指揮戰鬥的吉克拖回來改變命令，但現在已經沒有這種多餘的時間了。

怎麼辦？該怎麼辦才好──

就在這個時候，一道稚嫩但堅毅的叫聲衝進束手無策的愛麗絲耳朵裡。

「爸爸，我們按照姊姊所說的去做吧！」

驚覺的愛麗絲移動視線後，就看見在人牆內側，有一名嬌小的修女正在用神聖術治療應該是被火灼傷的村民。

「……賽魯卡！」

心裡想著「太好了，她平安無事」的愛麗絲，隨即準備對疼愛的妹妹跨出腳步，但賽魯卡已經先站起來，穿越人牆來到三個人旁邊。

一瞬間對愛麗絲露出笑容的賽魯卡，馬上恢復嚴肅的表情，對卡斯弗特搭話道：

「爸爸，從以前到現在，姊姊有哪一次說錯了？不對，應該說就連我也知道，這樣下去大家都會被殺掉！」

「但……但是……」

卡斯弗特以苦澀的表情吞吞吐吐起來。嘴巴上方黑白混雜的鬍鬚不停輕微震動，呆滯的視線也在空中游移。

代替說不出話來的村長，納伊古魯．巴爾波薩再次爆發憤怒的聲音：

「這不是小孩子能插嘴的事情！我們要保護村莊！」

充滿血絲的雙眼，目不轉睛地盯著建在廣場附近的巴爾波薩家宅邸。巴爾波薩腦袋裡一定只想到秋天剛收成的大量小麥，以及長年累積下來的金幣。

富農把視線拉回到愛麗絲與賽魯卡身上，理所當然般以尖銳的聲音激動地大叫：

「對……對了，我知道了！就是妳讓暗之國的怪物進到村莊裡來的吧，愛麗絲！妳以前跨過盡頭山脈的時候，就被黑暗的力量汙染了！魔女……這個女孩是恐怖的魔女！」

被粗大的手指一指後，愛麗絲頓時啞口無言。村民們的騷動、防禦線響起的兵器擊打聲，以及怪物們逐漸從北方逼近的哄鬧聲都瞬間遠去。

自從在村子外圍生活後，愛麗絲就在納伊古魯的委託下幫忙砍過好幾棵森林裡的巨樹。每一次這個男人都像快把身體扭斷般地感謝她。但現在卻為了守護自家的財產而說出那樣的話，竟然有如此卑劣的人——

愛麗絲把視線從這名露出半獸人般醜惡表情的中年男子身上移開，在內心呢喃著。

——不用管他們了。

——我也只要按照自己的意思去做。只要帶著賽魯卡與卡利塔老人以及雙親離開村子，然後到遠方找個新的住所。

她用力咬緊牙根，並且閉上眼睛。

心裡繼續想著：「但是……」

——納伊古魯．巴爾波薩與其他村民之所以會如此愚昧，全是因為公理教會數百年來統治所造成的結果。

禁忌目錄以及其他無數的低位法與規範束縛了人們，雖然讓他們沉浸在溫水般的安寧當中，但是也奪走了重要的東西。

也就是思考與戰鬥的力量。

幾乎等於無限的歲月裡，這些人們持續被奪走的無形力量究竟累積到什麼地方去了呢？其實就是僅有的三十一名整合騎士的身體當中。

愛麗絲用力吸了一口氣並呼出來，然後以要發出聲音般的速度瞪大左眼。

視線前方的納伊古魯忽然像感到害怕般，臉色變成一片蒼白。

相對的，愛麗絲則感覺身體深處充滿了不可思議的力量。那股力量就像是雖然安靜，但是比任何東西都要熾熱的藍白色火焰。也就是在中央聖堂最上層的決戰後，就覺得已經消失的——讓桐人、尤吉歐以及愛麗絲對抗人界最強支配者的力量。

愛麗絲用力吸了一口氣，並且宣告：

「……我廢棄侍衛長吉克的命令。我命令聚集在這座廣場的所有村民，由拿著武器的人帶領，全都退到南方森林去。」

聲音雖然相當平穩，但納伊古魯卻像是被看不見的手擊中般上半身整個向後仰。但就算是這樣，他還能是用顫抖的聲音反問，而這也讓人不得不佩服他的膽量。

「被……被趕出村子的女孩，能用什麼權限做出這種命令。」

「騎士的權限。」

「騎……騎士是什麼啊！這村子裡根本沒有這種天職！稍微會點劍法就敢隨便自稱騎士，要是被央都的騎士大人知道了不知道會……」

愛麗絲緊緊盯著口沫橫飛的納伊古魯，用左手抓住外套的右肩部分。

「我……我的名字是愛麗絲。是統括管理聖托利亞市的公理教會整合騎士第三位，愛麗絲・辛賽西斯・薩提！」

她高聲報出自己名號，同時也把外套拉下來。

覆蓋全身的厚重布料被拿開的瞬間，黃金鎧甲與金木樨之劍反射熾烈火焰的顏色，發出刺眼的光芒。

「什麼……整……整……整合騎士……！」

納伊古魯發出完全沙啞的聲音，以大吃一驚的表情一屁股坐到地上。卡斯弗特也跟著瞪大了雙眼。

愛麗絲不可能報出假的名號。因為這個世界上，沒有能詐稱整合騎士——也就是能夠否定公理教會權威的人存在。雖然辦得到的大概就只有桐人與愛麗絲兩個人而已，但從央都逃到這裡的現在，愛麗絲也沒有捨棄身為騎士證明的佩劍。

原本在周圍騷動著的村民也瞬間安靜了下來。從北方防禦線持續傳出的交戰聲，侍衛與哥布林之間的吼叫聲也瞬間遠去。

首先打破沉默的，是賽魯卡的呢喃聲：

「姊……姊……？」

把左眼朝向在胸前合握住雙手的妹妹後，愛麗絲露出溫柔的微笑。

「抱歉之前一直瞞著妳，賽魯卡。這就是加諸在我身上的真正懲罰。同時也是——真正的職務。」

聽見這些話的賽魯卡，雙眼立刻浮現出淚珠。

「姊姊……我……我一直都相信妳。我知道姊姊一定不是罪人。真的……好漂亮……」

接著有所行動的是卡斯弗特。

發出「喀」一聲清脆的聲音跪到石頭地板上的村長，一邊低下頭一邊以堅定的聲音大叫：

「謹遵整合騎士大人的命令！」

他迅速站起來，對著背後的村民做出簡潔的指示：

「全員起立！在帶著武器的人前導下往南門逃走！離開村莊後，就逃進開拓地的南方森林裡！」

僵硬地站在現場的村民間，出現了不安的騷動。但一瞬間就消失了。村民之間原本就不存在違抗村長命令的選擇，何況現在還是受到整合騎士的命令。

靠在外圍的強壯農夫群站了起來，也催促女性、小孩與老人快點起立。愛麗絲叫住準備加入先頭集團的卡斯弗特，壓低了聲音告訴他：

「爸爸，各位村民……賽魯卡還有媽媽就拜託您了。」

卡斯弗特嚴肅的表情一瞬間產生動搖，然後也同樣簡短地回答：

「…………也請騎士大人保重您的貴體。」

這名父親一定再也不會把愛麗絲當成女兒了。這也是獲得力量後必須付出的代價。愛麗絲一邊把這件事刻劃在心中，一邊推著賽魯卡的背，讓她走到卡斯弗特身邊。

「姊姊……不要太勉強喔。」

微笑著對依然流著眼淚的妹妹點了點頭後，愛麗絲就把身體朝向北邊。她背後的村民已經一起展開行動了。

「啊……啊啊……我的……我的宅邸……」

發出這種丟臉聲音的，是依然癱坐在地上的納伊古魯·巴爾波薩。他交互凝視著逃走的村民，以及火焰已經燒到附近的宅邸。愛麗絲這時不再理會他，轉而把意識集中到整座村子上。

雖然成功讓村民開始移動，但怎麼說也有三百個人。所有人要逃離村子需要花上好一段時間。但防禦線似乎快撐不住，從東西兩邊都能聽見敵人逼近的腳步聲。

這時廣場北側傳來年輕男性近似悲鳴的大叫：

「不行了！撤退！撤退——！」

聲音的主人應該是侍衛長吉克吧。聽到叫聲的瞬間，納伊古魯．巴爾波薩像是重新有動力般站了起來，對著愛麗絲逼問道：

「看吧……妳看見了吧！應該圍在廣場進行防禦才對！大家要被殺掉了！全都要被殺掉了！」

愛麗絲聳了聳肩，冷靜地反駁：

「別擔心，有這麼大的空間的話，我會在這裡擋住牠們。」

「怎麼可能！不可能辦得到啦！就算……就算妳真的是整合騎士，也不可能獨自戰勝那麼一大群惡鬼！」

即使已經可以看見哥布林恐怖的身影從東西兩側逼近，納伊古魯依然不停大叫著。愛麗絲再次無視他的存在，稍微往後面瞄了一眼。村民的最尾端依然在廣場裡面，但已經離開愛麗絲等人所在的中央部分一段距離。

愛麗絲用力抓住納伊古魯的衣領，把他推向南邊。接著把那隻手筆直指向夜空，高聲呼喚愛龍的名字：

「雨緣！」

立刻從上空傳來充滿力量的咆哮。愛麗絲一邊將右手由西往東揮下，一邊持續叫著：

「──把牠們燒光吧！」

如暴風雨般的翅膀拍動聲降下，呆立在現場的納伊古魯與衝進廣場的眾多異形亞人──哥布林同時抬頭往正上方看去。

黑影穿越被火焰染紅的天空後急速降下的巨大飛龍，大大地打開了下顎。喉嚨深處開始有藍白色光芒閃爍──

咻啪！

這樣的聲音響起後，就迸發出刺眼的光芒。擊中西側道路的熱線，橫越站在廣場南側的愛麗絲與巴爾波薩面前，直接掃到東側的道路。

隔了一會兒後──

劇烈的火焰一直線往上竄，朝著夜空解放威力。被吞沒的哥布林全都發出尖銳的悲鳴並且被轟飛。

飛龍的炙熱光線瞬間屠殺了二十隻以上的襲擊者，同時也把廣場中央噴水池裡的水蒸發掉，讓周圍全是一大片白煙。愛麗絲對掠過水蒸氣上方飛走的雨緣做出待機的指示，然後往背後瞄了一眼。

納伊古魯・巴爾波薩可能是嚇得腳軟了吧，只見他再次跌坐到地上，兩眼像是快要掉出來一樣。

「什……什麼……飛……飛……飛……飛飛龍……！」

鬆垮的雙頰不停痙攣的中年男人讓愛麗絲浮現他到底是怎麼了的想法，這時又從漫天水蒸氣後方傳出拚命跑過來的腳步聲。出現在眼前的，是多名穿著相同皮革鎧甲的盧利特村侍衛隊隊員。迅速決定撤退就結果來說是相當好的判斷，十幾名侍衛身上雖然到處是輕微的傷痕，不過沒有重傷者出現。

勇敢地跑在最後的高大年輕人——侍衛長吉克注意到廣場幾乎淨空後，隨即一臉愕然地大叫：

「村……村子裡的人到哪去了？不是要他們死守這個地方了嗎？」

「我讓他們退到南方森林去了。」

愛麗絲剛這麼回答，吉克就像首次注意到她的存在般眨了眨眼睛。視線從頭到腳打量了愛麗絲好幾次後，才用茫然的表情說道：

「妳是……愛麗絲……？為什麼妳能這麼做……？」

「沒時間說明了。這就是所有的侍衛嗎？沒有人還留在那裡吧？」

「啊……嗯，應該是沒有……」

「這樣的話，你也跟大家一起逃吧。對了，還有那邊的巴爾波薩先生也麻煩你了。」

「但……但是……那些傢伙已經來到那…………」

話還沒說完──

「嘰嗶────！」

粗野的叫聲就響徹整座廣場。

「在哪裡！白色伊武姆逃到哪去了！」

突破濃霧衝進廣場的，是穿著粗陋板金鎧甲，右手握著鐵塊般蠻刀，頭上還插著長羽毛的哥布林們。牠們和剛才從側面通道出現，然後被雨緣燒死的哥布林似乎不同部族，體格看起來比較強壯一點。

愛麗絲打量著這群亞人，右手一邊放到愛劍劍柄上。飛龍的炙熱光線沒有辦法連發。在雨緣體內再次囤滿熱素之前，愛麗絲得獨自面對敵人。

其中一隻哥布林注意到穿著黃金鎧甲的愛麗絲，發出黃光的眼珠立刻湧出強烈的殺意與欲望，並且大叫：

「嘰嗶！是女伊武姆！殺了她！殺了她然後吃掉！」

愛麗絲靜靜等待以長到不可思議的手臂舉起蠻刀，並且一直線往這裡衝過來的亞人，心底深處同時這麼呢喃。

這副作為整合騎士的身體——

竟然被賦予如此恐怖的力量。甚至覺得存在本身就是一種罪過。

「嘰嗶————————！」

愛麗絲隨便伸出左手，擋下邊跳躍邊往下揮落的厚重彎刀。沒有任何防具的手掌雖然承受沉重的衝擊，但是沒有骨折，甚至連皮膚都沒有裂開。五根手指抓住不算鋒利的刀刃，像是薄冰般將其捏碎。

在脆弱四散的金屬片掉到地面之前，右手拔出來的金木樨之劍就已經橫向掃過哥布林的身體。

黃澄色的劍風波及由後方慢慢逼近的三隻哥布林，瞬間吹散一大片濃厚的水蒸氣。四隻敵兵像是不知道發生什麼事情般瞪大黃色眼珠，然後在不發一言的情況下上半身與下半身分家，重重地掉落到地面。

愛麗絲退後一步避開遲了一會兒才噴上來的血柱，再次在心中自言自語。

——最高司祭亞多米尼史特蕾達，妳果然錯了。

——妳把這樣的力量集中在僅有三十人的整合騎士身上，然後封鎖這些人的意志，把他們變成隨心所欲操縱的傀儡。藉由這樣的手段，掌握住原本應該分給人界中所有人民的力量。但這過於偏頗的力量，卻迷惑、困擾了擁有這股力量的人，以及他們身邊的所有人。就像妳自己也被過於強大的力量吞沒，變得不再是一個人類……

最高司祭亡故的現在，已經無法矯正這樣的錯誤。

這樣的話，至少要為了所有人民耗盡這股力量。

不是做為公理教會的整合騎士，而是以一名劍士的身分，自己思考並以自己的意志戰鬥。就像過去曾經這麼做過的兩位勇敢劍士一樣。

保持揮完劍姿勢的愛麗絲，這時毅然睜開閉起來的左眼。

同一時間，構築在廣場北側的應急防禦線也從另一側被打得粉碎。

像是要掩蓋整條大道一樣，侵略者的本隊衝了進來。可以看到超過五十隻以上的哥布林，以及數量雖然比較少，但圓滾滾的巨大身軀上裹著厚重鐵製鎧甲，帶著長大三叉戟的半獸人。

黃色眼睛發出絢爛光芒的亞人們，發出充滿憎恨與欲望的吼叫聲，而包含吉克在內的眾侍衛與納伊古魯．巴爾波薩看見牠們這種模樣後發出絕望的呻吟。

但愛麗絲的心卻相當平靜。

並不是仗勢整合騎士的戰鬥能力。被如此多的敵人包圍，並且被長槍從四面八方刺中的話，就算是騎士的身體也不可能只受輕傷。

給予愛麗絲力量的，是心中唯一的全新認知。

——接下來我將為自己冀求的事物而戰。保護妹妹與雙親，並且為了桐人與尤吉歐想要守護的人界人民而戰。

愛麗絲確切地感覺到，殘留在心底深處那份對自己的懷疑與無力感已經在白光中逐漸蒸發。那道光線在身體裡環繞，最後聚集在被黑色繃帶覆蓋住的右眼，產生強烈的熱度。

「…………………！」

咬緊牙根忍耐著從眼窩貫穿後腦勺的劇痛。但那是有點懷念與苦澀的痛楚。愛麗絲用左手抓住橫越頭部的繃帶，一口氣把它扯了下來。

那一天之後已經閉了半年的右邊眼瞼輕輕張了開來。黑暗視野中央出現呈放射狀擴散的紅光，最後變成晃動的火焰。左眼看見的，是家家戶戶著火的光景變成雙重影像，雖然有些誤差但逐漸消弭——最後完全重疊在一起。

愛麗絲以一雙眼睛，看著左手握住的黑布。

經過重覆洗滌後已經褪色的眼帶，是桐人撕下自己的衣服所製作。幾個月來都是靠著這條布保護隨著封印炸裂的右眼，但它的天命可能終於到界限了，只見它從底端開始溶解在空氣中並消失。愛麗絲一邊凝視著這脆弱又美麗的光景，一邊領悟到一件事。

這半年來，她認為自己是在保護、照顧著失去右臂與心智的桐人。但實際上自己才是被守護的人。

「……謝謝你，桐人。」

愛麗絲把快要完全消失的黑布貼在嘴唇上，然後細聲呢喃：

「……我已經不要緊了。今後一定也會因為各種事而迷惑、煩惱以及受到挫折……但我還是會往前進。為了你和我所追求的事物。」

黑布消失的同時，愛麗絲迅速抬起頭來。

兩眼確實注視的前方，有將近一百隻左右的哥布林與半獸人，一邊發出吼叫聲一邊像雪崩般湧入廣場。背後則響起眾侍衛與納伊古魯．巴爾波薩逃走的腳步聲。

獨自迎戰一群敵軍的愛麗絲，內心沒有任何恐懼。

她用力吸進帶著焦味的空氣，接著大叫：

「——吾為人界的騎士愛麗絲！只要我在這裡，你們就絕對得不到冀求的血液與殺戮！現在立刻通過洞窟回你們的國家去吧！」

像是被凜然響起的巨大聲音震攝住一樣，跑在最前面的幾隻哥布林來勢稍微減緩。但下一刻，待在集團中央附近的一名看起來應該是大將的魁梧半獸人，就一邊抬起雙手拿著的斧頭，一邊爆出殘忍的吼叫聲：

「咕啦啊啊啊！不過是一隻小小的女白伊武姆，看本『砍腳的摩利卡』大爺馬上就讓妳趴到地上！」

哥布林的氣勢隨即因為這道聲音再次高漲。愛麗絲把宛如黑色巨浪般朝自己逼近的大軍引誘到足夠的距離後——

「雨緣！」

一呼叫名字的瞬間，就有一道巨大的影子從上空急速降下。雖然還沒囤積夠足以發射炙熱光線的熱素，但飛龍改以軀體與打雷般的聲音來威嚇這些亞人，從快要碰到牠們頭部的高度猛然通過天空。吃驚的敵軍比剛才還要驚慌失措。

愛麗絲不錯過這個機會，高高舉起右手的金木樨之劍，大叫道：

「——Enhance armament！」

雖然隔了半年才又詠唱，而且還是省略術式本體的「武裝完全支配術」式句，但愛劍還是回應了愛麗絲的意志。黃金劍身隨著清澈的金屬聲分裂成無數小劍刃，一邊反射火焰的光芒一邊飄上夜空。

「狂舞吧——花朵們！」

「唰」一聲過後，黃金的花朵就像暴風雪般淋到敵軍身上。

首先陷入一片血海的是自稱摩利卡的大將半獸人。全身被好幾朵花貫穿，瞬間喪失所有天命，隨著轟然巨響往正後方倒去。站在牠周圍的半獸人，則不斷發出悲鳴並趴到地上。

金木樨之劍是源自於創世時代就成長於人界中心的最古老樹木，可以算是神器中的神器。它擁有「永劫不朽」的外號，即使用武裝完全支配術分離成數百朵花瓣，每一朵花的優先度還是足以媲美知名工匠打造出來的名劍。粗陋的鑄鐵鎧甲根本無法抵擋。

一瞬間失去包含大將在內的主力部隊，侵略者們頓時不知所措。往前衝的氣勢為之一挫，在進入廣場十梅爾左右的地方停下腳步。

當最前列的眾多哥布林們還在猶豫該遵從欲望還是恐懼時，愛麗絲已經敏銳地揮動右手上的劍柄。「唰」一聲輕快的聲音過後，數百朵花飛舞到天空中，在愛麗絲與敵軍之間排成了整齊的直條紋模樣。

愛麗絲透過金碧輝煌的柵欄看著亞人們，然後靜靜地宣告：

「這是區隔人界與暗之國的牆壁。就算你們把洞窟挖開，只要有我們騎士在的一天，就不會讓你們汙染這塊土地！選擇吧——是要前進倒在血泊裡，還是往後逃回暗之國！」

不到五秒鐘的時間，最前面的哥布林就迅速回頭逃走了。

3

由鐵鎚聲構成的熱鬧合奏，在冬天清澈的藍天中往上飛舞。

愛麗絲把手遮在額頭上，看著麥田後面往上隆起的盧利特村。

被黑暗軍隊襲擊之後，到今天很快地已經過了一週。

雖然村子裡建在北側的房子有許多都被燒燬，但幾乎所有村民都在村長決定下暫時放下天職，投入重建作業，因此重建的進展相當神速。令人惋惜的是有二十一名來不及逃走的村民喪命，三天前也在教會為他們舉行了肅穆的聯合喪禮。

愛麗絲在邀請下參加了喪禮，之後乘坐飛龍前往確認北方洞窟的狀況。

在貝爾庫利命令下應該已經被弄塌的長長洞窟，目前已經被拓寬到連半獸人的巨大身軀都能輕鬆通過，在最接近黑暗領域的附近則可以看到長期夜營的痕跡。

襲擊者不是只花了一晚就把洞窟挖開。應該是由黑暗領域這一邊送進去一團工兵後，就再次只把入口的部分弄塌。整合騎士艾爾多利耶確認入口時，洞窟內已經潛伏著一團工兵，不停進行著開通作業。

這是在過去的哥布林與半獸人身上很難看見如此周到的行事與深思熟慮。從這件事來看，就能知道這次的侵略不像之前那樣只是普通的偵察。

愛麗絲沒有再次弄塌洞窟，而是暫時塞住從過去白龍巢穴的中央部分湧出的小河流，讓洞窟內部完全浸在水中。之後又解放無數事先生成的凍素，不再用岩石而是以冰塊把洞窟封印起來。

這樣只要沒有與愛麗絲同等級的術者以熱素來融化冰塊，就沒有人能夠進入洞窟。

把視線從盧利特村以及浮現在遠方的雪白盡頭山脈移回來後，愛麗絲把手中拿著的最後的旅行袋綁到雨緣左腳上。

「那個……姊姊……」

賽魯卡之前都一直帶著堅強的笑容幫忙準備行李，這時候卻低著頭開口說道：

「……爸爸他其實也很想來送行。今天從早上就一直給人心不在焉的感覺。我想……他心裡一定對姊姊能夠回來感到高興。這一點請一定要相信他。」

「這我當然知道，賽魯卡。」

愛麗絲抱緊妹妹嬌小的身體，低聲這麼回答她。

「我以重罪人的身分離開村子，然後成為整合騎士回到這裡。但下一次……等將來我完成所有任務後，我會以普通人愛麗絲・滋貝魯庫的身分回來。那個時候，我想就可以確實地說出

『爸爸，我回來了』。」

「……嗯。一定會有這麼一天。」

以哭泣的聲音呢喃完的賽魯卡抬起臉，然後用修道服的袖口用力擦拭臉龐。

接著又轉過身體，用充滿精神的聲音對旁邊坐在輪椅上的黑髮年輕人說：

「桐人也要保重喔。快點好起來，然後幫愛麗絲姊姊的忙。」

用雙手包覆年輕人低垂的頭部，在比完祝福的手勢後，年幼的修女便退後了幾步。

愛麗絲靠近桐人，輕輕從他懷裡拿下兩把劍，將其收到掛在雨緣鞍上的行李袋當中。接著又輕輕抬起瘦削的年輕人，讓他坐在龍鞍的前面部分。

她也曾想過把桐人留在村子裡拜託賽魯卡照顧。只要前往應該會成為與黑暗軍隊決戰之處的東大門，身為人界守備軍一員的愛麗絲就會忙到分身乏術，不可能像現在這樣成天跟在桐人身邊。

但就算是這樣，愛麗絲最後還是決定把他帶走。

一週前敵軍襲擊的那個晚上，桐人確實想拿劍趕往村子裡。桐人心中仍殘留著為了他人而戰的意志。這樣的話，應該要到為了守護人界的戰場，才能找到讓他恢復心靈的辦法。

到了緊急時刻，就算把他綁在背後也要保護他的安全。

愛麗絲最後又跟疼愛的妹妹緊緊擁抱了一下。

「……那麼，我走了，賽魯卡。」

「嗯，小心喔……一定要回來啊，姊姊。」

「我一定會回來……也幫我跟卡利塔先生說一聲……妳要保重，然後好好學習。」

「我知道啦。我一定會成為獨當一面的修女……然後，總有一天也一定會……」

賽魯卡沒有把話說完，哭得唏哩嘩啦的臉上一邊流淚一邊露出笑容。

愛麗絲溫柔地摸了摸妹妹的頭後才把身體移開，然後壓抑下依依不捨的心情走向愛龍，直接坐到龍鞍上的桐人身後。

對地面上的妹妹點了點頭後，愛麗絲把視線朝向藍天。

輕輕甩了一下韁繩，飛龍就像完全感覺不到兩個人與三把劍的重量般，以強勁的力道在麥田當中助跑。

將來一定要回到這座村子裡。

就算倒在戰場上，心也一定要回來。

愛麗絲拭去留在睫毛上的淚珠，發出短促的喊叫聲：

「……喝！」

輕輕飛起。

隨著飄浮感離開地面。

捕捉到上升氣流的雨緣，一面迴旋一面一口氣飛上天空。

把寬廣的田野與森林，以及位於其中央，新建的屋頂正閃閃發亮的盧利特村，還有邊揮動雙手邊拚命奔跑的賽魯卡深深烙印在眼裡——

愛麗絲朝向東邊的天空，也就是飛龍脖子的方向看去。

第十六章　襲擊Ocean Turtle　西元二〇二六年七月

1

即使是自認為超級天才的比嘉健，也無法事先預測到這兩個小時內所發生的各種事象。

但是，目前在比嘉眼前進行的，是這些事象當中最令人驚訝的情景。

一名年約十八到十九歲的纖細少女，竟然用細瘦的右手抓起一個男人的衣領，而且那個男人還比她高出十五公分。男人鮮豔的夏威夷衫就像要被扯破般繃緊，拖鞋也整個懸空。

結城明日奈一邊用發出絢爛光芒的眼睛瞪著菊岡誠二郎二等陸佐，一邊由惹人憐愛的嘴唇裡丟出宛如刀鋒般尖銳的發言：

「如果桐人的意識就此無法恢復，我一定饒不了你。」

菊岡的黑框眼鏡反射天花板照明的光線，因此從比嘉的位置看不見他的表情。但這名柔道與劍道應該都是黑帶的幹部自衛官，卻像是被明日奈說的話震攝住了一樣。他吞了一大口口水，把雙手舉到臉的左右表示投降。

「我知道。基於職責，我一定會讓桐人復原。」

緊繃的沉默，籠罩在整間微暗的副控室當中。

不論是坐在操控臺前面椅子上的比嘉，站在旁邊的神代凜子，還是留在房間裡的數名RATH工作人員都說不出任何一句話。現場最年輕的少女散發出來的氣勢就是帶有這樣的壓力。比嘉意識的角落浮現出「原來如此。這個女孩確實是戰場『生還者』」的想法。

最後明日奈默默地鬆開右手。獲得解放的菊岡露出幾乎要癱坐到地板上的模樣呼出一口長長的氣，明日奈也無力地退了幾步。凜子立刻讓白衣翻動衝過去撐住她的背部。

對比嘉來說是研究室學姊的女性物理學者，在穿著白衣的胸口抱緊明日奈，然後用堅定的口氣呢喃：

「別擔心，一定沒問題的。他絕對會回到妳身邊。」

聽見這番話後，明日奈緊繃到極限的表情瞬間扭曲。

「……………嗯，說得也是。抱歉……我一時亂了分寸。」

明日奈眼角浮現即使在之前的襲擊中也沒有出現的眼淚，而凜子則是溫柔地用指尖把它拭去。

手動打開自動門的聲音，讓好不容易得到一些緩和的空氣再次緊繃。衝進房間裡來的，是中西一等海尉。

白色襯衫被汗水與灰塵弄髒，肩掛式槍套露出大型手槍槍柄的中西，稍微瞄了凜子等人一眼後，才以清晰的聲調對站在深處的菊岡說道：

「報告！已確認第一、第二耐壓隔板完全封閉，所有非戰鬥人員也已經退避到船首區塊！」

菊岡一面整理夏威夷衫的衣領一邊往前走，然後點著頭說：

「辛苦了。隔板大概可以撐多久？」

「是的……雖然也得看那些傢伙帶來什麼裝備，但隔板不可能用輕兵器破壞。用圓鋸機等工具來切割的話，最少也得花上八個小時。當然也有使用爆裂物來破壞的可能性……但他們應該不會這麼做。因為中央隔板附近……」

「有LightCube Cluster在。」

菊岡接著把話說完，然後推著眼鏡的鏡橋，默默地思考了一陣子。

不過馬上又抬起臉來，環視了一下狹窄的副控室。

「好，我們來整理一下狀況。中西一尉，報告一下人員傷亡的情形。」

「是的。民間企畫小組有三名研究員受到輕傷，目前在船首的醫務室裡接受治療。自衛隊的戰鬥員重傷兩名，輕傷兩名。同樣在接受治療當中，不過目前沒有生命危險。能夠戰鬥的人員，包含輕傷的兩名在內共有六名。」

「在那麼強大的火力攻擊下，沒有出現死者只能說是僥倖……那麼，接下來報告船體的被害狀況。」

「船底船塢的操縱室已經是千瘡百孔。不可能從遠距離進行關閉。從船塢通往主控室的通道雖然也是一樣，但這應該只算是輕微損傷。嚴重的是主電源纜線被切斷……雖說電力本身還是由副纜線穩定供給到各處，但不重新啟動控制系統的話，螺旋槳就不會運轉。」

「就像沒有鰭的海龜，而且腹部還被鯊魚咬住了嗎？」

「是的。下軸的一號到十二號所有區塊以及船底船塢都全部被占領了。」

留著一頭短髮，容貌直接讓人聯想到剛毅兩字的中西很懊悔般繃起了臉；相對的菊岡則是撩起有點像教師的略長瀏海，坐到旁邊的操縱臺上用腳尖晃動著木屐。

「主控室、第一ＳＴＬ室以及核子反應爐全都被占領了嗎？不幸中的大幸是……那些傢伙的目的不是破壞。」

「嗯……何以見得？」

「如果只是要破壞，就不必大費周章地使用潛水艇進行突入作戰，只要發射巡弋飛彈或是魚雷就能解決了。現在的問題是……那些傢伙究竟是什麼人……比嘉，你有什麼意見？」

話題忽然被丟到自己身上，比嘉眨了好幾次眼睛後，好不容易才讓還殘留著衝擊餘韻的腦部重新運作。

「啊～這個嘛，嗯……」

一邊發出無意義的沉吟聲一邊轉向操縱臺，然後用右手操作滑鼠，把船內監視攝影機的錄影畫面叫到正面的大螢幕來。

打開的影片視窗雖然又暗又不清晰，但他在適當的地方暫停後，又調整了亮度與對比。結果浮現的是擺出往前彎身的姿勢在船內通道移動的複數人影。他們穿著全黑色戰鬥服，臉孔上半部覆蓋在附有多機能護目鏡的頭盔下，手上則拿著具威脅性的突擊步槍。

「……正如螢幕上所見的，頭部和身體都沒有任何國旗或識別標誌等東西。裝備的顏色、形狀也不像哪個國家的正規軍。手上的步槍像是斯泰爾製，這種大量生產的槍械相當常見……唯一知道的是，從體格的平均值來推測，他們應該不是亞洲人。」

「也就是說這些傢伙，至少不是屬於我國的特殊部隊嗎？這可真令人高興。」

隨口說出危險發言後，菊岡搔了搔下巴。平常總是溫和地瞇起來的眼睛發出銳利光芒，仰望著大型螢幕。

「還可以確定另一件事……就是這些傢伙知道Project Alicization的存在。」

比嘉也同意菊岡的看法。

「嗯，應該是這樣沒錯。因為他們從船底船塢闖入後，就毫不猶豫地衝上主控室。

他們的目的也就是奪取ＳＴＬ技術的……不對，應該說奪取真正Bottom-up型人工智慧

『A.L.I.C.E』。」

也就是說，嚴重的情報外洩已經發生很長一段時間了。但比嘉沒有把這件事說出口，也壓抑確認副控室內所有RATH員工長相的衝動，故意以樂觀的口氣繼續說道：

「幸好來得及封鎖主控室。這樣比物理破壞操縱臺更能阻止他們直接操縱Underworld。不但不能介入模擬，也沒辦法把保存『愛麗絲』搖光的LightCube從Cluster彈射出來。」

「但是我們也一樣沒辦法做到吧？」

「是啊。這間副控室也無法進行管理者權限的操作。不論是主控或者副控，都無法藉由外部操作把『愛麗絲』的LightCube彈射出來了。但是菊老大……這樣就等於我們已經勝利了吧？那些傢伙在物理上和情報上都無法接近Cluster，再來就只要等護衛的神盾艦派遣援軍攻入，那些傢伙真的就爽翻啦。」

「雖然不知道你的爽翻了是什麼意思……不過問題就在這裡。」

菊岡依然帶著嚴肅的表情，直接對中西問道：

「怎麼樣，『長門』有行動嗎？」

「是的……關於這件事……」

中西在剛毅的嘴角灌注力量後回答：

「橫須賀的艦隊司令部，對長門發出了保持目前距離待機的命令。司令部似乎判斷我們被攻擊者當成人質了。」

「怎麼會…………」

比嘉的下巴整個垮了下來。

「什麼叫人質，船上的所有船員不是都撤退到耐壓隔板這邊了嗎？」

這時以冷靜聲音回答的人是菊岡。

「那些渾身漆黑的傢伙，恐怕和自衛隊的上層有聯絡管道。長門是今天早上八點遠離Ocean Turtle，比那些傢伙闖進來的時間早了六小時。上層應該會等那些傢伙奪走『愛麗絲』的Light-Cube之後，才會對長門發出攻堅命令吧。當然，還是會有時間限制就是了……」

「這也就是說，那些傢伙不是一般的恐怖分子嘍。那就糟了……如果對方也有專家，說不定會注意到回收愛麗絲的密技……」

「從Underworld內部進行操作嗎……那些傢伙控制了第一ＳＴＬ室，也可以從設置在Underworld的虛擬操縱臺進行彈出操作……」

「進行那個操作會怎麼樣？」

比嘉帶著動作來回答凜子的問題：

「目標的LightCube會被從位於主軸中央的LightCube Cluster裡取出來，然後經由空氣管運送到任何一間控制室裡。那裡也有取出口喔。」

他用手指了一下操縱臺桌面角落的四角形窗口，然後將視線移到設置在深處牆壁上的門。

鋁合金製的門上用螺絲鎖著一個小小的金屬牌。牌子上刻著的文字是「第二ＳＴＬ室」。

門的另一邊存在兩台ＳＴＬ——也就是「Soul translator」。其中一台裡面，躺著一名年輕人，旁邊則有安岐夏樹護士兼二等陸曹在看護。年輕人當然就是從Alicization計畫初期就提供很大的幫助，目前甚至可以左右計畫去向的桐谷和人了。

把視線移回來的菊岡，一邊用雙手環抱在胸前一邊以沉重的口氣說道：

「所以，又只能把最後的希望託付在他身上了。比嘉……桐人他的狀況怎麼樣？」

聽見細微的吸氣聲後，比嘉一移動視線，就和即使在凜子支撐下還是筆直看著這邊的結城明日奈四眼相對。

比嘉猶豫著該怎麼對似乎是桐人，也就是桐谷和人女朋友的她說明現狀。但馬上就有沙啞但是堅定的聲音傳進他耳裡。

「我不要緊，請告訴我實情。」

深呼吸了一口氣並呼出後，比嘉點了點頭。

「用一句話來形容……就是只差一步就陷入最糟狀態了……」

一面改變語調如此說明後，比嘉再次操縱起滑鼠。

眾襲擊者的靜止影像消失，另一個視窗打開。出現在螢幕上的，是緩緩搖動的彩色三次元圖表。

「這是把桐人小弟的搖光視覺化後的結果。」

房間裡所有人都默默地凝視著螢幕。

「一週前，他在東京被注射了肌肉鬆弛藥物，陷入心肺停止狀態。雖然所幸保住了性命，但腦的一部分……正確來說是搖光網路受到了損傷。這是現有的腦醫學很難治癒的損傷，但應用ＳＴＬ技術就有回復的可能性。於是我們為了促進新的網路生成，便嘗試藉由解除保護裝置的ＳＴＬ來活化桐人的搖光。」

喘了一口氣後，從操縱臺桌面拿起礦泉水寶特瓶，潤了一下因為不習慣長篇大論而乾渴的嘴巴。

「為了進行這種治療，必須讓他潛行到Underworld裡面。因為若是不讓搖光像在現實世界裡那樣活動，治療就不會有效果。因此我們在六本木的ＲＡＴＨ分公司讓桐人小弟潛行的同時，也封阻了他的記憶，讓他降到Underworld的邊境……原本應該是這樣才對。雖然正確的原因仍未明朗，但恐怕是搖光損傷的影響吧，他的記憶沒有受到封阻。桐人小弟還是以現實世界當中桐谷和人的身分被丟到Underworld裡面。不過這是到剛才，他從內部與我們聯絡時才知道這一點……」

「等……等一下。」

這時插話的人是凜子。

「那他是以桐谷和人的身分，在時間經過加速的Underworld過生活了？內部……過了幾個月了……？」

「……大約兩年半。」

比嘉一這麼回答，在凜子支撐下的明日奈就整個人震動了一下。這對她來說應該是相當大的衝擊，但比嘉還是相信她剛才說的話，繼續說明道：

「桐人在那個世界裡和人工搖光們有了這麼長時間的接觸。而且應該是在知道現行模擬結束後，那些搖光都會被刪除的情況下……所以他才會前往Underworld中心，找尋過去設置在起始村子裡的，能與現實世界聯絡的操縱臺吧。菊老大，他是為了要求你保全所有的人工搖光。」

比嘉稍微往旁邊瞄了一眼，菊岡還是在眼鏡反射螢光幕光線的情況下凝視著三次元圖表。於是他又把視線移回凜子與明日奈身上。

「……那應該不是件容易的事。因為聯絡操縱臺，目前放在被稱為『公理教會』的統治組織的根據地裡。隸屬教會的搖光們能力值占絕對優勢，不是應該被設定為一般人民的桐人所能對抗。本來入侵教會後，他立刻就會『死亡』，並且登出Underworld……但是——他卻成功抵達了。因為遭受襲擊，所以無法確認詳細的紀錄，但他似乎有好幾名協力者，當然全都是人工搖光……也就是說他應該有同伴。在和教會的戰爭當中，他的同伴幾乎全都死亡，結果就是成功打開聯絡我們的線路時，就產生強烈的自責感。換句話說，也就是自己攻擊自己的搖光。剛好這個時候，那群全身黑的傢伙又切斷電源纜線，因為短路而發生的過電流讓STL的輸出瞬間上升。結果桐人小弟他自我破壞的衝動變成現實……讓他的『自我』非活性化……」

「讓自我……非活性化？這是什麼意思？」

聽見凜子的問題，比嘉再次轉向操縱臺。

「……請看一下這個。」

他迅速敲打鍵盤，把顯示桐谷和人搖光活性的即時影像放大。

以不規則形狀搖晃的彩色雲中心部分，橫跨著一片黑暗星雲般虛無的小小黑暗。

「和LightCube裡面的人工搖光不同，距離完全解析人類活體搖光的構造還有很長一段距離。但已經有了大至上的構造圖。原本在這個黑色洞穴位置的『主體』……就是所謂的『Self-image』。」

「Self-image……就是自己規定的自我形象嗎？」

「是的。我們要做出理性決策時，似乎是經由搖光中『自己在這樣的狀況下是否要這麼做』的Y／N迴路。比如說，凜子學姊曾經在牛肉蓋飯的店裡連續吃兩碗蓋飯嗎？」

「……才沒有。」

「連還想再吃，可以再吃一碗的念頭都沒有過？」

「嗯。」

「這也就是凜子學姊的自我形象電路處理的結果。同樣的，幾乎所有的理性決策，都得經過這個迴路才會有實際行動。以桐人小弟的狀況來看，大部分搖光都沒有受到傷害。但剛才提到的迴路沒有發揮機能，所以無法處理外部的輸入，也無法輸出自發性的行動。現在的他……大概只能根據深刻的記憶做出反射性動作而已吧。比如說吃飯或者是睡覺這種程度的行為。」

凜子緊咬嘴唇，露出了思考的表情，最後用呢喃般的聲音說：

「那麼……他的意識目前究竟是處於什麼樣的狀況？」

「……很遺憾……」

比嘉暫時停止發言，低頭後才又繼續表示：

「他不知道自己是誰，也不清楚要做什麼事，當然也不會主動說話或者有所行動……這就是他目前的狀況……」

微暗的空間第三度籠罩在寂靜之下。

2

「……Ｆｕ……」

接下去的音節被堅固的戰鬥靴踢中鋼板所發出的巨大聲音掩蓋。

身為突擊小隊一員的瓦沙克・卡薩魯斯似乎對牆壁只有一兩個地方凹陷感到不滿意，用力踩下幾十分鐘前還在這間控制室裡的某個ＲＡＴＨ技術人員掉落的一袋零食包裝，然後才停止滿嘴髒話。

他撩起顯示西班牙裔血統的微捲黑髮，粗魯地移動到操縱臺前面，單手抓住站在那裡的男人衣領並把他抬了起來。

「你這傢伙，再說一次看看。」

吊在瓦沙克宛如鞭子的柔韌右臂上的，是一名異常瘦削的年輕人。把金髮剃成平頭的他，肌膚就像生病般白皙。

凹陷的臉頰上戴著金屬粗框眼鏡的這個男人，是小隊裡唯一的非戰鬥人員。他是Glowgen Defense Systems的Cyber Operation（CYOP）部門的約聘駭客，名字叫作克里達。

他是曾經被逮捕的網路罪犯，名字也不是本名而是網路上的暱稱。不過瓦沙克其實也是一樣吧。Vassago是中世紀魔法書《哥迪亞》裡記載的七十二名惡魔中的一名，據說是地獄的王子。世上當然不可能有父母親會幫自己的兒子取這種名字。他也是ＣＹＯＰ部門的工作人員，不過專門領域不是電腦，而是實戰——當然是在完全潛行環境下。這個男人見不得光的經歷也不輸給克里達，不過ＶＲ戰鬥能力的確相當傑出。

實際上——

Ocean Turtle突擊小隊的十二名成員，除了隊長加百列．米勒之外全都有犯罪經驗，公司是以保證能有新的身分來讓他們甘願淪為走狗。

身為其中一名走狗的克里達，即使被瓦沙克舉在半空中也絲毫沒有害怕的模樣，只是一邊大聲嚼著口香糖一邊反駁：

「要我說幾次都沒問題。聽好了，這個操縱臺上的鎖就像乾掉的狗大便一樣硬，用帶來的膝上型輕便電腦，就算計算到你老死了也沒辦法解鎖啦。」

「這不是重點，你這個四眼田雞！你這傢伙竟然敢說是因為我們突擊的速度太慢，才會讓操縱臺被鎖住！」

針鋒相對之下，瓦沙克也罵出相當難聽的髒話。他是個拚命努力的話說不定就能當模特兒之類的粗獷帥哥，但生起氣來的表情還是相當有威脅性。

「喂喂，我只是點出事實喲。」

「你這傢伙戰鬥中明明躲在後面發抖，現在還敢說大話！」

其他隊員也沒有阻止兩個人的爭執，只是笑嘻嘻地在旁邊看戲。等到兩人吵得差不多了，加百列便啪嘰一聲彈響手指吸引兩人注意。

「ＯＫ，就到此為止吧，兩位。沒有時間讓你們在這裡追究到底是誰的責任。得想想接下來要採取什麼行動。」

結果轉過頭來的瓦沙克，像小孩子一樣嘟起嘴唇說：

「但是兄弟，不給這傢伙一點顏色……」

加百列把「別叫我『兄弟』」這句話吞了回去。瓦沙克之所以會以兄弟來稱呼加百列，似乎是因為承認他在一對一ＶＲ戰鬥上的實力，但這種稱呼不論聽幾次都覺得相當彆扭。對加百列來說，什麼朋友、伙伴的，都只是基於感情的曖昧人際關係，實在無法了解這種東西有什麼用。

將來得到抽出・保存靈魂的技術時，應該就能夠把人類所有的感情，按照「光之雲」的色彩與形狀等情報來做出完整分類吧。加百列一邊這麼想，一邊以符合隊長身分的口氣對兩人說明：

「聽好了，瓦沙克、克里達。我對小隊至今為止的表現相當滿意。因為我們這邊只有蓋瑞受到一點擦傷，而且成功占領了第一目標的控制室。」

聽到這裡，瓦沙克才心不甘情不願地放開克里達的衣領，把雙手扠在腰部開口表示：

「但是兄弟，重要的控制系統被鎖住的話就沒意義啦。那個最終目標，叫什麼LightCube Cluster的是在鐵牆後面吧？」

「所以我才說現在開始想破壞這道牆的方法。」

「但是，自衛隊(JSDF)那群傢伙也不會一直躲著吧？只要護衛這隻大烏龜的神盾艦派出職業戰鬥員然後衝進來，光靠我們這十一個人加一個拖油瓶實在沒什麼勝算。」

不愧是被加百列拔擢為副隊長的男人，瓦沙克擁有普通走狗所沒有的狀況掌握能力。稍微思考了一下後，加百列輕輕聳了聳肩。

「看來我們的客戶和ＪＳＤＦ的上層已經做了某種交易。神盾艦要在二十四小時後才會有所行動。」

「……吁～」

輕聲吹了一下口哨的人是克里達。像護目鏡一樣的眼鏡深處，淡灰色的眼睛瞇了起來。

「也就是說，這次的行動不單純只是強盜……不對不對，還是別亂說才能明哲保身。」

「我也這麼認為。」

帶著淺淺的微笑點了點頭後，加百列再次環視了一下小隊所有成員。

「好，那麼確認一下狀況。目前時間是日本標準時間十四點四十七分，突入後經過四十分鐘。我們目前在Ocean Turtle的主控室。雖然成攻占領目標設施，但沒能捕獲ＲＡＴＨ技術人員，這裡的系統也被鎖上了。接下來的目標是占領副控室……布里克，可以切斷隔板的耐壓門嗎？」

被點到名的巨漢隊員慢慢走出來回答：

「有點困難。門是由最新的複合原料製成，我們帶來的手提式圓鋸機，不可能在二十四小時內把它切斷。」

「日本人在這種地方果然捨得花錢。漢斯，那可以用Ｃ４把隔板炸開嗎？」

這次換成嘴巴上的鬍鬚修剪得非常整齊的高大隊員，以灑脫的動作張開雙臂。

「建議還是不要這麼做。LightCube Cluster的收納間就在隔板後面。無法保證在不傷到內容物的情況下把門炸開。」

「唔……」

加百列雙手環胸，思考片刻後又繼續說道：

「……我們承接的任務是從龐大的LightCube中，找出唯一一個目標物，然後把它和裝置一起帶回去。已經知道Cube的特定ＩＤ。也就是說，只要能操縱操控臺，很容易就能搜尋出那個Cube並把它彈射出來。現在我們早就一隻手拿著啤酒，坐在回家的船上了。」

「真是的，這個軟弱的四眼田雞，還吹牛皮說入侵過五角大廈的伺服器，結果連這麼一個小小的鎖都解不了～」

「哎呀，這真是嚇死我了。竟然被一個只會用虛擬槍械的遊戲玩家指責。」

瞪了一眼再次準備吵架的瓦沙克與克里達，加百列才加強語氣說：

「你們想空手而回，拿不到獎金而被人嘲笑嗎？」

「ＮＯ！」

所有人一起大叫。

「你們是連那些一般技術人員都比不過的窩囊廢嗎？」

「ＮＯ！」

「那就快點想！證明你們脖子上的容器除了燕麥片還有塞其他東西！」

加百列一邊半自動地演出「堅強的指揮官」，一邊在自己心裡暗暗思考。

對身為靈魂探求者的加百列來說，入手人類首次創造出來的真正人工智慧「愛麗絲」以及獨占Soul translation technology都是此行最大的目的。他已經先訂好計畫，入手這兩者後就用偷偷帶進來的神經瓦斯處理掉小隊所有人，然後先逃到澳洲去。

但在前進到那個階段之前，ＮＳＡ委託的作戰與加百列的目的可以說完全一致。在使用管理者的系統操作被封鎖住的現在，一定得想辦法以其他手段入手「愛麗絲」的LightCube才行。

愛麗絲……「A.L.I.C.E.」。

把這個代號名稱傳達給加百列的客戶NSA的，正是「RATH」內部的間諜。

客戶沒有提供間諜的個人資料。但是想到背叛組織並且洩漏機密的動機是巨額的金錢，就能知道在這種情況下，對方一定不會甘冒曝光的危險有所行動。

也就是說，無法期待耐壓隔板後面的間諜能夠提供任何協助。必須靠目前的情報與裝備，在極短的時間內達成目的。

時間──問題是時間。

加百列雖然已經可以完全控制焦慮與不安等種種情緒，但是大約二十三小時後就要來臨的時間限制，確實是給了他某種壓迫感。

NSA的探員在委託這件極機密的搶奪任務時，曾經這麼對加百列說過。

他們說RATH的活動，會給日本與軍事產業相關的利益帶來巨大的衝擊。因此自衛隊高層也不樂見RATH的存在──甚至還有不少積極想妨礙他們的勢力。

RATH基本上是由年輕的幹部自衛官所構成，而他們都缺乏政治上的力量。於是NSA看準這一點，透過在大使館執勤的CIA職員，和海上自衛隊的某高官締結了密約。護衛RATH根據地Ocean Turtle的神盾艦「長門」，在襲擊開始的二十四小時內會以人質安全為優先這樣的名目來保持待機。

但是待機時間結束之後，為了接下來的媒體應對就一定得讓神盾艦展開行動。一旦完全武裝的戰鬥人員攻入，加百列率領的襲擊小隊在人數與裝備上都比不上對方，一定馬上就會被殲滅。

就算真的演變成這種最糟糕的結局，自己也打算獨自搭乘小型潛水艇離開。但是，沒有入手最重要的LightCube，探求人類靈魂的旅程就會出現再也無法彌補的倒退。

加百列對於完成這次作戰後的人生，也已經做好相當縝密的計畫。

首先和愛麗絲一起逃到澳洲，然後把LightCube和ＳＴＬ技術隱藏在疏芬島上的別墅。再搭飛機回聖地牙哥，向ＮＳＡ報告作戰失敗了。等風頭過了之後再回到澳洲，將ＳＴＬ機器設置在別墅廣大的地下室，按照自己的喜好來構建假想世界。

世界一開始的居民應該只有愛麗絲與加百列而已吧。但那樣實在太寂寞了。為了研究靈魂這個目的，必須增加更多的素材才行。

在雪梨與凱恩斯附近尋找年輕有活力的靈魂持有者，綁架他們後，利用ＳＴＬ把他們的靈魂抽取出來並把無用的軀殼處理掉。將來甚至還想跨越海洋，遠征出生地美國以及完全潛行技術的發祥地日本。

日本的ＶＲ遊戲玩家們獨特的精神性讓加百列深深為之著迷。雖然不是所有人，但一部分玩家的行為就像那裡是比現實世界還要真實一般，而且也毫不吝嗇地揮灑最真實的感情。每當想起在Gun Gale Online遇見的狙擊手少女，就會感覺到這股永遠是如此強烈的欲望正在蠢動。

這恐怕和過去那個國家裡只存在兩年的「Real Virtual World」也有關係吧。那些年輕人全都體驗過被開發者駭入，並且賦予真正生與死屬性的死亡遊戲。跟沒有這種經驗的人比起來，那些「生還者」的靈魂擁有適合在假想世界裡活動的特質。

如果可以的話，希望能盡量獲得——而且是被稱為「攻略組」的頂級玩家們的靈魂。雖然不知道那名狙擊手少女是不是攻略組，但當然也想得到她的靈魂。封入這些靈魂的LightCube，一定會放射出比任何寶石都耀眼的光芒吧。

那是不論世界上的大富翁丟出再多美鈔，都絕對無法入手的究極光芒。把這些LightCube排在祕密房間裡，將任意選擇的靈魂讀取到喜歡的世界，完全按照自己的意思擺布他們。

最棒的是，從人類身上抽取出來封入LightCube的靈魂，可以自由自在地拷貝或者儲存。到時候可以輕易地復原損毀或者扭曲的靈魂，把它改造成加百列喜歡的形狀。簡直就像是雕琢原石，讓它散發出頂級光芒一樣。

到了那個階段，加百列漫長的旅程就能畫出一個大大的圓並回歸原點吧。

他將會回到幼年時期，在森林的大樹下，看見愛麗西亞·克林格曼的靈魂散發出美麗光芒的那個瞬間。

雖然只是極短暫的想像，但已經讓加百列閉上眼睛，背部也開始微微震動。

當他再次睜開眼睛時，如冰一般的冷靜思考力就已經恢復了。

如果各國年輕人的靈魂，像是圍繞在皇冠周圍的紅、藍寶石以及翡翠，那麼鑲崁在中央的巨大鑽石一定就是「愛麗絲」了。只有愛麗絲那沒有任何汙穢雜質的靈魂，才能夠當加百列永遠的伴侶。事到如今，無論如何都要發現並獲得她的LightCube。

但是不破壞LightCube Cluster收納間的耐壓門，就不可能以物理手段奪取LightCube。

這麼一來，就只能從這裡操作系統了。只不過主控室的鎖似乎連一流的電子罪犯克里達都束手無策。

加百列踏響靴子開始移動，來到雙手手指在鍵盤上高速飛舞的克里達背後。

「怎麼樣？」

得到的回答是雙掌朝上高高舉起的動作。

「以管理者權限登入可以說絕望了。大概只能羨慕地看著收納在上面Cluster裡的搖光們過著快樂生活的夢幻王國吧。」

克里達動了一下手指，正面牆壁上的大螢幕就出現視窗，接著映照出奇妙的光景。

那根本不是「夢幻王國」的影像。天空是令人不愉快的紅色，地面就像剛製造出來的柏油一樣漆黑。

畫面中央可以看見幾頂只是將皮革縫合，外觀看起來相當原始的帳篷。帳篷旁邊聚集了十隻左右矮胖禿頭的奇妙生物，而且似乎正引起騷動。

大致上有人類的外型，但不管怎麼看都絕對不是人類。駝背的程度相當嚴重，手臂也長到幾乎要拖地，相對的彎曲的腳則相當短。

「哥布林……？」

加百列一這麼呢喃，克里達就輕輕吹了一聲口哨，然後發出很高興般的聲音：

「哦，隊長很清楚嘛。沒錯，看起來不像半獸人或食人鬼，所以應該是哥布林吧。」

「但以哥布林來說好像有點太大了。這應該是大地精吧。」

來到旁邊的瓦沙克雙手扠腰加了這樣的意見。專長是ＶＲ戰鬥的他，似乎擁有一定程度的奇幻系ＲＰＧ知識。

在加百列等人注視的前方，十幾隻大地精的騷動越來越是激烈。中央的兩隻互相抓住對方，用力地扭打在一起，在四周圍觀的傢伙也高舉雙手不停吼叫著。

「……克里達。」

加百列一邊感覺某個想法在心裡慢慢成形，一邊對坐在椅子上的平頭男搭話。

「什麼事？」

「這些傢伙……應該說這些怪物是系統的一部分嗎？」

「嗯～好像不是。這些傢伙在某種意義上也是人類。擁有被讀取到上面LightCube Cluster裡的人造靈魂……也就是搖光。」

「真的假的！竟然有這種事！」

瓦沙克立刻發出大吃一驚的聲音並探出身子。

「這些大地精是人類？和我一樣擁有靈魂？弗里斯科的祖母聽見的話一定會當場嚇死！」

他啪啪拍著克里達的平頭，繼續叫道：

「竟然敢從事這種不怕遭天譴的研究。被收藏在LightCube裡面的，不會全都是像這種哥布林或者半獸人吧？該不會連我們的小愛麗絲也是這樣？」

「怎麼可能。」

克里達像是感到很厭煩般把瓦沙克的手撥開，然後訂正他的說法：

「聽好了，ＲＡＴＨ那些傢伙所製作的Underworld，可以分為兩個世界。中間偏西的是『Human Empire（人界）』，在那裡生活的都是普通人類。然後人界外側的『Dark Territory（黑暗領域）』則有一大堆像這樣的怪物。愛麗絲當然是在人界的某個地方，但範圍實在太廣了，像這樣在外面窺看根本不可能把她找出來。」

「那還不簡單。只要是人類，應該就能用語言溝通吧？那我們就潛入這個叫什麼人界的地方，找附近的人問『認不認識叫愛麗絲的女孩』不就得了？」

「嗚哇，有個笨蛋。有個笨蛋在這裡喔。」

「你說什麼！」

「我說啊，製作Underworld的可是日本人耶。當然『附近的人』使用的一定是日文。你這傢伙會說日文嗎？」

面對露出輕視的微笑來如此詰問的克里達，瓦沙克帶著有點扭曲的笑容回答：

「你可別小看我啊。」

一瞬間，不只是克里達，小隊所有人員都瞪大了眼睛。因為瓦沙克所說的，是連加百列都大吃一驚的流暢日文。

帶有西班牙血統的年輕人恢復成英文繼續說道：

「溝通完全沒有問題喔。四眼田雞小弟，你還有什麼話想說嗎？」

「當……當然有了。」

從驚訝當中恢復過來的克里達隨即用鼻子冷哼了一聲。

「人界裡有幾萬個居民在生活。你自己一個人，能夠打探出什麼消息……嗎…………」

話剛說到這裡，克里達就像是從自己的話裡得到靈感，迅速撐起身體。被平頭重重撞擊下巴的瓦沙克又再次咒罵起來，但駭客根本不理會他，自顧自地大叫：

「等等。等一下、等一下。或許不用自己一個人調查……」

一聽見他這麼說，加百列腦袋裡曖昧的想法也開始收斂成初步的形狀。

「……對喔。登入到Underworld的備用帳號……不可能全都是等級1的一般市民。我說的沒錯吧，克里達？」

「Yes。Yes，boss！」

鍵盤像打擊樂器般發出喀噠喀噠的聲音，接著立刻有幾份名單在大螢幕上捲動。

「如果是給RATH的操縱人員登入到內部觀察或者操作的帳號，應該準備了所有階級的身分才對。軍隊的軍官……不對，將軍……不對不對，貴族、皇族……甚至是皇帝本人……」

「喔喔，那真是太酷了。」

瓦沙克一邊摸著破皮的下巴一邊這麼表示。

「也就是說，以什麼大將軍、大統領的偉大身分登入，然後隨心所欲地發出命令就可以了。全軍整隊！向右轉！把愛麗絲給我找出來！大概就像這樣吧。」

「……不知道為什麼，被你這麼一說，難得想到的好點子就變得很無聊了。」

克里達嘴裡雖然這麼抱怨，但還是用猛烈的速度捲動著名單。

只不過……

短短幾秒鐘後，名單的捲動就隨著這名男人很少會說出口的咒罵聲停止。

「可惡，不行嗎？不只是這裡的直接操作，連高等級帳號的登入也被加上密碼了。很可惜，似乎只能用一般市民帳號潛行到人界。」

「……唔……」

克里達與瓦沙克的臉上出現明顯沮喪的神色，但加百列的表情完全沒有變化，只是微微歪著脖子。

剩下來的時間絕對不能算多。

但那只不過是設定在這個現實世界裡的時間限制。在螢幕當中的一大片異世界Underworld裡，時間是以比現實世界壓縮了數百倍這樣驚人的比例在流動。

換句話說，就是剩下來的二十三個小時，在Underworld裡相當於超過一整年的歲月。有這麼長一段時間，以一般市民的身分登入，找到並捕獲愛麗絲，再由內部的情報操縱臺讓她彈射到現實世界也不是完全不可能。

但這的確是相當冗長的一段程序。要花這麼長一段時間的話，倒不如直接從人界外側接近可能還比較快。

「克里達，人界外面……黑暗領域裡沒有準備高等級的帳號嗎？」

「……外面？但愛麗絲在那裡的可能性相當低喔。」

即使嘴裡說出這樣的疑問，克里達的手指還是輕快地動了起來。

加百列一邊抬頭看著新出現的視窗，一邊回答：

「嗯，我想也是。但區域境界線並不是完全不可侵犯吧？根據帳號被賦予的權限，說不定會有越過境界的手段。」

「喔喔，不愧是兄弟！想法果然和我們不同！你的意思是……不以人類將軍的身分，而是做為眾怪物的大將攻進人界對吧！這樣才更讓人熱血沸騰啊！」

瓦沙克「咻」一聲吹了一下口哨並且大叫，這時克里達以「你實在很煩」般的口氣潑了他一盆冷水。

「你要熱血沸騰我是管不著啦，但登入黑暗領域的話，就有可能是大地精或者是半獸人喔。嗯，雖然是很適合你這傢伙……哎呀，哦，有了，找到了～」

他「噠」一聲用力按下鍵盤，接著又有兩個視窗浮現出來。

「嗯……和人界這一邊不同，黑暗領域裡只有兩個超級帳號……太好了，沒有鎖密碼！我看看……首先是名為暗黑騎士的身分，權限等級是……70！這絕對能派上用場！」

「喔喔，太好了，這個帳號就給我使用吧！」

無視大叫的瓦沙克，克里達又點出另一個視窗。

「然後另一個是……這是什麼？身分是空欄位，也沒有標示等級。只有設定名字而已。這傢伙……要怎麼唸？……………『Emperor……Vector』？」

「嗚哦，Emperor不就是皇帝嗎？我看我還是用這個……」

瓦沙克說到這裡，加百列就從後面輕輕拍了一下他的肩膀。

「等等，這個帳號就由我來使用吧。」

「咦？但是兄弟你會說日文嗎？」

「沒有你那麼流利啦。」

這時加百列用學了三年的日文來回答他。雖然一開始就放棄了讀與寫的能力，但是對於日常生活中的對話則相當有自信。

「哇，不愧是兄弟。那皇帝就交給你，我來當暗黑騎士吧。事情越來越有趣了！喂，四眼田雞，已經可以登入了嗎？」

完全無視依然相當吵鬧的瓦沙克，克里達只是持續敲打著鍵盤。螢幕上不斷有情報出現，瞪著這些情報的他側臉看起來相當認真，加百列走到他身邊，以平靜的聲音問道：

「怎麼了，克里達，其他還有什麼問題嗎？」

「…………不知道該說是問題還是有點在意……我看了一下檔案，發現到處都有一個奇妙的名詞出現。還不太清楚是什麼意思就是了……」

「哦？什麼名詞？」

克里達吸了口氣後，才回答加百列的問題：

「……『最終負荷實驗』。」

3

比嘉以有些顧忌的口氣，打破了包圍副控室的沉默。

「嗯……那個……他的肉體，或者應該說現實世界裡桐人小弟的狀況呢，就像我剛才說明過的……絕對不樂觀。」

看見被神代凜子抱住肩膀的結城明日奈纖細的身體震動了一下，他才急忙又加了一句：

「但……但還是有一點點希望！」

「……你的意思是？」

凜子以尖銳，但是有點像在祈禱的聲音這麼問道。

「桐人小弟依然持續著登入Underworld的狀態。」

比嘉抬頭看著比被奪走的主控室還要小很多的螢幕畫面。擊點數次滑鼠來切換顯示，把由圓形的人界，以及包圍它的黑暗領域所構成的Underworld整體地圖叫出來。

「也就是說，自我形象雖然有所損傷，但他的搖光依然在活動，接受各式各樣的刺激。這樣的話，就算現實世界沒有辦法，或許可以從Underworld來治癒他的靈魂。只要某個人『寬恕』了他因為過於自責而自行損毀的靈魂……說不定就……」

比嘉也知道自己所說的話一點科學根據都沒有。

但這的的確確是他的真心話。

Soul translator是NERvGear、Medicuboid等Brain Machine Interface不斷進化後的成果。比嘉本身也參與開發的這台機器，雖然發現到人類的量子意識體「搖光」，但是關於搖光依然有許多謎團存在。

搖光算是物理現象嗎？

還是現代科學無法說明的，純概念的事象呢？

如果是後者，那麼超越科學的力量，說不定也能治癒桐谷和人受了傷又筋疲力盡的靈魂。

比如說——某個人的愛。

「……我願意去。」

簡直就像是跟比嘉的思考同步一樣。

副控室裡響起一道細微但是毅然的聲音。

房間裡的人全都屏住呼吸看向發話者。結城明日奈對撐住自己的神代凜子點了點頭，向前走出一步後又重複說了一遍：

「我願意到Underworld去。我想在那邊跟桐人說『你真的很努力』。還有『雖然發生許多悲傷、痛苦的事情，但是你已經盡全力了』。」

明日奈淡茶色眼睛裡噙著淚水還是這麼說著的模樣，美麗到連決定把一生奉獻給科學的比嘉都說不出話來。

菊岡也以深受感動的表情看著明日奈，但馬上就用眼鏡的鏡片遮住感情，把視線朝臨室的門口移去。

「……確實還有一台無人使用的ＳＴＬ。」

靜靜地如此宣告的指揮官，這時露出複雜的表情繼續表示：

「但Underworld目前的狀況絕稱不上平靜。我們這邊的時間再過幾個小時後，就要開始進入預定實行的最終負荷實驗的最後階段了。」

「最終……負荷？會發生什麼事？」

比嘉帶著手勢向皺起眉頭的凜子說明道：

「嗯……簡單來說，就是殼會破掉。數百年來分隔人界與黑暗領域的『東大門』耐久值將歸零，怪物組成的軍隊會大舉入侵人類世界。如果人類有充分的防禦體制，最後就能夠擊退怪物的攻擊。但這次的實驗前，身為統治組織的公理教會已經被桐人小弟毀掉一半了……所以結果如何還很難說……」

「仔細一想，目前確實是我們之中一定要有人潛行到Underworld的狀況。」

菊岡雙手抱胸繼續呢喃道：

「開始侵略的話，應該在人界某個地方的『愛麗絲』也有可能在混亂中遭到殺害。這樣的話，封鎖主控室來爭取時間就變得沒有意義了……如果可以利用高級帳號登入到裡面，一面保護愛麗絲一面移動到『世界盡頭的祭壇』，然後從那裡把愛麗絲的LightCube彈射到這間副控室的話……」

「嗯……在發生事故之前，你也拜託桐人這麼做對吧。」

凜子的話讓菊岡很悔恨地點了點頭。

「嗯。如果他平安無事，一定會順利完成任務。因為那個時候愛麗絲就在他身邊……」

「這樣的話，就算現在內部時間已經過了好幾個月，兩個人依然在一起的可能性還是很大……是這樣嗎？」

比嘉回答了這個問題：

「……我想應該是這樣。這樣的話，可能真的應該由明日奈小姐來負責潛行……和桐人小弟之間的溝通能力就不用說了，想保護愛麗絲的話就需要在Underworld的戰鬥能力。在這裡的人裡面，最習慣假想世界動作的無疑就是明日奈小姐了。」

「這樣的話，盡可能使用等級高一點的帳號比較好。」

點頭同意菊岡的發言後，比嘉的手指就在鍵盤上敲打了起來。

「那真是應有盡有了。不論是騎士、將軍還是貴族……有各式各樣的高級帳號可以選擇。」

「等一下。」

凜子忽然以有些緊張的口氣插話。

「怎麼了？」

「……襲擊這裡的傢伙會不會想到同樣的事情？你剛才也說過吧？確保愛麗絲的捷徑，就是從內部進行操作。」

「嗯……是啊，那些傢伙的確也可以這麼做。因為下面的主控室裡也有兩台ＳＴＬ。只不過，那些傢伙沒有時間破解登入高級帳號的密碼。能使用的就只有等級1的一般民眾。那種能力值不太可能在最終負荷試驗的嚴苛環境裡活動。」

雖然迅速一邊這麼說明——

但比嘉一瞬間還是意識到是不是忘記什麼事情的些許不安。

不過這樣的想法在高速捲動的一大串帳號名單文字列影響下沒有正式成形。

t Online

Sword Art Online刀劍神域
第四部
「Alicization」新章
Underworld大戰

Sword Ar

The 4th Episode
Project "Alicization"
the new chapter
War of the Underworld

「Ocean Turtle」內部

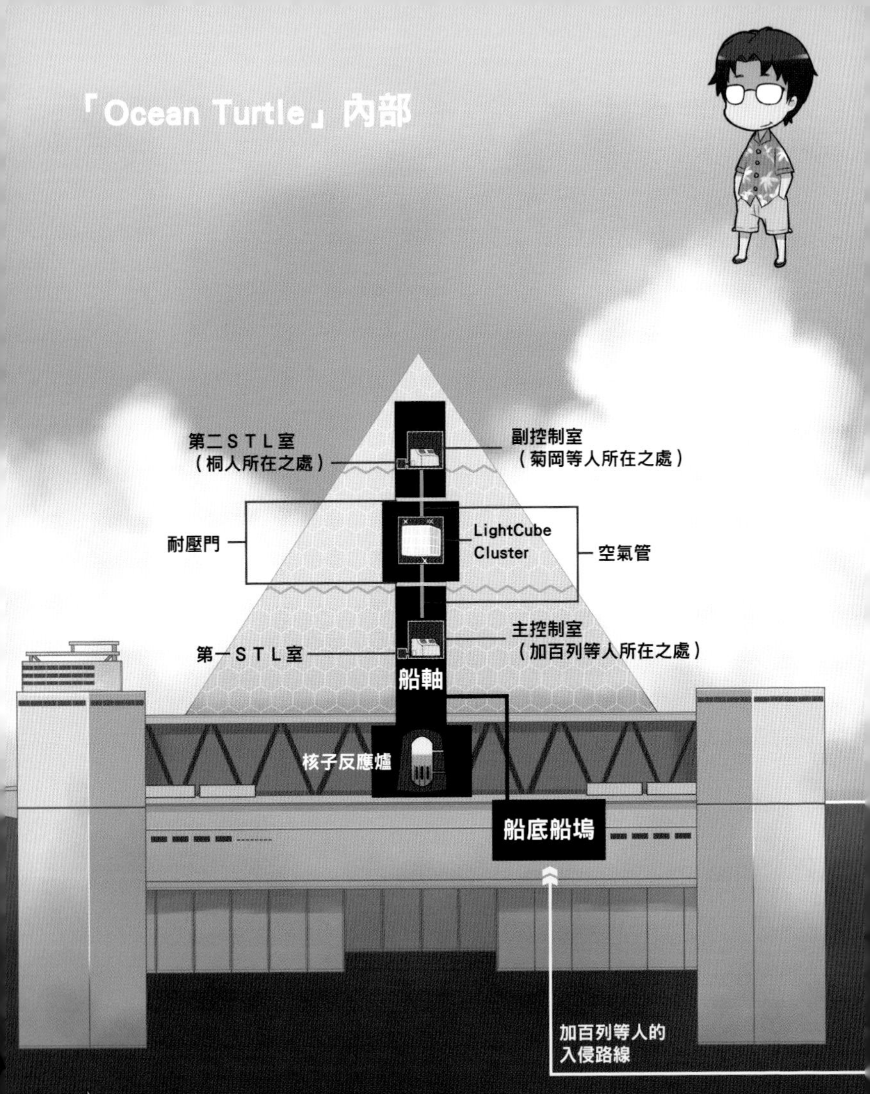

「RATH」是為了Bottom-up型人工智慧開發計畫「Project Alicization」而偽造出來的企業，而自走式巨大人工母船「Ocean Turtle」就是其根據地。
巨大金字塔型的該處，存在為了登入「Underworld」的「Soul translator」，在第一STL室裡有兩台，第二STL室裡也有兩台，總計有四台。桐人登入「Underworld」的「Soul translator」設置在第二STL室當中。

「Ocean Turtle」的中心有保存「Underworld」眾多居民的「靈魂」，也就是人工搖光的「LightCube Cluster」存在。
加百列等人的任務就是從龐大的LightCube群當中，找出愛麗絲的人工搖光並讓它從空氣管彈射出來。

插畫／來栖達也

第十七章　黑暗領域　人界曆三八〇年十一月

1

暗黑騎士莉琵雅・扎恩克爾在飛龍停止動作前就從牠背上跳了下來，開始在聯結起降台與帝宮之間的空中迴廊上全力衝刺。

馬上感覺呼吸困難的她，用右手脫下覆蓋整個臉部的頭盔。

莉琵雅又用左手將啪沙一聲散開來的灰藍色長髮全部理回背後，然後繼續加快速度。雖然想脫掉沉重的鎧甲與披風，但還是不想讓在帝宮裡肆虐的執政官們看見自己任何一點肌膚。

急奔過彎曲的迴廊，從豎立在右手邊的圓柱縫隙中，露出了撕裂紅色天空後聳立在該處的黑色巨城。

帝宮黑曜岩城是花了一百年的時間，挖開廣大無邊的暗之國裡最高的——當然，不包含不祥的「盡頭山脈」在內——岩山後建築而成的城堡。

據說從最上層的「皇座之間」，可以看見微微浮現在西方地平線的盡頭山脈，以及貫穿山脈岩壁的巨門。

但是沒有人知道這個傳說的真實性。

自從初代皇帝暗黑神貝庫達在久遠前的太古時代回歸地底的黑暗之後，暗之國的皇座就一直沒有主人。最上層的大門被擁有無限天命的鎖鍊封印，永遠沒辦法打開。

莉琵雅硬是把視線從漆黑城堡的最上層移開後，對著近在眼前的守門食人鬼族衛兵大叫：

「我是暗黑騎士第十一位，扎恩克爾。快點開門！」

狼頭人身的衛兵們雖然壯實，但腦袋有點駑鈍，在莉琵雅快到鑄鐵大門前才終於開始旋轉開關裝置的把手。

門隨著「轟、轟」的沉重聲打開一條細縫時，莉琵雅就側身穿了過去。

隔了三個月才回來的城堡，還是用跟以前一樣的刺骨冷空氣來迎接她。

打雜的狗頭人每天都魯直地把走廊擦過一遍，所以上面看不見任何灰塵。讓鞋底在黑曜石地板上踩出喀喀聲跑了一陣子後，就看到前方衣不蔽體的兩名妖豔女性像在滑行般無聲地往她靠近。

光潤的波浪狀頭髮上那頂大大的尖帽子，顯示出她們是暗黑術師。看都不看她們準備擦身而過時，其中一名女性故意以尖銳的聲音說：

「哎呀～地震了嗎！不會是半獸人之類的怪物跑過來了吧！」

另一名女性立刻發出高亢的笑聲回答：

「不是吧，照這種搖晃的程度來看，應該是巨人才對！」

——如果不是在禁止拔劍的城內，一定要把她們的舌頭切下來。

莉琵雅心裡雖然這麼想，但只是用鼻子冷哼了一聲就一口氣跑了過去。

出生在暗之國的人族女性，訓練學校畢業之後大部分都是加入暗黑術師公會。那是一個極重享樂的組織，上層下達的指示是「忘掉規律，學習放浪」，結果就是出現剛才那樣，盡是一些只對打扮自己有興趣的傢伙。

自己明明是那副德性，卻對選擇了騎士道的女性有很強烈的對抗心。莉琵雅在幼年學校時，也曾經被同期交惡的女術師下了毒蟲詛咒而不知道該怎麼辦。不過用劍把她自豪的辮子砍掉後，對方就變得乖多了。

反正這個國家裡的人民，盡是一些沒有前瞻性的笨蛋。

組織以及個人都經常發生爭執，只會靠力量來決定優劣的暗之國根本沒有未來可言。

目前雖然藉由「十侯會議」保持了隨時可能崩壞的平衡，但這樣的狀態不可能持續太久。和人界——半獸人與哥布林稱為「伊武姆之國」之間的戰爭已經近在眼前，十侯當中有任何人在這場戰爭中喪命的話，均衡立刻會崩毀，腥風血雨的亂世將再度來臨。

對莉琵雅訴說這種未來的，是十侯的其中一人，也就是她的直屬長官暗黑騎士團團長，同時也是她心愛的男人。

而莉琵雅現在，心中帶著他期盼已久的機密情報。

這個時候，已經沒有空去理那些女術師所說的蠢話了。

一直線橫越過無人的大廳後，她每一步都直接踩過兩階的大樓梯不停往上爬。經過鍛鍊的身體開始上氣不接下氣時，終於抵達目標的樓層。

藉由合議來治理暗之國全土的「十候會議」裡，人族占了五席，哥布林族兩席，剩下的三席分別屬於半獸人族、食人鬼族以及巨人族的首領。經過長達百年的內亂後終於締結了算是條約的東西，交換了五族之間不分上下的約定。

因此靠近黑曜岩城最上層的十八樓裡，設置了分屬於十名諸侯的私人房間。稍微壓底腳步聲來跑過走廊的莉琵雅，用右手背在最深處一間房間的門上敲了三下。

「進來。」

立刻有低沉的聲音做出回應。

看了一下走廊的左右兩側，確定四下無人後，莉琵雅迅速鑽進門後面。

她一邊對於將裝飾物減到最少的房間裡飄散的那股男人味感到懷念，一邊單膝跪地並低下頭來。

「騎士莉琵雅．扎恩克爾，現在回到城堡裡來了。」

「辛苦了。先坐下吧。」

莉琵雅在意識到因為渾厚的聲音感到興奮的情況下抬起視線。

那名穩穩坐在圓桌後方其中一張躺椅上，並高高翹著腳的男人，正是暗黑騎士長——別名「暗黑將軍」的畢庫斯魯．烏魯．夏斯達。

他有著以人族來說相當魁梧的軀體。寬度雖然不及，但光看身高的話絕對不輸給食人鬼族。漆黑的頭髮剪得相當短，嘴角的鬍鬚也修剪得十分整齊。

簡素的麻質襯衫因為像是快要把鈕釦彈飛般的強壯肌肉而高高隆起，但腰部周圍卻看不到一絲贅肉。很少有人知道，看起來完全不像超過四十歲的完美肉體，是藉由即使爬上騎士最高位也絕不鬆懈的嚴苛日常鍛鍊來維持。

隔了三個月才看見朝思暮想的人，讓莉琵雅只能壓抑立刻想撲進他懷裡的衝動，並坐到夏斯達對面的沙發上。

撐起上半身的夏斯達，把放在桌上的兩只水晶杯其中一只交給莉琵雅，接著打開看起相當有年份的紅酒。

「因為想和妳一起喝，所以昨天就從寶物庫裡把它偷出來了。」

夏斯達閉起一隻眼睛，把帶有濃香的深紅色液體倒進玻璃杯。跟以前一樣，他一做出這種表情，看起來就像是喜歡惡作劇的小孩子。

「謝……謝謝您，閣下。」

「說過好幾次了，只有我們兩個人的時候別這樣稱呼我。」

「但目前也算是在勤務當中。」

和像要表示「真拿妳沒辦法」而聳了聳肩的夏斯達輕聲互碰一下杯子後，就一口氣喝下芳醇的紅酒，讓她頓時感覺因為長途旅行而消耗的天命正慢慢恢復。

「……那麼……」

也喝光自己杯子裡的酒後，恢復嚴肅表情的騎士長稍微壓低聲音問道：

「妳派遣使魔通知我說有重要消息，內容究竟為何？」

「是的……」

莉琵雅的視線往左右一掃，接著探出身子。夏斯達雖然是個豪放磊落的男子漢，但他同時也相當細心。這間房間裡設下了好幾重防禦術，就算是暗黑術師公會總長的那個「魔女」也沒辦法竊聽才對。但就算知道這個事實，只要一想到自己得知的重大情報，就不由得壓低聲音。

在夏斯達黑色眼睛凝視下，莉琵雅開始了簡潔的報告：

「人界的公理教會最高司祭……喪命了。」

下一個瞬間，就連暗黑將軍也忍不住瞪大了眼睛。

「呼——」一聲渾厚的嘆息打破了沉默。

「詢問這個消息的真偽……只是侮辱了妳。雖然不懷疑情報的真實性……但是……那個不死者真的……」

「是的……我了解您的心情。我也無法馬上相信，整整花了一週的時間確認消息的真偽，但果然沒有錯。我讓『耳蟲』潛伏到中央聖堂，取得了實證。」

「妳竟然做出這麼危險的事。要是被順著術式追蹤，妳根本就沒辦法離開央都，直接會被五馬分屍了。」

「是的。但連我這種程度的術式都無法探知，更加證明了情報的真實性。」

「……唔……」

稍微呷了一口第二杯紅酒，夏斯達低下剛毅的臉龐。

「那是什麼時候的事情。還有，死因是？」

「大約是半年前……」

「半年。那個時候山脈的警戒的確暫時變得比較鬆懈。」

「是的。至於最高司祭的死因……這雖然有點難以置信，但據說是被劍所殺……」

「被劍殺死了——妳是說有人用劍殺了那個不死者？」

「怎麼可能。」

莉琵雅對頓時說不出話來的夏斯達用力搖了搖頭。

「雖說是不死者，但我想應該是她的天命終於到了盡頭。但為了保持最高司祭身為神明的靈性，才會說出這樣的藉口……」

「唔……嗯，應該是這樣吧。不過……最高司祭亞多米尼史特蕾達終於死了嗎……」

夏斯達閉上雙眼雙手環胸，把上半身靠在椅背上。

他就這樣默默思考了很長一段時間，最後才隨著簡短的一句話迅速睜開眼睛。

「機會來了。」

莉琵雅暫時屏住呼吸，接著用沙啞的聲音問道：

「什麼機會呢？」

她立刻得到答案。

「當然……是和平的機會。」

在這座城裡算是極度危險的名詞，迅速溶解、消失在房間的空氣中。

「閣下……您認為有這種可能嗎？」

面對莉琵雅低聲詢問，夏斯達看著玻璃杯中紅色的液體，一邊緩慢但用力地點了點頭。

「不管可不可能，無論如何都要成功。」

他一口氣喝乾紅酒，接著說道：

「從創世時代就一直分隔人界與暗之國的『大門』，天命終於快要耗盡。黑暗之國五大種族的軍隊，看見馬上有機會一舉入侵充滿陽光與地力恩寵的富饒人界，目前已經像是煮沸的熱鍋了。上一次的十候會議裡，如何分配人界的土地、財寶以及奴隸已經引起很大的紛爭。真是受不了……那群傢伙的欲望就像是無底深淵。」

夏斯達毫無忌諱的發言，讓莉琵雅縮起了脖子。

和被「禁忌目錄」這一大冊法典所支配的人界不同，暗之國只存在一條法律。也就是——靠力量奪取一切。

從這一點來看，跟即使爬上最高權力的寶座還是擁有無盡征服欲的其他九名諸侯比起來，考慮與人界和平共處的夏斯達才是異端分子吧。

但莉琵雅之所以會被這個男人強烈地吸引，也是因為這種異質的思考。和伺候其他諸侯的女人不同，莉琵雅並非他以強硬手段搶奪而來。夏斯達是拿著花朵對莉琵雅下跪，以真摯的言語向她求愛。

沒有注意到愛人心中飄蕩著這樣的想法，夏斯達以沉重的口氣繼續表示：

「……但是，那些諸侯太小看人類了。尤其是這漫長的三百年來一直守護著人界的整合騎士團。」

一聽見這個名詞，莉琵雅就在腦袋即刻發冷的情況下點了點頭。

「確實……那些傢伙都是技藝超群的劍士。」

「真的可以說是一騎當千。在暗黑騎士團的漫長歷史裡，被整合騎士所殺的暗黑騎士可以說是不計其數，但反過來的情況是一次都沒有。那些傢伙的劍技不但精妙，連身上的神器也是強力無比……雖然我也曾數次把他們逼入絕境，但終究沒能給予最後一擊。當然，敗走的經驗已經數也數不清了。」

「那是因為……那些傢伙會使用奇怪的術法，讓劍放出火焰或者光束的緣故……」

「妳說『武裝完全支配術』嗎？雖然也讓我們騎士團的術理部研究了很長一段時間，最後還是無法解開這個謎團。即使派出一百名哥布林士兵，也無法抵擋那個技法。」

「但是……我方的軍勢多達五萬。另一方面，整合騎士則只有三十人左右。應該能以數量壓倒對方吧……？」

莉琵雅的話，讓夏斯達蓄著美髯的嘴角揚起諷刺的微笑。

「剛才說過那些傢伙是一騎當千吧。這樣算起來，我們也有三萬名士兵會喪命。」

「真的……會有如此嚴重的損傷嗎？」

「嗯。雖然不喜歡這種戰法，但前方戰線由我們騎士團和食人鬼、巨人來支撐，然後暗黑術師群從後方持續施放遠距離術的話，整合騎士終究會筋疲力盡吧。但當他們最後一騎倒下時，很難想像我們已經遭受多少損害。雖說可能不到三萬，一萬五千的話倒是很有可能。」

水晶杯發出「叮」一聲清脆的聲音後被放到桌上。

單手制止準備幫忙倒酒的莉琵雅，夏斯達把寬闊的背部靠到躺椅上。

「……而這樣的結果，當然就是會讓暗之五族的力量產生不平衡。十候會議將喪失意義，五族平等的約定形同虛設。到那個時候，一百年前的『鐵血時代』又將來臨。不對，應該會比當時更慘。因為這次通往人界，有著飲不盡蜜汁大海的大門已經打開了。光是一百年的時間，還無法擺平爭奪那塊土地的支配權所造成的紛爭……」

這正是夏斯達過去所戒慎恐懼，而且忍不住向莉琵雅重複說過好幾次的最糟糕事態。而夏斯達以外的諸侯，都不認為這是最糟的未來——反而等不及那一刻來臨了。

莉琵雅低下頭來，凝視著敘任為騎士時得到的這套鎧甲上，雖然滿是傷痕但是擦得相當仔細的黑色光輝。

孩提時期相當矮小的莉琵雅，如果是在「鐵血時代」，一定無法成為騎士吧。不是被以奴隸的身分賣給人口販子，就是被丟在荒郊野外，然後就此結束短暫的一生。

但多虧訂立了那個類似和平條約的東西，讓她沒有被賣到奴隸市場，而是進入幼年學校，結果在那裡發現她大器晚成的劍術才能，因此獲得就人族女性來說幾乎是不可能的最高地位。

目前暗之國的窮鄉僻壤依然有許多人口販子橫行，成為騎士之後，她就投入每個月的絕大部分薪水，從這些地方聚集被父母親丟棄的孩童，並且營運類似育幼院的機構保護他們到進入學校為止的年紀。

這件事情她當然沒有告訴過自己的同輩，甚至連夏斯達也不知道。因為連她本身也不清楚自己為什麼會有這樣的舉動。

只不過──

莉琵雅內心的角落，一直感覺這個有力量者就能奪走一切的國家某個地方錯了。和夏斯達不同，她沒有能夠明確表達出內心疑念的智慧，但就算是這樣，她還是覺得這個國家──不對，應該是包含人界在內的整個地底世界都存在「更加正確的模樣」。

莉琵雅隱約理解到，那個所謂的新世界，應該就存在於夏斯達提倡的和平國度的遙遠前方。同時身為一個女人，她也想幫忙自己心愛的男性。

只不過……

「……但是，閣下打算如何說服其他諸侯呢？更何況……整合騎士團真的會接受和平的交涉嗎？」

莉琵雅低聲這麼問道。

「……唔……」

夏斯達閉上雙眼，以右手捻著光艷的鬍鬚。最後才用苦澀的聲音隱密地說著：

「我認為整合騎士那邊應該有機會。如果最高司祭已經死亡，那麼目前的總指揮大概是貝爾庫利那個老頭吧。那個男人雖然狡獪，但可以溝通。問題……果然還是出在十候會議上。這一邊的話……雖然有點矛盾……」

夏斯達張開眼睛，以隱藏著殺氣的雙眸注視著空中。

「——最少可能得幹掉四個人。」

莉琵雅瞬間屏住呼吸，畏畏縮縮地問：

「您說的四個人……指的是兩名哥布林族首領、半獸人族首領，以及……」

「暗黑術師公會總長。因為那個女人帶有入手亞多米尼史特蕾達不死的祕密，將來自稱皇帝的野心。所以應該不會接受和平的提議。」

「但……但是！」

莉琵雅擠出聲音來反駁：

「這樣實在太危險了，閣下！哥布林、半獸人的首領應該不是閣下的對手……但那個暗黑術師不知道會用什麼奇怪的術式啊！」

即使莉琵雅閉上嘴巴，夏斯達還是沉默了好一陣子。

忽然開口的他，從嘴裡說出令人意想不到的發言：

「莉琵雅啊。妳到我麾下有多久的時間了？」

「什麼？啊……呃，嗯……是從我二十一歲的時候開始……應該有四年了。」

「已經過這麼久了嗎？抱歉這麼長一段時間都讓妳的身分處於曖昧狀態。怎麼樣……差不多該那個……」

視線到處游移用力搔了搔頭後，暗黑騎士長才有些生硬地說：

「……要不要正式嫁給我？雖然要妳委身於我這種大叔有點委屈妳就是了……」

「閣……閣下……」

莉琵雅啞然瞪大雙眼——

接著心臟附近有一道暖流擴散開來，讓她忍不住想立刻飛越桌子，撲進心愛男人的懷抱裡，但就在這個時候……

厚重的門後面，傳出緊繃的尖銳聲響。

「不得了了！不得了了！啊啊，竟然有這種事！諸侯大人們快點……快點出來啊！」

覺得有些熟悉的聲音，是來自十候其中一人，商工公會的頭領。

莉琵雅的記憶當中，他有一副儼然是大人物的肥胖體格，但這時完全不符合這種形象的沙啞悲鳴還是持續叫著：

「不得了了！——皇……皇座之間！封印的鎖鍊！正在震動啊啊啊啊啊！」

2

以皇帝貝庫達身分降到皇座之間的加百列・米勒，帶著某種感慨眺望著低頭跪在自己腳下的人工搖光們。

他們是被封在一邊兩英吋的LightCube裡頭的光量子情報。在這個世界裡，他們就是具備知性與靈魂的真正人類。只不過，跪在最前排的十個人裡，有半數是容貌詭異的怪物就是了。

自稱「諸侯（Feudal lords）」的十名將軍，排在他們身後的騎士與術師們，以及屯駐在城外的五萬軍隊，就是加百列所能掌握的戰力。接下來他必須確切地操縱這些棋子，殲滅人界的防衛力並捕獲「愛麗絲」。

但是這裡和現實世界的即時模擬戰略遊戲不同，這些棋子不能夠隨心所欲地以滑鼠或者鍵盤來移動。必須以言語以及態度加以統率與施加命令。

加百列默默從皇座上站起來，移動幾步後，看向貼在後方牆壁上的一面鏡子。

映照在上面的，是穿著低俗品味服裝的自己。

只有容貌與接近白色的金髮依然是現實世界的加百列。但額頭上戴著以黑色金屬製成，上面鑲有深紅寶石的皇冠，另外在黑色合成皮革般的皮革襯衫與長褲上，還披著豪華深黑色毛皮長袍。腰上掛著一把散發出朦朧燐光的細細長劍，靴子與手套上都繡著精緻銀線的刺繡。背上甚至還有一件染了鮮血般的紅色長披風。

把視線往右邊移動，就能看見皇座往下一階的位置上，有一名騎士正把雙手交叉在腦袋後面四處張望著。

那套如同寶石一般發光的深紫色全身鎧甲，主人正是和加百列一同登入到Underworld的瓦沙克．卡薩魯斯。雖然已經警告過他，在掌握狀況前別得意忘形說出多餘的話，但他還是露出極想用俗語表達心中感動的模樣，而且還不停用指尖彈出喀噠喀噠的聲音。

加百列輕輕搖了搖頭，再次把視線移回鏡子裡的自己身上。

穿慣訂製西裝的他，實在無法習慣自己的這種模樣。但在這個「Underworld」裡，加百列已經不是民間軍事公司的首席技術長（CTO）。

他是統領廣大黑暗領域的皇帝。

而且還是神明。

加百列閉上雙眼，深吸了一口氣將其呼出。

把扮演的角色由堅強、冷酷的指揮官轉變成無情皇帝的開關，已經在他意識裡的某個地方被按了下去。

睜開雙眼，啪一聲翻轉深紅披風轉過身子的加百列——暗黑神貝庫達，一面睥睨十名將軍，一面讓毫無人類味道的聲音響徹在皇座之間裡。

「抬起頭來，報上你們的姓名吧——就從最右邊的你開始。」

一名體型肥胖，差點要把額頭貼在地板上的中年男子，以出乎意料之外敏捷的動作撐起上半身後，就用流暢的日文報上自己的姓名：

「遵……遵命！我是擔任商工公會頭領的連基爾．奇拉．司科波！」

中年男子再次低頭後，旁邊宛如小山一般的巨大身軀就開始動了起來。

站起身後應該有十二英呎(三公尺半)的雄偉身軀上交叉纏著發出黑油油亮光的鎖鍊，腰間蓋著獸皮的亞人，這時迅速抬起特別長的鼻梁，以地鳴般的低音報出姓名：

「巨人族首領，西古羅西古。」

當加百列細細咀嚼這個怪物身體裡也存在知性與靈魂的事實時，第三個人刺耳的沙啞聲音已經響起。

「……暗殺者公會頭領……夫薩……」

跟旁邊的巨人族比起來過於瘦削且沒有存在感的套頭長袍模樣，讓人連他的年齡與性別都無法判別。

加百列雖然一瞬間考慮過命令他露出面貌，但想到像這種暗殺者似乎都有不能以真面目示人之類的禁忌，於是就打消了念頭，直接把視線移到下一位將軍身上。

下一刻，他的眉毛差點就要皺起來，但還是忍住了。

確實體現了醜惡這個形容詞的存在，就這樣笨重地坐在地上。因為腳太短了根本無法用膝蓋撐起身體。圓滾滾的大肚子上有閃亮亮的油光，一半埋在肩膀裡的脖子上還掛著幾個應該是小動物頭骨的物體。

上面的頭部應該說三分像人，七分像豬。有著往前凸出的扁平鼻子、牙齒外露的大嘴，不過小小的眼睛倒是閃爍著帶有人類知性的光芒，但這也讓他看起來更加恐怖。

「半獸人族首領～利魯匹林～」

聽見那道尖銳的聲音後，加百列就想著這傢伙究竟是男是女，但這次也馬上就拋棄這樣的念頭。既然自稱是半獸人，那就只是低等部隊。反正只是用完就丟的傢伙。

接著抬起頭以靈敏動作行了個禮的，是一個年紀仍可以說是少年的年輕人。頭上垂著金紅色捲髮，曬得黝黑的上半身只纏著皮帶。下半身則是緊身皮褲與涼鞋，另外雙手上還戴著附有四方形金屬鉚釘的手套。

「拳鬥士公會第十代冠軍，伊斯卡恩！」

加百列回看著少年充滿幹勁大叫的模樣，接著在內心浮現出疑問。拳鬥士指的是拳擊手嗎？空手真的可以擔任士兵嗎？

當他陷入沉思時，突然傳出「咕嚕嚕嚕！」的轟然巨響。

聲音來源是軀體比不上巨人，但遠超過人類的亞人族。上半身幾乎全被長長的毛皮蓋住。之所以知道那不是服裝而是毛皮，完全是因為對方有著獸頭的緣故。

那看起來跟狼十分類似。有著凸出的鼻梁、呈鋸齒狀排列的牙齒以及三角形耳朵。從垂著長舌頭的嘴裡，發出了很難聽清楚的聲音：

「咕嚕嚕……食人鬼……首領……弗魯咕魯……嚕嚕嚕……」

雖然不清楚那是他的名字或者單純只是低吼，加百列還是點了點頭並看向下一個人。

一瞬間，響起極為刺耳的尖銳聲音：

「山地哥布林首領，哈卡西！陛下，請務必將先鋒的光榮任務交給我族的勇士！」

該名矮小的亞人，猿猴般的禿頭兩側長出細長的耳朵。身高遠矮於剛才報上姓名的巨人、半獸人、食人鬼，甚至連人類都比不上。

根據潛行前克里達的說明，這個黑暗領域裡唯一只存在一條法律。也就是有實力者可以支配一切。這樣的話，不論從哪一點來看都相當弱的哥布林，究竟是什麼力量讓他們可以和其他種族平起平坐呢？

雖然再怎麼樣也不過是地位比半獸人還要低的最低等步兵單位，但對他們多少有些興趣的加百列看著山地哥布林的臉，內心忽然了解究竟是怎麼回事了。因為醜陋亞人的小小眼睛裡，可以看見猛烈暴風雨般的欲望。

山地哥布林首領的自我介紹剛結束，坐在他旁邊的，只有肌膚顏色不同的亞人也同樣以尖銳聲音叫了起來。

「千萬別聽他的！陛下，我們比那些傢伙有用十倍！小的是平地哥布林的首領，名叫酷畢力！」

「你說什麼，這個專吃蛞蝓的傢伙！腦袋被充滿濕氣的土地浸壞了嗎！」

「你的腦漿才是被太陽給曬乾了呢！」

開始互罵的兩隻哥布林鼻子前方——

「啪嘰！」一聲爆出藍色火花，兩名哥布林首領立刻發出悲鳴並飛退。

「——兩位，現在是在皇帝陛下面前喲。」

隨著妖艷聲音將高舉的右手縮回去的，是一名穿著暴露服裝的年輕女性。火花則是女性的指尖像打火機的打火石般摩擦時就彈了出來。

緩緩起身的女性，像要誇耀豐滿的肢體與妖艷的美貌般挺起腰部，以相當刻意的動作行了一個禮。這時在加百列右側的瓦沙克低聲吹了一下口哨，而加百列也可以了解他的心情。

身上只用黑色琺瑯皮革蓋住一丁點如同塗了油一般的茶褐色肌膚。靴子有著跟針一樣尖的高跟。背上披著閃耀黑色與銀色光芒的毛皮披風，上方豪奢的白金色頭髮則一路垂到腰部。

眼影與口紅都是水藍色的她，這時嬌艷地瞇起不輸給這些顏色的鮮明藍眼睛，並且報上了姓名：

「我是暗黑術師公會總長，蒂伊·艾·耶爾。我麾下的三千術師，以及我本人的身心都是屬於陛下。」

雖然聲音與動作確實相當妖艷，但完全沒有湧起性衝動的加百列只是大方地點了點頭。自稱蒂伊的魔女眨了眨眼睛，似乎考慮著該不該繼續說些什麼，但最後還是默默行了個禮並再次跪下。

加百列心裡一邊想著「這是聰明的舉動」一邊移動視線，往下看著最後一名將軍個體。

靜靜低著頭的，是一名以人類來說體格極為優異的壯年男子。

包裹住全身的漆黑鎧甲上有無數傷痕，發出鈍重的光芒。垂下的臉上也能看見額頭與鼻樑上有淡淡的傷痕。

男人沒有抬起頭就直接發出的，是沙啞的男中音：

「暗黑騎士團團長，畢庫斯魯·烏魯·夏斯達。在獻上我的劍之前……有個問題想請教皇帝。」

這時候才抬起頭來的男人，臉上那種嚴厲表情讓加百列聯想到過去遇過的少數「真正的士兵」。

名為夏斯達的騎士，雙眸裡帶著之前報上姓名的九位將軍所沒有的覺悟來凝視加百列，並以更低沉的聲音繼續說道：

「皇帝陛下在這個時候回歸皇座，究竟所為何事？」

原來如此——這些傢伙確實不是單純的程式。

加百列在內心一邊提醒自己要時時記住這件事情，一邊以無情皇帝的形象冷冷回答：

「鮮血與恐懼、火炎與破壞、死與悲鳴。」

加百列宛如切割金屬的硬質聲音傳出來的瞬間，將軍們的表情立刻繃緊。

依序看著十個人的臉後，加百列翻動毛皮披風，高高舉起右臂指向西方的天空。

充滿征服欲的真心話幾乎是自動從他嘴裡發出：

「……西方之地充滿將朕逐出天界的諸神之力，而保護該地的『大門』隨時都要崩毀。所以朕這次回來……是要讓地上所有人知道朕的力量！」

關於內部時間一週後就要到來的「最終負荷實驗」，已經從克里達那裡接受到盡可能詳細的說明。加百列根據他所說的內容，以演戲般的口氣繼續自己的演說：

「大門崩塌之時，人界將成為我們暗之民的領土！朕唯一需要的，就只有同時出現在那個地方的『神之巫女』一個人！除此之外的人類，汝等可以隨意燒殺、掠奪！現在就是所有暗之民期待以久的——約定之時了！」

一瞬間籠罩在現場的沉默空氣——

被尖銳、野蠻的吼叫聲打破了。

「嘰————！要盡情地殺！我要殺光白伊武姆啊啊啊啊！」

雙腳急速踩地不停叫喚的，是小眼睛裡充滿欲望與憤怒的半獸人首領。兩隻哥布林首領也隨即高舉雙手跟著大叫：

「吼哦哦哦哦嗚！開戰了！開戰了！」

「嗚啦————！戰爭開始了————！」

充滿鬥志的聲音，立刻影響了其他將軍以及站在他們背後的眾軍官。暗殺公會那些穿著黑色斗篷的傢伙緩緩晃動著如樹枝般纖細的身體，暗黑術師公會的魔女集團也隨著嬌聲發射出各種顏色的火花。

寬敞的大廳裡，目前正充滿了原始的野蠻叫聲——

加百列注意到只有名為夏斯達的騎士依然一動也不動地低著頭跪在地上。

從身穿鎧甲的他那如同雕像般的模樣，根本無法判斷這是軍人的自制心，或者是源自某種感情。

＊＊＊

「沒想到兄弟竟然有這種才能！我看你應該去當演員比較好吧？」

瓦沙克一邊面露微笑一邊把紅酒瓶拋過去，加百列則是用鼻子冷哼了一聲來回應。

「只是因應需要。你才應該學點像樣的演說方法，你的位階比那些傢伙還要高啊。」

接過瓶子後用指尖彈開木栓，含了一小口紅寶石色的液體後，忽然思考起這樣算不算是在作戰中喝酒。

瓦沙克像是要表示不喝白不喝一樣，把這看起來相當高級的陳年好酒當成啤酒猛灌，然後用力擦了一下嘴角才回答：

「跟發布命令還是演說比起來，我比較想在前線衝鋒陷陣。難得能潛行到這麼逼真的ＶＲ世界……這酒和瓶子就跟真的一樣。」

「相對的，被砍中的話會感到疼痛，而且會流血。這裡可沒有什麼疼痛緩和裝置。」

「這樣才好啊。」

對露出奸笑的瓦沙克聳了聳肩後，加百列把酒瓶放回桌上，並從沙發上站起來。

黑曜岩城最上層的皇帝居所，比GlowgenＤＳ總公司大樓的董事室還要寬敞，從巨大的窗戶可以清楚看見城下聚落的夜景。明亮度與鮮豔度雖然比不上聖地牙哥的夜景，但是帶有奇幻氣息。

自稱諸侯的十名將軍為了開戰準備而離開城堡，從倉庫裡搬出物資的錙重部隊正拿著火把不停地在大路上移動。由於已經命令負責補給任務的商工公會頭領把城裡儲備的所有裝備與食糧用盡，所以士兵們應該有很長一段時間不會受凍挨餓才對。

加百列把視線從無數的光芒上移開，走到房間角落後，用手觸碰設置在那裡的紫色水晶板——也就是系統操縱臺。

他迅速地操縱選單，按下呼叫外部觀察員的按鈕。時間加速倍率瞬時降低，在回歸等倍時間的奇妙感覺中，克里達急促的聲音從畫面裡傳出：

「是隊長嗎？剛才看完隊長與瓦沙克的潛行，現在才剛回到主控室而已！」

「這邊已經是第一天晚上了。雖然早有心理準備，但時間加速是很奇妙的感覺。總之目前一切按照計畫進行。一兩天以內就能完成部隊的準備，預定兩天後就要開始進軍人界。」

「太棒了。請聽我說，捕捉到『愛麗絲』後，請把她帶到那裡，然後從選單選擇彈射到主控室的操作。這樣『愛麗絲』的LightCube就是我們的了。還有，這一點請特別要叫瓦沙克那個笨蛋注意一下。」

可能是聽見克里達的聲音了吧，瓦沙克從後面發出簡短的咒罵聲。

「在無法操縱管理者權限的現狀下，我沒辦法重置帳號。也就是說，隊長和瓦沙克如果在內部死亡，就沒辦法再使用這兩個超級帳號了。這樣就真的得從一名小兵開始幹起了！」

「嗯……我知道了，現在就先不要到前線去吧。自衛隊（JSDF）有什麼動靜嗎？」

「目前沒有，似乎還沒有注意到隊長你們已經潛行到Underworld了。」

「好，那麼我要切斷通訊了。希望下一次聯絡時已經捕獲愛麗絲了。」

「了解，期待你們的成功。」

關閉通訊視窗後，加速倍率再次隨著些許不對勁的感覺恢復。

瓦沙克原本還是一邊咒罵一邊和鎧甲的掛鉤格鬥中，最後終於把所有金屬裝備丟在地上，只穿著皮革襯衫與長褲站在現場。

「那個……兄弟啊，真的不能稍微去城裡玩一下嗎？」

「先忍耐一陣子吧，作戰結束後會給你一個晚上的時間。」

「了解。殺戮和女人都只能暫時忍耐嗎……那我就乖乖去睡覺吧。我用這邊的房間嘍。」

瓦沙克一邊讓關節發出喀嘰喀嘰的聲音，一邊消失在鄰接的一間寢室裡後，加百列才呼一聲吐了口氣，把皇冠從頭上拿下來。

接著又把誇張的披風與長袍掛在沙發上，把劍扔到上面。

之前玩過的ＶＲ遊戲，裝備只要一解除就會回到道具欄裡，但這個世界似乎沒有這種便利的機能。這樣下去的話，在這裡生活一個月房間似乎就會變得凌亂不堪，不過反正後天就要離開城堡，下次回來應該就是為了登出了。

加百列一面解開上衣的鈕釦，一面打開瓦沙克對面房間的門——隨即又因為驚訝而瞇起眼睛。

同樣是異常寬敞的寢室裡，豪華得讓人傻眼的床鋪旁邊，有一道平伏在地上的小小人影。

應該已經命令過，包含僕人在內的所有人，都不准到城裡比皇座之間更上方的樓層來了。竟然有人敢違抗神明的命令，這究竟是怎麼回事？

一瞬間考慮著是不是該把劍拿回來，但加百列最後還是刻意就這樣走進寢室當中，然後隨手把門關上。

「……是誰？」

他簡短地詢問來者身分。

傳回來的是有些沙啞的女性聲音：

「……今天晚上由我來侍寢。」

「哦……」

單邊眉毛稍微挑動了一下後，加百列隨即橫越寢室，走到床鋪旁邊。

雙手撐在地上的，是一名只穿著單薄衣物的年輕女人。灰藍色頭髮高高盤起，用裝飾的髮帶固定住。從微微透出來的身體線條上，感覺不到帶有武器的氣息。

「是誰的命令？」

一邊坐到光艷的絲質床單上一邊這麼詢問後，女人隔了幾秒鐘才壓低聲音回答：

「沒有人命令，這本來就是我應該負責的工作……」

「這樣啊。」

加百列移開視線，重重把身體躺到床中央。

幾秒鐘後，女人撐起身體，無聲地滑到他右側。

「失禮了……」

如此呢喃的女性，帶有異國風味的美貌讓加百列也忍不住在心中發出讚嘆聲。肌膚顏色雖然較深，但顴骨附近有種北歐式的高雅氣息。

加百列一邊往上看著她輕輕褪下單薄衣裳，同時解開固定頭髮的髮帶，內心也一邊出現某種感動。

人工搖光甚至懂得做這種事嗎？

連這樣的女子，都還不能算是真正的ＡＩ嗎？這樣的話，已經是完成形的愛麗絲究竟到達什麼樣的高度？

讓加百列心動的，不是女人獻出自己身體的行為。

而是因為——

他早已預測到女人從飄散開來的頭髮中迅速拔出，並且高高舉起的銳利小刀的存在。

輕輕鬆鬆就抓住女性右手的加百列，另一隻手迅速掐住對方纖細的脖子，並把她拉倒在床上。

「咕……！」

女人即使已經咬緊牙根，依然劇烈反抗想刺出小刀。雖然擁有超乎想像的臂力，但依然不足以讓加百列感到慌張。他的右手架住對方慣用手的關節，左手拇指稍微掐入對方喉頭來封阻其動作。

臉龐雖然因為劇痛而扭曲，但女性灰色眼睛裡的決心並沒有因此變淡。從她凶猛的表情、拙劣的化妝以及肌肉的發達程度，就能知道她不是專業的暗殺者。這樣的話，帶有反意的就應該不是自稱夫薩的暗殺者頭領，而是其他九名將軍的其中一人嗎——恐怕是人族將軍裡面的某個人吧。

加百列把臉靠近女人，說出跟剛才一樣的質問：

「是誰命令妳的？」

低沉沙啞的聲音也說出相同的回答：

「是我自己的……意志。」

「這樣的話，妳的長官是誰？」

「……我沒有長官。」

「嗯。」

加百列不帶一絲感情，像機械一樣進行思考。

「RATH」想要突破的人工搖光界限點。就是能否違抗上級給予的規則、法律與命令。和被無數法律束縛的人界居民比起來，黑暗領域的民眾乍看之下一直過得相當自由，但本質上其實沒有不同。只是這一邊的搖光只被賦予一條法律，所以看起來才很自由。

那條法律就是「用力量奪取一切」。這裡是擁有較強戰鬥力者，就能夠支配弱者的弱肉強食世界。只要RATH的實驗照計畫繼續進行下去，就算加百列沒有介入，崇尚秩序的人界與充滿渾沌的暗之國也會發生衝突，而他們似乎就是預定以這場大戰做為觸媒，藉此來突破下一次的界限。

但不知道什麼理由，在計畫進行到此之前，人界就出現突破界限的搖光。但RATH裡的間諜並沒有傳出暗之國也出現相同搖光的情報。

也就是說，拿一把小刀就企圖暗殺皇帝的女人，一定也是被絕對法律所束縛的靈魂。但她在接受加百列的質問，不對，應該說命令之後也不肯說出自己主人的名字。這也就表示，跟身為皇帝與神明的加百列所發出的命令比起來，這個女人選擇了對自己主人的忠誠心。換言之，她認為自己的主人比皇帝還要強。

為了讓今後的作戰能夠順利進行，似乎有必要好好在將軍與幹部個體前面展示戰鬥力，讓他們事先知道加百列——皇帝貝庫達是這個世界最強的存在。但也不能把所有將軍都殺光。這下該怎麼辦才好呢？

——不對。

不論如何，一定得處分掉其中一名將軍。讓這個女人抱持暗殺之意的傢伙一定得死。

那麼該如何找出背叛者呢？再次聯絡克里達，要他從外部監視將軍個體嗎？不行，要這麼做的話，就必須把時間加速固定在一倍，這樣反而會浪費掉現實世界所擁有的寶貴時間。

那麼——

一瞬間就想到這裡的加百列，再次用鋼鐵色的眼睛凝視著女人。

「為什麼要朕的命？被錢收買了？還是約定好要給妳地位？」

沒有想太多就做出這樣的發言，但對方立刻說出超乎想像之外的回答：

「這都是為了大義！」

「哦……？」

「現在開始戰爭的話，歷史將退後一百……不對，是兩百年！不能再回到弱者就得遭受虐待的時代了！」

加百列再次感到些許驚訝。

這個女人，這樣真的還是在尚未突破界限的狀態嗎？如果是這樣，是她的主人讓她說出這

樣的話嗎？

加百列把臉靠過去，從近距離凝視著她的灰色眼睛。

決心、忠誠，另外隱藏在深處的這種感情是………

啊，原來如此。

如果是這樣，那就不需要這個女人了。正確來說，是不需要這個女人的搖光了。

加百列遵照自己所下的判斷，不再說任何多餘的話，掐住女人脖子的左手直接開始用力。

頸骨開始發出「嗶嘰」的碎裂聲。女人睜大雙眼，嘴裡發出無聲的悲鳴。

加百列確實地按住她掙扎的四肢，一邊殘忍地勒緊她的脖子，一邊感受到跟剛才完全不同的驚訝。

這裡真的是假想世界嗎？傳達到左手上的，肌肉與軟骨逐漸被破壞的感觸，由外露的肌膚放射出來的恐懼與痛苦的氣味，都比現實世界更加強烈地刺激著五感。

身體在下意識中開始震動，左手也反射性開始收縮。

喀嘰。隨著這道鈍重的聲音，不知名的女人頸骨就這麼被粉碎了。

這時候加百列看見了。

從緊緊閉上雙眼，用力咬緊牙根的女人額頭——湧出了七彩光芒。

這無疑是那個時候——年幼的愛麗西亞喪命時所看見的靈魂之雲。

加百列瞬時張大嘴巴，把女人的靈魂全吸了進去。

先是由恐懼與痛苦產生的苦味。

再來是悔恨與悲傷的酸味。

接著加百列的舌頭就浸在筆墨難以形容的天堂之蜜當中。

閉上的眼瞼裡，不停閃過朦朧的光景。

在老舊的兩層樓建築前院遊玩的幼小孩童們。有人類、哥布林以及半獸人。小孩子一看到自己，臉上就露出高興的光芒，張開雙手往這裡跑過來。

這些影像消失後，這次又看見一個男人的上半身。女人以柔情緊緊抱住那經過嚴格鍛鍊的厚實胸膛。

「我愛你……閣下……………」

出現這道細微的聲音，然後迴響並逐漸遠去。

等一切全部消失後，加百列還是持續緊抱著女人的屍骸。

太棒了，竟然會有這麼棒的體驗。

加百列的大部分意識都因為無上的喜悅而震動，只有剩下來的一部分理性想為剛才的現象做出解釋。

收納女人搖光的LightCube與加百列本身的搖光，介由ＳＴＬ連結在一起了。因此天命，也就是生命值歸零後解放出來的量子檔案斷片，可能就經由線路逆流回來了。

但什麼原理之類的東西已經不重要。

自己終於再次體驗到賭上人生追求的現象。自己將瀕死的女人最後抱持的感情——也就是愛完全攝取、玩味過了。那簡直就像是降在久旱沙漠中的甘霖。

不夠。

完全不夠。

還要多殺一點人才行。

加百列把身體整個往後仰，開始發出無聲的鬨笑。

＊＊＊

加百列滿足地望著十名將軍與各陣營的幹部整齊列隊，並且恭恭敬敬地低下頭的模樣。

他們完全依照命令，在兩天內完成了進軍的準備。說不定，這些將軍個體還比現實世界裡GlowgenＤＳ總公司那些占據董事位子的傢伙還要優秀。

甚至乾脆想直接把他們當成完成品。除了無可挑剔的事務處理能力之外，還有如此的忠誠心。做為放在戰爭用機器人上面的ＡＩ，可以說再適合也不過了。

不過還是不能忘記，眾將軍的忠誠是來自於ＲＡＴＨ一直相當執著的人工搖光問題點。正因為他們的靈魂都被烙印了，擁有最強力量者可以支配一切這個大原則，這十名將軍才會遵從身為皇帝的加百列．米勒，不對，應該說是暗神貝庫達。這同時也表示，在對皇帝的力量產生懷疑的瞬間，就很有可能會出現背叛者。

而這樣的擔心已經變成現實了。

兩天前的晚上，偷偷潛入寢室的女暗殺者。

那個女人想要殺死身為最高權力者的皇帝。她的心裡應該存在比加百列更加上位的主人。就是她在臨死前稱為「閣下」的某個人。而且幾乎可以確認，那個人就是排在下方的十名將軍之一。

對她來說，自己的主人比皇帝貝庫達還要強。這樣的話，那個閣下本身也很可能不是真心效忠於加百列。在麾下有這種個體的情況下上戰場，可能會出現在休息時遭到偷襲的情況。

因此出征前最後的任務，就是從十個人當中把那個閣下找出來。

同時也能向剩下的九個人展示皇帝的力量。永遠在他們的搖光裡刻下究竟誰才是最強者的印象。

這時候，加百列．米勒完全沒有考慮過自己遜色於下方十名個體——也就是一對一戰鬥時會落敗的可能性。他依然有著Underworld不過是遊戲延伸出來的ＶＲ世界，存在裡面的所有個體都是人造物（NPC）的固有觀念。

＊＊＊

畢庫斯魯．烏魯．夏斯達保持垂頭跪地的姿勢，腦袋裡想起了師父說過的話。那是二十多年前，在暗黑騎士團本部修練場所發生的事情。

「——我師父的師父，是頭被砍掉而立刻死亡。我的師父是胸口被貫穿，在回城的半路上過世。至於我雖然被砍斷了一隻手，但還是像這樣活著回來了。雖然這不是什麼值得驕傲的事情就是了。」

在烏亮地板上正坐的師父，說完就對夏斯達展示手肘以下被漂亮切斷的右臂。以藥物止血，簡單包紮著繃帶的傷口讓人慘不忍睹。

三天前才剛造成這個傷口的，正是暗黑騎士的宿敵，同時也是世界最強劍士，或許也可以說是最恐怖怪物的——整合騎士長貝爾庫利．辛賽西斯．汪。

「你知道這代表什麼意思嗎，畢庫斯魯？」

當時只有二十多歲的年輕夏斯達只能露出疑惑的表情。師父把受傷的手臂拽回衣物懷裡，

閉上眼睛丟出一句話：

「終於逐漸追趕上了。」

「追趕上——是說那個人嗎？」

年輕的夏斯達無法壓抑聲音裡面的不信任感。因為貝爾庫利的劍技就是帶有如此壓倒性的實力。即使過了三天，師父的右臂拖著鮮血高高飛起的瞬間，自己的背椎骨像是被冰柱貫穿般的冷氣依然沒有消失。

「我今年就五十歲了。但別說是揮劍的方式了，感覺自己就連握劍都還不敢說已經了解奧祕。我想再過五年、十年，等我要死的時候也還是一樣。」

師父靜靜地繼續說道：

「……那個傢伙已經活了兩百年，生命短暫的我們，不可到達那種境界。雖然很丟臉，但揮劍交手的瞬間，我心中確實有這種放棄掙扎的想法。但狼狽地敗逃回來之後，我才了解到自己的想法錯了。我的師父以及師祖們這麼久以來持續挑戰那個男人的努力都沒有白費……畢庫斯魯啊——何謂究極的劍技呢？」

面對這突然的問題，夏斯達反射性地回答：

「是『無想之劍』。」

「沒錯。經由長年的修行後與劍合為一體，沒有任何斬殺對方或者拔劍的想法，甚至沒有經過思考就自然有所行動的一擊才是究極的劍技。我的師父這麼教我，而我也是這麼教導你。但是……畢庫斯魯啊，其實並非如此。還有更進一步的階段。我被那個怪物砍傷後，終於了解了這個事實。」

師父上了年紀的面容稍微閃過興奮的神色。依然保持正坐姿勢的夏斯達也忍不住探出身體。

「您說的下一階段是……」

「無想的極端相反，堅固的確信。也就是意志力啊，畢庫斯魯。」

師父忽然高高舉起手肘以下整個被切斷的右臂。

「你也看見了吧。那個時候，我從右上段往下砍落。那確實是無想的斬擊，也是我生涯最快的一劍。一開始的動作的確是我領先貝爾庫利。」

「是的……我也這麼認為。」

「但是，但是呢。他原本應該會被我的劍彈開的格擋，竟然反而把我的劍推開，砍斷了我的手臂。你相信嗎，畢庫斯魯……那個瞬間，那傢伙的劍甚至沒有碰到我的劍啊！」

夏斯達頓時說不出話來，接著僵硬地搖了搖頭。

「怎……怎麼可能有這種事……」

「這是事實。簡直就像斬擊的軌道，被看不見的力量錯開了一樣。那不是術式，也不是武裝完全支配術。我想只能這樣說明那種現象了。就是我的無想之劍，敗給了那傢伙花了兩百年時間鍛鍊出來的意志力。那傢伙想像自己的劍應該劃出什麼軌道的思緒實在太過強烈，結果就成為不變的事實！」

夏斯達無法立刻相信師父所說的話。

意志力這種無形的東西，究竟要如何彈開確定存在的，又重又硬的劍呢？

師父似乎也預測到夏斯達會有這樣的反應。只見他端正自己的坐姿，在烏亮的地板上靜靜地命令：

「畢庫斯魯啊，我要傳授你最後的劍訣——殺了我吧。」

「您……您在說什麼啊！好不容易才……」

夏斯達只能把「存活下來」這幾個字吞了回去，因為師父的雙眸忽然出現強烈的眼光。

「就是因為撿回一命，我才一定得死在你手上。在敗給那傢伙的一擊之後，我在你心中已經不再是最強者。這樣的我如果還活著，你就沒辦法以對等的身分和那個傢伙作戰。所以你也要砍了，不對，殺了我，和那傢伙……貝爾庫利站在同樣的高度！」

這麼說完後，師父就站起來，以被砍掉的右臂擺出握劍般的姿勢。

「來吧，站起來！拔劍吧，畢庫斯魯！」

於是夏斯達砍了師父，親手了斷他的生命。

同一時間，他也親身體驗到師父所說的話究竟是什麼意思。

握在師父右手上的透明利刃——名為意志的劍，在交錯的瞬間和夏斯達的劍爆出劇烈的火花，而他的臉頰也真的被割傷，留下再也無法消失的傷痕。

在臉龐被淚水與鮮血濡濕的情況下，年輕的夏斯達站到了超越「無想之劍」的祕技，也就是「心念之劍」的起點。

歲月就這樣流逝——到了五年前。

夏斯達終於挑戰了暗黑騎士的宿敵，整合騎士長貝爾庫利。時年三十七歲的他，感覺自己的劍技已經到達了巔峰。

雖然師父以一條手臂來換取生命，但夏斯達當時已經有不成功便成仁的覺悟。因為夏斯達沒有收做為後繼者的徒弟。他不想讓年輕人背負斬殺師父，將來有一天也會喪命於弟子手上的命運。他決定以自己的性命來斬斷這血腥的循環。

帶著最大的決心與覺悟，也就是被稱為「心念力」的劍，和貝爾庫利的首招劍技由正面互抵，完全沒有被對方彈開。但這個時候夏斯達已經有了落敗的預感。他不認為自己能夠再次揮出如此沉重的斬擊。

但貝爾庫利就在雙方用劍互抵的情況下發出渾厚的笑聲並低聲說道：

「不錯的劍招。純粹只有殺意的劍，不可能擋住我的攻擊。仔細想想我的意思，五年後再來吧，小伙子。」

接著整合騎士長就拉開距離，悠然離開現場。不知道為什麼，就是沒辦法對他乍看之下滿是破綻的背部揮劍。

想理解貝爾庫利的言外之意，必須花上很長一段時間。但經過五年的現在，夏斯達覺得自己可以理解了。那個時候夏斯達的劍上要是只帶著殺意與憎恨，恐怕在兩把劍互抵的時候就已經輸了。雖然只有短短一回合，但自己之所以能夠和揮劍他互相抗衡，應該就是藏在心中的覺悟勝過殺意的緣故。

所謂的覺悟就是——對諸位先賢犧牲性命來傳承劍藝的感謝之意，以及對那些將繼承自己意志的年輕人的祈願。

所以夏斯達接到最高司祭已死的情報時，馬上就決定開始和平談判。他確信那個貝爾庫利一定會接受自己的和談。

而自己也因為同樣的理由——

必須斬殺一降臨到黑曜岩城，就不由分說決定開戰的皇帝貝庫達。

夏斯達雖然垂著頭跪在地上，但已經開始凝聚加諸在必殺之劍上的心念。

離開數百年後再次復活的皇帝，是一名簡直像人界人民一般，擁有白色肌膚與金髮的年輕男性。不論是體格或者容貌，都不是那麼有迫力。

但只有那雙特別藍的眼睛，顯示出皇帝絕非泛泛之輩。他眼睛深處是一片虛無。像是能吸收一切光芒的無底深淵。這個男人隱藏著巨大且邪惡的飢渴。

如果凝聚起來的心念之力完全被皇帝的虛無吞沒，那麼自己的劍就傷不了他。

那個時候，暗黑將軍夏斯達將會死亡。但意志應該會被後繼者繼承下去才對。

目前心頭唯一的牽掛，是莉琵雅昨天晚上沒有到房間來，所以沒辦法向她傳達自己的決心。不知道是忙於出征前的雜務，還是回到她相當看重的「家」裡去了。

如果對她表明斬殺皇帝的計畫，她一定會不聽勸告，堅決陪自己一起行動。所以沒有見到面反而是件好事。

夏斯達緩緩吸了口氣並憋在胸口。

然後悄悄以左手指尖觸碰從腰上解下來放在地板上的愛劍。

目前距離皇座大約十五梅爾，是只要踏兩步就能到達的距離。

第一動絕對不能被發現，拔劍時必須進入無想的境界。

夏斯達開始由指尖朝著愛劍注入提昇到極限的心念之力。然後讓身體放空。

正當他——

左手準備抓起劍鞘的前一刻。

皇帝用讓人聯想到玻璃的堅硬、光滑的聲音，隨口說出：

「對了，前天晚上，有人潛入朕的寢室。而且頭髮裡還藏著短劍。」

經過抑制的驚訝立刻騷動了大廳的空氣。

排在夏斯達左手邊的九名諸侯，有的屏住呼吸，有的從喉嚨發出低吼，也有的把身體沉進厚厚的斗篷裡。就連退居後方的幹部群行列中，也傳出好幾道驚呼聲。

夏斯達也同樣感到驚訝。他保持著準備開始斬擊的姿勢，瞬間開始思考。

也有其他人做出必須剷除皇帝這個結論。可惜的是，由皇帝目前平安無事來看，就能知道對方沒能得手——但九個人裡面，究竟是誰派出刺客呢？

亞人五候應該不可能。巨人、食人鬼、半獸人就不用說了，就連比較矮小的哥布林都不太可能避開衛兵的耳目潛入最上層。

把眼神移向人族的四候後，首先就能排除掉身為拳鬥士首領的年輕伊斯卡恩，以及商工公會頭領連基爾。伊斯卡恩是以窮究空手鬥技為唯一目標的直爽小鬼，連基爾則是認為開始戰爭就能大賺一筆。

從潛入寢室這樣的手法來看，暗殺者公會的會長夫薩似乎相當可疑，實際上那個男人有時候確實讓人摸不透他的想法，不過使用短劍就說不通了。

暗殺者公會躲在黑暗洞穴裡不停研究的，是術式與劍技之外的第三種力量，也就是毒。夫薩一族是術式行使權限、武具操作權限都不突出的人們為了活下去而集結的團體。他們有自己獨特的規範，能夠使用的武器最多也只有塗了毒的暗器或者吹箭。而短劍並不包含在內。

跪在左側的暗黑術師首領蒂伊・艾・耶爾也能用同樣的理由將其排除在外。這個幾乎可以說由權力欲所構成的女人，確實可能有幹掉皇帝一口氣成為暗黑界支配者的想法，但蒂伊派出的暗殺者應該不是使用短劍而是術式才對。

但這樣的話，就不知道九名諸侯當中究竟是誰派出刺客了。

剩下來的就只有一個人，也就是暗黑騎士長夏斯達本人。

他當然沒有做過這種事。因為他已經下定決心賭上性命，親手揮劍來解決皇帝。不要說下令部下進行暗殺了，他甚至沒有跟人提起過隱藏的決心——

不對。

等等……

難道說……

皇帝提出暗殺者的話題後，一瞬間就思考到這裡的夏斯達，意識到放在劍鞘上的左手指尖迅速變得冰冷。

凝聚起來的意志力一瞬間變質。成為忌慮、不安、恐懼以及不祥的確信。

幾乎是同一時刻，皇帝貝庫達也說出第二句話：

「我不準備審問派出刺客的人。行使自己的力量來獲得更強權力的志氣確實值得鼓勵。想要朕的腦袋，隨時可以從後面偷襲。」

睥睨再次產生低聲騷動的大廳，皇帝白皙的臉上首次出現類似表情的變化——那是淺淺的微笑。

「當然，必須知道做出這樣的賭注也得付出相當的代價。比如說……像這樣。」

從漆黑長袍裡伸出來的手，輕輕做了一個手勢。

設置在皇座旁邊，從夏斯達的方向來看是東側牆壁的門無聲打了開來，一名年輕的女僕靜悄悄地走了進來。她的雙手上捧著一個大大的銀盆，上面似乎放著某種四角形的物體，但因為被黑布蓋著而看不出究竟是什麼。

女僕把銀盆放在皇座前面，對皇帝恭敬地低下頭，接著再次走回門裡。

緊繃的寂靜當中，皇帝貝庫達的嘴角帶著某種扭曲的笑容，像是要踩踏蓋在銀盆上的布一樣，以長靴的鞋尖把布挑開。

全身凍住的夏斯達，雙眼捕捉到的是——

蔚藍通透的冰塊立方體。

被封在內側的，是陷入長眠狀態的心愛女性。

「莉……琵……」

雅。夏斯達只動著嘴唇說出這三個字。

甚至連包裹全身的冷氣都消失，只有無盡深邃與黑暗的虛無充滿胸口。

夏斯達知道暗黑騎士莉琵雅‧扎恩克爾暗地裡經營孤兒院的事情。莉琵雅她不分種族地收養失去雙親、兄弟，只能在野外等死的孩子們，而夏斯達則覺得從她這樣的行為上看見了未來的希望。

所以夏斯達只對莉琵雅說出自己的理想。解決和人界之間長久以來的戰爭狀態，創造、孕育出不再互相爭奪，能和平共存的世界，這就是夏斯達一直以來的夢想。

但就是這樣的夢想驅使莉琵雅去刺殺皇帝，導致她在眾人面前暴露出如此悲慘的模樣。雖然殺了她的是皇帝——但同時也是夏斯達本人。這是無庸置疑的事。

雖然是一瞬間發生的變故，但也因此而讓極為巨大的悔恨與自責的暴風雨在夏斯達空虛的心裡肆虐。

不用花太多時間，暴風雨就轉變成一股黑暗的情感。

也就是殺意。

一定要殺掉他。無論如何都要殺死那個翹腳坐在皇座上，臉上露出淺淺微笑的男人。

就算得犧牲自己的性命與黑暗領域的未來也在所不惜。

＊＊＊

那麼，究竟哪個傢伙是女人口中的閣下呢？

加百列帶著些許興趣，眺望著跪在眼下的十名首領個體。

那個女刺客打從心裡愛著自己的主人。加百列完全吸收了女人臨死前散發出的，類似瓊漿玉露的感情，除了女性的思慕之外，他甚至了解那個閣下對女性的愛情質量——當然自己只把它做為參考數據而已。

所以他確定只要讓這幾個人看見女人的首級，被稱為閣下的人物一定會有所行動。毫不容情地處分背叛的個體，藉由恐懼心來提昇其他個體的忠誠度。就像現實世界裡用來打發時間所玩的戰略模擬遊戲那樣。

真是一群可憐又有趣的傢伙。

具備真正的靈魂但是知性卻遭到限制，而且不論怎麼殺都能重新再生。當自己入手構成Underworld的大型電腦與LightCube時，一定就能盡情滿足從小至今一直折磨著自己的飢渴吧。

把手肘靠在皇座扶手上的加百列，用手背撐著臉頰，然後放鬆心情等待著。

和個體們的距離大概有十五公尺左右。這樣的距離下，不論對方用什麼武器發動攻擊，都能有充裕時間以裝備在左腰上的劍加以迎擊。

當然，這樣根本不足以防備由「System call」開始的術式攻擊。但加百列的不安在登入到遊戲前就已經消失了。

超級帳號「暗神貝庫達」是為了讓ＲＡＴＨ員工強制介入黑暗領域時使用。因此被稱為天命的ＨＰ極為龐大，裝備的劍也是最強。最重要的是，貝庫達還擁有無法被指定為任何術式攻擊對象的犯規特性。

如此多條件庇護下的加百列，在十個個體跪在最左端的漆黑鎧甲騎士瞬間縮起背部時……

以及他的全身籠罩在淡淡影子般氣息裡時……

甚至連看見騎士左手如閃電般一閃，握住放在地板上的劍鞘，同時迅速抬起臉，由剛毅面容中央的雙眸放射出非人深紅光芒的時候也——

無法完全理解持續發生當中的事象。

這個世界除了是在物理伺服器內進行演算的程式之外，同時也是由和人類搖光同質的光量子所構築的「現實夢境」。

因此黑色騎士所散發的純粹且強烈的殺意，是從他的LightCube到Main Visualizer，然後經由量子通訊回線傳達到連結在ＳＴＬ的加百列身上。

＊＊＊

夏斯達染成血色的視線中央，只能看見皇帝一個人的模樣。

右臂以生涯最快的速度一閃後拔出了劍。

從劍鞘被解放出來的，不是由師父那裡繼承來的神器，長刀「朧霞」那熟悉的灰色刀身。

正如它的刀名一樣，類似夜霧的濃厚靄氣圍繞著長大的刀刃，不停形成漩渦與扭曲著。

夏斯達雖然沒注意到這種現象的邏輯，就跟長年研究但還是無法理解的整合騎士究極奧義——武裝完全支配術完全相同，但對他來說這已經不再重要了。

「殺！」

隨著剎那的吼叫聲，夏斯達把所有憤怒、憎恨以及哀傷貫注在愛刀上，將其高舉過頭部。

3

從人界北端到東域的盡頭。

整合騎士愛麗絲以及出生在西帝國的雨緣，都是第一次到訪四帝國當中充滿最多謎團的伊斯塔巴利耶斯東帝國。

眼下峰峰相連的奇岩之間，可以看見琉璃般湛藍的河水滔滔不絕地流動。有時會出現在河邊的城鎮或村莊，不像在北方見慣的石造，大部分是由木材建造而成。

仰望天空指著愛麗絲這邊的人們，頭髮也幾乎都是黑色。愛麗絲忽然想起，一直都和自己不對盤的整合騎士團副團長法那提歐就是出身自此地。

把視線移回前方後，就注意到靠在握著韁繩的愛麗絲身上，茫然眺望著天空的桐人也有一頭漆黑的頭髮。說不定這個人也是出身於東域，雖然也想過降到街上讓他和人們接觸的話，說不定就能讓他恢復意識，但目前還是得盡快趕到目的地才行。

夜晚在遠離聚落的地方野營，吃著雨緣抓來的魚與攜帶用的乾果，馬不停蹄地趕了三天的路之後——

在十一之月二日的午後，只有這一點和北方完全沒有兩樣的高聳盡頭山脈，以及像神明直接垂直砍斷岩壁的峽谷就出現在前方。

「……看見了喔，桐人。」

愛麗絲呢喃著，輕輕地撫摸不得不背負沉重行李進行長途飛行的愛龍脖子。雖然在魔獸種類幾乎完全消失的現在，飛龍已經是能以擁有最大等級天命為傲的生物，但背負兩個人與三把神器的飛行依然是相當大的負擔。這半年來盡情吃魚而積蓄起來的力量，似乎也因為這次的飛行而幾乎用盡。

愛麗絲心裡想著到達野營地之後，無論如何都要讓牠盡情地享用喜歡的燙羊肉並甩了一下韁繩，雨緣也以感覺不到疲勞的聲音回應，接著用力拍動翅膀。

由遠處看感覺只有極細間隔的峽谷，靠近之後才發現自己太看輕它了。山谷的幅度應該寬達一百梅爾左右吧。這已經足夠半獸人與食人鬼的大軍團排成橫列往前突進了。

貫穿山壁筆直往前延伸的山谷，前方有一片寬廣的草原像要包圍住入口處一般，這時可以看見無數白色帳篷整齊排列在草地上，形成一處廣大的野營地。此外到處可以看見炊煙升起，周邊還有士兵們正在接受訓練。長劍揮動時的光芒，以及發出的呼喊聲甚至直達天際。

看來士氣不像擔心的那麼低，但士兵的數量本身實在太少了。稍微環視了一下，就能知道總數大概不到三千人。另一方面，黑暗領域的侵略軍應該不下五萬。在人界裡，士兵與侍衛是賜予極少數人的天職，但山脈後面的世界卻不問男女老幼，只要能夠作戰就都是士兵。

在這種狀況下，再加上愛麗絲一個人應該也不會有太大的改變。騎士長貝爾庫利，究竟想到什麼樣的防衛作戰呢……

這麼默默思考著的愛麗絲首先飛越野營地，讓飛龍前往沉浸在微暗當中的峽谷。

「抱歉喔，雨緣，再飛一下下。」

如此對龍搭話，而牠也以咕嚕嚕的聲音回應後，索魯斯的光芒就被塊狀山脈遮住了。

一進入山谷的瞬間，身體就被足以令人打冷顫的寒氣包圍。左右兩邊直立的岩壁光滑到讓人覺得這絕對是由神明所切割出來。上面別說是生物了，就連一株草木都看不見。

就這樣低速飛行了幾分鐘——

漫長靄氣後方，終於出現了無邊巨大的構造物。

「這就是……『東大門』…………？」

垂直聳立的灰色大門，從下部到頂端應該足足有三百梅爾高吧。雖然比高達五百梅爾的中央聖堂還要矮，但壓迫感可以說不相上下。

最驚人的是，左右兩邊的大門是從幾乎看不出任何一絲接縫的一整塊岩石所切割而成。這樣的物體別說是經由人手所建築了，甚至不可能藉由神聖術來加工生成。最高司祭亞多米尼史特蕾達生成的最大構造物是將央都聖托利亞分割為四等分的「不朽之壁」，但那些相連的壁面每一塊都比這扇門要小得多。

這道大門，是世界開始之時由神親手設置在此地的東西。這當然是為了分隔人界與暗之國——同時也是為了造成三百數十年後的這場慘劇。

「停下來吧，雨緣。」

讓飛龍在空中停下來，愛麗絲再次從近距離仰視著門。

高達兩百梅爾左右的地方，可以看到一些神聖文字像要連結成左右兩扇門的灰色岩板般寫在上面。

「Destruct……at……the、last、stage……」

好不容易才唸出中間的一行，但完全不了解意思。

就在她露出狐疑表情的瞬間，突然有「嗶嘰嘰」的強烈破碎聲震動空氣，讓愛麗絲跟雨緣嚇了一大跳。一邊摸著龍的脖子一邊凝睛的愛麗絲，隨即看見剛才還相當光滑的門上，有幾條宛如漆黑閃電般的細微裂痕劃過。

延伸數十梅爾的龜裂好不容易停止，接著周邊有幾片岩石剝落，消失在遙遠下方的谷底。

愛麗絲抬起臉來，再次將視線放在大門上。結果注意到平坦的岩板上幾乎全都是網眼般的龜裂。

愛麗絲輕輕揮動韁繩，讓坐騎飛龍盡可能靠近大門。

接著畏畏縮縮地伸出左手，迅速在空中劃出史提西亞的印記，輕輕敲了一下門的表面。

浮現出來的紫色「窗戶」上，記述著東大門所擁有的天命最大值與現在值。

左邊的數字，即使在至今為止所看見的多數天命數值中也是最大等級——高達三百萬以上。但右邊則浮現不到其千分之一的２９８５這樣的數字。當愛麗絲啞然凝視著這些數字時，現在值又在她眼前減少成２９８４。

手掌冒汗的愛麗絲，開始計算數字再次減少的時間。然後準備藉此來推算大概還有多久天命才會完全消失。

「……怎麼會……」

無法相信自己腦袋裡得到的答案，愛麗絲低聲這麼說道。

「……五天……僅剩下短短五天而已嗎…………？」

三百年來一直嚴守崗位分隔兩個世界的大門，將在短短五天後崩壞——真的可能發生這種事情嗎？

腦袋裡頭依序閃過賽魯卡光輝的笑容、卡利塔老人滿是皺紋的臉龐，以及父親卡斯弗特嚴肅的面容。短短幾天之前，才擊退襲擊他們的哥布林，並用冰塊封印住洞窟而已。而且她也相信，這樣子盧利特村就能保持好一陣子的和平。

如果五天後大門崩壞，黑暗大軍蜂擁而至時，守備軍無法抵擋下攻勢，那麼渴望鮮血的怪物就會如洪水般淹沒人界。而這巨大的洪水也將立刻到達北部邊境，吞沒盧利特這座小村莊。

「一定……得想辦法才行……」

愛麗絲像囈語般這麼呢喃，接著在下意識中拉緊韁繩。雨緣離開快要崩壞的大門，緩緩拍動翅膀往上升去。

到達高三百梅爾的大門最上部，再次讓龍停留在空中。

門後方和人界這一邊同樣是切開岩壁的山谷筆直地往前延伸。但遠方那一大片空間沒有藍色天空與綠色草原，而是血紅色天空與黑暗領域那像撒滿灰燼的荒野。

想把視線從不祥光景移開的愛麗絲，忽然間瞇起眼睛。

因為她在黑色大地的稍遠處，發現了隱隱約約晃動的光芒。

於是愛麗絲讓雨緣飛到更高處，然後定眼凝視。結果光線不止一道。它們不規則地密集在一起，看起來似乎一直延伸到遠方。

那些全是營火。

原來那是一片野營地。暗之軍隊的前鋒，已經大舉來到距離人界如此近的地方，等待著大門崩壞，前往人界的道路開通的時刻。

「還有……五天……」

愛麗絲以沙啞的聲音，再度呢喃了一遍。

接著就讓飛龍回過頭。感覺繼續看著這無數的營火，自己就會被焦躁感吞沒，單騎直接衝進敵方陣地。

如果對方只是哥布林或者半獸人的步兵，那麼愛麗絲就算這麼做，也有自信可以殺個一兩百隻並平安無事地回來。但敵營裡如果有食人鬼的弓兵，或者暗黑術師的大部隊，那麼事情就不會這麼簡單了。

就算整合騎士可以一騎當千，但終究只有一個人。被從劍技與術式無法傷及的後方集中使用遠距離攻擊的話也不可能毫髮無傷，就算只是輕傷，持續累積下去終究會把天命全部耗盡。

這正是騎士長貝爾庫利長年來擔心的，整合騎士團——甚至可以說人界守護者的最大弱點。

推展將戰力集中在一小群人身上的最高司祭亞多米尼史特蕾達早已過世，私藏在中央聖堂的大量武器防具也已經緊急分發給守備軍。但剩下來的時間實在太少了。如果兵力有一萬，準備期間有一年的話——

以嘆息將無能為力的思緒甩掉後，愛麗絲對雨緣做出下降指示。

守備隊的野營地中央，空出了一塊寬廣的草地。看見旁邊併排著許多巨大的帳篷，就知道那裡正是飛龍的起降場。

畫著弧形往下降的雨緣，四肢的鉤爪剛碰到綠色草皮，就把長長的脖子朝向帳篷，從喉嚨發出「咕嚕嚕」的撒嬌般聲音。

立刻有稍微低沉一些的聲音做出回應。那應該是牠的哥哥瀧刳吧。愛麗絲在龍還沒完全停下來時就抱著桐人跳到草地上，把牠雙腳上面沉重的行李卸下來。雨緣立刻就踩著沉重腳步往帳篷衝去，和從厚布底下探出頭來的哥哥互相摩擦著脖子。

忍不住露出微笑的愛麗絲，注意到後面有腳步聲靠近，於是急忙繃起臉來。她整理樸素原色裙子的裙襬，把被風吹亂的頭髮理到背後。

在她回頭之前，就有一道熟悉的男性聲音響徹在起降場當中。

「師父！吾師愛麗絲大人！我就知道您一定會回來！」

一邊在草地上發出「滋沙沙」的滑行聲一邊繞到自己前面的，正是十天前左右剛和他喝完訣別酒的整合騎士艾爾多利耶．辛賽西斯．薩提汪。雖然是在野營當中，他那波浪狀淡藍紫色頭髮以及白銀甲冑依然是一塵不染。

「……看起來很有精神嘛。」

不對愛麗絲冷冷的回答感到氣餒，像是極為感動而想說些什麼的艾爾多利耶，嘴唇忽然間凍住了。

因為他注意到愛麗絲用左臂撐住的黑髮年輕人。

單邊臉頰有些抽筋，大大把頭往後仰的年輕騎士，像是難以置信般發出低沉的吼聲：

「為什麼……把他帶過來？」

愛麗絲也拚命挺直身子來回答他：

「這是當然，我發誓要保護他了。」

「但……但是……只要一開戰，我們整合騎士就得一直在最前線作戰。和敵兵短兵相接時該怎麼辦？總不可能揹著他吧。」

「有必要的話我會這麼做。」

像要讓桐人無法自行站立的瘦削身體遠離艾爾多利耶的視線一般，愛麗絲的右腳稍微往後退。但不知不覺間已經有休息中的士兵與下級整合騎士們三三兩兩地聚集在起降場附近，以懷疑的眼神看著併排站在一起的愛麗絲與桐人。

籠罩在如同波浪聲的騷動聲下，艾爾多利耶提出了尖銳的反駁：

「師父，萬萬不可啊！雖然有所僭越，但請容我一言。帶著那種沒用的重物戰鬥，不要說戰鬥力會減半了，甚至連師父的玉體都可能遭受危險！愛麗絲大人在即將到來的戰爭裡……」

他暫停了一下，才又用金碧輝煌的銀製護手指著周圍的士兵說：

「……應該負起率領他們戰鬥的任務！這樣的您，怎麼可以讓自己處於無法發揮全部力量的情況下呢！」

他說的一點都沒錯。但愛麗絲也無法輕易認同他的看法。於是只能用力咬緊牙根——思考著如何說明對自己來說兩邊——為了人類而戰與保護桐人一樣重要。

但愛麗絲同時也對弟子熱烈的辯舌產生某種驚訝的感覺。

跟過去在中央聖堂接受愛麗絲指導劍術時比起來，他已經有明顯的變化。當時的艾爾多利耶就像十分崇拜愛麗絲般，不論她說什麼都不曾加以反駁。

這個世界的人類，全都被充滿謎團的「外界之神」施加了右眼的封印，因此絕對無法違抗法律以及居上位者的命令。就愛麗絲所知，主動成功打破封印的就只有自己，以及目前已經喪生的藍薔薇劍士尤吉歐而已。就連擁有與神明同等權限的最高司祭亞多米尼史特蕾達與賢者卡迪娜爾，最後都沒能反抗這個封印。

艾爾多利耶目前應該也受到那個封印的影響才對。但是他——雖然不是明確反抗愛麗絲所說的話——不過已經不像過去那樣盲從了。他是以自己的意志來思考，並闡述自己的意見。

讓他產生這種變化的人，恐怕就是桐人還有尤吉歐吧。

雖然只有極短暫的時間，但和除了是這個世界最大的反叛者之外，同時也是高強劍士的兩個人接觸，已經讓艾爾多利耶的靈魂產生強烈的動搖。

現在想起來，生活在盧利特村的妹妹賽魯卡，也經常對村子依然守舊的規則以及有力人士的不懂變通表示不滿。還有像愛麗絲準備把桐人與尤吉歐從北聖托利亞修劍學院帶走時，從裡面跑出來的兩個女學生。那兩名年紀還小的少女，原本不可能做出叫住整合騎士的行為。

另外，當然——愛麗絲本身也一樣。

從開始和桐人交手，到快要從中央聖堂外壁摔落的瞬間為止，她都完全沒有懷疑過世界的構成、教會的支配以及最高司祭的神性。

但在不得已之下合作脫離危機、接受停戰約定，然後開始攀爬外壁的時間裡，愛麗絲卻不停被桐人的話、劍以及漆黑的眼睛劇烈地刺激——最後終於讓自己突破了右眼的封印……

沒錯，桐人簡直就像對這充滿虛偽和平的世界揮落的鐵鎚一樣。他以潛藏在靈魂裡的力量搖晃、撼動世界，最後把名為公理教會的，釘在人界中心的巨大老舊釘子整個敲壞。但代價就是他的好友尤吉歐與導師卡迪娜爾的性命，以及喪失了自己的心靈……

愛麗絲用力抱緊以左臂支撐住的纖細身軀，然後由正面回看著艾爾多利耶的雙眸。

實在很想對他說，你能夠有現在的樣子，全是因為和這個人戰鬥過的緣故。但對方當然無法理解。對整合騎士團來說，桐人現在仍只是難以饒恕的反叛者。

面對無言持續站在那裡的愛麗絲，艾爾多利耶露出承受著鈍重疼痛般的表情，準備繼續對她搭話。

就在這個時候。周圍人牆的一處，簡直像被透明巨人的手撥開一樣分散開來。

從人牆深處傳出來的，是讓愛麗絲懷念到快要流下眼淚，同時也讓她緊張到感覺疼痛的聲音。

「哎呀，火氣別這麼大嘛，艾爾多利耶。」

把視線從迅速挺起背桿的年輕騎士身上移開後，愛麗絲緩緩轉過身體，看向聲音的主人。

來者穿著帶有東域風味的寬鬆前襟式服裝，較低的位置上綁著一條寬大的腰帶。左腰上則隨意插著一把形式簡單的長劍。穿在兩腳上的是奇特的木製鞋子。

和周圍的騎士與士兵比起來算是相當輕便的服裝。但從他身經百鍊的身體上散發出來的壓力卻比任何鎧甲都要厚重。

用力摩擦了一下類似和服般淡藍色而且剪得相當短的頭髮後，聲音的主人嘴角就露出無聲的笑容。

「嗨，大小姐。妳看起來比我想的還有精神，這樣我就放心了。臉是不是變圓了？」

「……叔叔，好久不見了。」

愛麗絲拚命不讓自己滲出眼淚，然後向世界上最古老且最強的劍士——整合騎士長貝爾庫利．辛賽西斯．汪行了個禮。

他是愛麗絲以整合騎士身分度過的六年裡，唯一信任且尊為師父，甚至是父親的人物。而且同時也是這個世界上唯一一個——除了桐人之外——愛麗絲確定自己絕對無法取勝的劍士。

所以現在不能讓他看見自己哭泣的臉龐。

如果貝爾庫利不准自己把桐人安置在這裡的話，自己也得遵從他的命令。當然，就算是他的命令也無法強迫目前的愛麗絲。但在眾人面前反抗他的話，騎士團與守備軍的秩序將會產生動搖。在僅僅五天後就要面臨決戰的狀況下，貝爾庫利的指揮權絕對不容許受到一絲傷害。

像是看透這時愛麗絲內心的糾葛般，依然帶著粗獷與溫柔微笑的貝爾庫利緩緩走了過來。

他先凝視著愛麗絲的眼睛，然後用力點了點頭。

又瞥了一眼背後還想說些什麼的艾爾多利耶來制止他，接著騎士長的視線就移到愛麗絲抱在懷裡的桐人身上。

他收緊嘴角，雙眸裡帶著如同藍白色火焰的銳利光芒。

貝爾庫利「嘶」一聲長長吸了口氣。愛麗絲立刻感覺周圍開始出現刺痛肌膚的冷空氣。

「……叔叔……」

愛麗絲擠出細微的聲音。

貝爾庫利正在凝聚劍氣。準備使出比只傳授給整合騎士的「心念技」……以心靈的力量來移動物體的「心念之臂」更加強力的祕術「心念之劍」。

那是把凝聚的意志力貫注在劍上後使出的招式。有時那透明的劍刃甚至能彈飛擁有實體的敵刃。騎士長所擁有的神器「時穿劍」，其甚至能夠斬斷未來的武裝完全支配術，正是因為他擁有壓倒性的意志力才能成立的術式。

這也就是說——貝爾庫利打算砍了桐人嗎？

如果他真的想藉由武力把這個問題一刀兩斷，那麼自己絕對無法接受這樣的做法。到了那個時候，自己就得拔劍保護桐人了。

在騎士長強烈至極的劍氣壓迫下，周圍的士兵、艾爾多利耶，甚至連帳篷裡的許多飛龍都靜了下來。被嚴重壓縮到難以呼吸的空氣當中，愛麗絲拚命想移動右手手指。

但是在愛麗絲觸碰到愛劍的劍柄之前，貝爾庫利的嘴微微動了一下，接著響起類似意念的聲音。

——別擔心，大小姐。

「…………！」

當愛麗絲屏住呼吸的瞬間——

貝爾庫利全身沒有任何動靜，但是雙眼卻放射出令人感到恐懼的強烈光芒。

同一時間，愛麗絲懷中的桐人也開始劇烈震動起來。

「鏘！」一聲清脆的聲音響起，貝爾庫利和桐人之間的空間爆出銀色閃光。

——剛才那是？

愛麗絲因為過於驚訝而稍微喘了口氣，但這時候貝爾庫利已經發出渾厚的笑聲，讓人覺得剛才的劍氣彷彿是幻覺。

「叔……叔叔……？」

面對茫然如此呢喃的愛麗絲，騎士長像是剛練習完劍術般，以指尖搔著下巴說道：

「大小姐，妳看到剛才的情形了嗎？」

「是……是的。雖然只有一瞬間……但是的確有交鋒的光芒……？」

「嗯。我對那個年輕人施放的心念之劍，不對，應該說心念短劍。只要砍中的話，臉頰應該會被切下一層皮。」

「砍中……的話？這也就是說……」

「沒錯，年輕人用自己的心念擋了下來。」

愛麗絲忍不住看向左邊懷裡桐人的臉。

但她的期待馬上就落空了。微微張開的黑色眼睛裡，只映照出空虛的黑暗。臉上還是沒有任何表情。

——但是，他的身體剛才確實震動了一下。

愛麗絲一邊以右手撫摸桐人的頭髮，一邊把視線移向貝爾庫利。騎士長雖然搖著頭，但還是以確切的聲音做出這樣的判斷：

「年輕人的心似乎已經不在這裡……但也還沒死。聽好了，大小姐，剛才這個小伙子想保護的不是自己而是妳。所以我認為他總有一天會回來。大概是大小姐真正需要他的時候吧。」

愛麗絲必須以比剛才更加倍的努力，才能抑制再次要潰堤的眼淚。

——沒錯，他一定會回來。

——因為桐人……桐人他才是世界最強的劍士。因為揮動兩把劍的他，甚至擊斃了那個半神半人的司祭。

——我不會說……是為了我。拜託你為了生活在這個世界的眾多人民回來吧……

愛麗絲終於忍俊不住，以雙臂用力抱住桐人的身體。這時背後又響起騎士長帶著告誡之意的聲音：

「所以就是這樣了，艾爾多利耶。別在意這些小事情，讓她照顧一個年輕人也不會怎麼樣啦。」

「但……但是……」

鼓起足以令人稱讚的勇氣後，最新的整合騎士艾爾多利耶就向最古老的騎士貝爾庫利闡述自己的意見：

「如果還有一點戰力也就算了，但這種狀態實在……而且就算恢復意識，一個學生的劍又能有什麼幫助……」

「喂喂！」

貝爾庫利的聲音除了沉穩的笑意之外，同時也含有名刀般的銳利度。

「你忘記了嗎？這小鬼的伙伴可是打敗了我這個整合騎士長貝爾庫利．辛賽西斯．汪呢。」

一瞬間周圍就陷入寂靜當中。

「那個叫作尤吉歐的小伙子……真的非常強。甚至讓我使出時穿劍的完全支配術，而且還打敗了我。就像打敗你、迪索爾巴德和法那提歐時一樣。」

這下子似乎連艾爾多利耶也無話可說了。其實這也是理所當然的反應，因為不但是整合騎士團，就連門外的黑暗領域裡，也不存在一對一能贏過貝爾庫利的劍士——公理教會的所有人都是如此深信不疑。

但這在某種意義上來說也是相當危險的發言。

騎士長貝爾庫利是以最強者的威嚴打造出這隻急就章的守備軍。但是卻宣示有尤吉歐這名打敗自己的劍士存在——而且承認桐人的實力和尤吉歐相同，也就代表……

當愛麗絲想到這裡而準備抬起頭來時——

貝爾庫利瞬間抬頭望向天空。

「叔……叔……？」

騎士長這時以出乎意料之外的發言回答了愛麗絲的問題：

「遙遠的地方一瞬間出現巨大的劍氣然後消失……看來是我認識的某個人死亡了……」

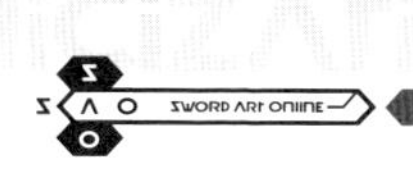

4

構成暗之國十候會議的十名諸侯，不論是性向、人格以及隱藏在心裡的野心都完全不同，但他們還是擁有唯一一個共通點。

那就是比任何人都要了解「有實力者能支配一切」這一條唯一的法律。

應該說，就是因為幼年時期這條法律就深深刻劃在靈魂裡，才會持續不斷努力——時時提醒要鍛鍊自己，排除防礙者——也才能在這個以暴制暴的世界裡爬到幾乎是頂端的位置。

因此……

和夏斯達並列的九名諸侯，在端坐於最右側的暗黑騎士長隨著撕裂棉帛般的吼叫聲對皇帝拔劍時，內心都沒有感到太大的驚訝。

反而有許多人都出現「在這時候發難嗎？真是大膽」這樣的理解。就連在這三百年當中讓語言能力，也就是智能退化的半獸人族與食人鬼族的首領，野獸般的眼睛都因為認為如此就能知道皇帝這傢伙的實力如何而發出銳利的目光。和夏斯達同樣是求道者而對他抱持敬意的年輕拳鬥士首領，內心甚至還幫他加油，想著「既然拔劍那就砍了他吧」。

在這些人當中，有兩個人在數秒鐘前已經預測到這樣的事態。

一個是暗黑術師公會總長蒂伊・艾・耶爾。和夏斯達水火不容的她，早就計劃過綁架暗黑將軍的愛人，所以從以前就知道莉琵雅的長相。

所以在看見莉琵雅被冰凍的首級後反而是驚愕的感覺比較強烈。蒂伊當場預測到夏斯達可能會因為過於憤怒而拔劍，一瞬間思考起那個時候自己應該怎麼辦。

雖然考慮過從夏斯達背後施放術式來給皇帝做人情，但蒂伊最後還是選擇冷眼旁觀。因為夏斯達敗給皇帝也無所謂，萬一獲勝的話，到時候正可以燒灼這名應該受到重傷的仇敵，然後自己掌握暗之國的霸權。蒂伊在內心露出了狡詐的笑容，為了隱藏自己的興奮而輕輕舔了一下嘴唇。

這時候，還有另一名察覺暗黑將軍叛意的人——

他則是立刻有所行動。

＊＊＊

夏斯達心裡只有「殺」這個字，用力地揮動自己的愛刀。

如果只計算貫注在劍招裡的心念強度，這一擊確實已經超過過去與整合騎士長揮劍相抵的時刻。他強烈的憤怒與怨嘆，立刻就引起了原本需要漫長術式的完全支配現象。

夏斯達手裡的長刀「朦霞」是做為ＶＲＭＭＯ程式套件的Underworld在兩百年前左右自動生成的神器級物體。擁有「水」屬性的它，呼應了夏斯達極強烈殺意的刀身，就在內含必殺威力的情況下失去實體，轉變成霧狀的影子。

朦霞在完全支配狀態下的特性是，能夠完全省略附屬在所有劍上的「以劍刃切斷或者貫穿對象物來給予傷害」的攻擊過程。只要碰到延伸出去的長長帶狀霧，天命數值就會在那個時間點受到斬擊屬性的傷害。也就是說，除了迴避之外的防禦都起不了作用。

皇帝貝庫達，也就是加百列·米勒在夏斯達拔刀時也抽出自己腰間的長劍，準備彈開敵人的一擊。

如果事態按照這樣推移下去，夏斯達的霧刃應該已經穿越加百列的劍砍中他的身體，然後把濃縮的殺意全部灌進去了。

但就在夏斯達神速跨步，準備使出必殺斬擊的前一刻——

他的動作就像被凍住了一樣停了下來。

不知道什麼時候，暗黑將軍身上鎧甲的左側腹，已經有一根飛針深深刺在厚重裝甲上僅有的一絲接縫裡。

在後方緩緩站起來的，是用深灰色斗篷包裹住全身，宛如幽靈般瘦削的男人。

他是暗殺者公會頭領夫薩。這名十候當中存在感最為薄弱，總是躲在陰暗處，在會議中也幾乎沒有發過言的人，在恐怕是人生當中受到最大矚目的情況下徐徐走到前方。

夫薩之所以能事先察覺到夏斯達的反叛，完全是因為他是諸侯當中最膽小且神經質的人。

暗殺者公會是由一群無力者聚集起來的組織。這是天生在體力、術力、財力以及其他所有力量都不突出，但是又拒絕成為奴隸遭受嚴酷奴役的人們，為了鑽研連在黑暗領域都被嫌惡的「毒技」所創造出來的集團。

地底世界裡的一部分昆蟲、蛇類以及植物等毒性物體本來就是被當成負荷實驗的一環而配置在各地。因此其效果都有界限，大概都只到居民運用必須的智慧就能夠充分回復的程度。反過來說，就是無法從它獲得對抗術式或者劍技的力量。

但是組織暗殺者公會的這些人，編篡出ＲＡＴＨ工作人員沒想到的「濃縮」技法，花了漫長的歲月來生產、強化毒液。位於城堡外城市貧民窟地下深處的公會總本部裡，有著上百年來持續熬煮毒果汁液的大鍋子，以及從各地收集來的毒蛇在裡面自相殘殺的大壺。

但是終於完成的「致死毒」卻造成了公會內暗殺橫行這樣的悲劇。和劍法與術式不同，遲效性的毒很難特定出加害者的身分。

當然，管束公會的首領不極其膽小的話根本就無法存活下去。他們甚至可以感應到潛伏在周圍人群的視線，不對，應該說氣息裡的一絲絲殺意。

對夫薩來說，夏斯達看見莉琵雅首級的瞬間所散發出來的殺氣，甚至比鮮血的味道還要清晰。

而且對夫薩來說，暗黑將軍夏斯達正是他在這個世上最為憎恨的對象。

之前就不知道已經擬定並廢棄過多少暗殺計畫。甚至已經有能夠殺掉他的自信。但只要被發現死因是中毒，任何人都會知道這是暗殺者公會幹的好事。夏斯達斷氣的一個小時後，強力無比的暗黑騎士團就會衝進本部，把所有公會成員殺光吧。正面戰鬥的話根本沒有勝算。

但現在這個瞬間……

自己擁有光明正大將磨利的毒針刺進可憎敵人身體裡的理由。因為在皇帝御前拔劍的瞬間，夏斯達就不再是暗黑將軍或者十候，只是一個反叛者罷了。

夫薩從斗篷的懷裡抽出來投擲的，是暗殺者公會首領代代繼承下來的暗器。從「魯貝利魯毒鋼」這種本身就會分泌麻痺毒的危險礦物削下來的極細毒針內部是中空狀態，裡面可以存積各種毒液。

而注入到裡面的，同樣是這個公會技術結晶的致死毒。是把五萬隻名為「血腐蛭」的稀有水蛭放在一起磨碎，再經過數次過濾濃縮所得到的一小滴毒液。由於讓水蛭在飼育下繁殖的嘗試全都失敗了，所以要製造這一滴毒液可以說必須費盡千辛萬苦。

雖然夫薩不可能知道，但生存在Underworld原野的動物，是系統基於面積大小的規定值所生成出來，除了被指定為家畜個體的牛羊之外，全都不可能經由人工繁殖。

也就是說，夫薩施放的毒針，不論是素材還是內部的毒液，都是將暗殺者公會所有力量濃縮在一點後所完成的產物。它同時也是數百年來遭受虐待的弱小者們怨念的結晶。

＊＊＊

夏斯達因為把意志力全都放在揮出去的刀上，所以完全沒有意識到毒針深深插進肉裡所帶來的痛楚。

但是準備朝著皇座高高躍起的瞬間，就感覺到整個身體像是變成鉛塊一樣沉重，也因此而瞪大了眼睛。

當雙腳失去力量，單膝瞬時跪地後，才重新發現到左側腹已經插著異物。

——是毒嗎？

瞬間浮現這樣的想法，在像冰一樣冷的左手麻痺前就迅速拔出毒針。注意到稱不上是武器的極細毒針上帶著鮮艷綠色光澤的夏斯達，立刻了解這就是恐怖的魯貝利魯毒鋼，而他也馬上想詠唱對抗的術式。

但寒氣以驚人的速度由左側腹浸透到全身，甚至來到嘴部。還沒詠唱完「System call」的起句，舌頭就失去感覺，連咬緊牙根都辦不到了。

這時左手也完全麻痺，從拳頭裡滑落的毒針掉到黑色大理石上發出細微的聲響。最後舉起刀的右臂也開始緩緩落下，完全支配狀態也同時解除，由灰色霧氣變回實體的愛刀刀尖碰到了地板。

和揮刀攻擊皇帝前一樣，以低頭左膝跪地的姿勢僵在現場的夏斯達，視界裡無聲滑進一件黑色斗篷。

——是夫薩。

——沒想到被這個男人擺了一道。

「……竟然敗在這種不值一晒的小東西上……你一定這麼想吧，畢庫斯魯？」

如磨擦般的咻咻聲從頭上降下，讓夏斯達繃緊了唯一還稍微能動的眼角。

——你這傢伙，沒資格這樣叫我的……

「你一定想說，我沒資格這樣叫你的名字吧？但是呢，我可不是第一次以畢庫斯魯來稱呼你喔。」

暗殺者緩緩彎下膝蓋，曲身來到同樣高度的臉龐進入夏斯達視界當中。但整個往下拉的兜帽遮住光線，除了尖下巴之外全都隱藏在黑暗當中。

接著下巴像震動般動了起來，傳出更加沙啞的聲音：

「在幼年學校裡……經常被你欺負的小孩子們，長相你應該都不記得了吧。同時也忘記有一個小孩因為太過屈辱而跳進河渠，永久從學校裡消失這件事。」

——搞什麼。這男人到底在說些什麼？竟然提到幼年學校？

出生在普通騎士家庭的夏斯達，到了能握住木劍的年紀，就在個人意願完全不受重視的情況下被送到騎士團附屬的幼年學校裡。之後就只有為了存活下去而不斷努力修行的記憶了。在所有選拔考試中經常獲得勝利，被任命為騎士團的軍官，最後更得到師父前任騎士長賞識——可以說是根本沒有空回顧過去的，宛如激流一般的半生。

三十多年前併排在一起揮動木劍的小孩長相，自己當然不可能記住。

「……但我沒有一天忘記你。我漂流到地底的暗渠後，被暗殺者公會撈了起來。之後以奴隸的身分在那裡被人使喚的漫長歲月裡，也沒有一天忘記過你……我不停累積知識，開發出許多新的毒藥，最後終於爬上公會首領的位子。代價就是失去了許多東西……但全都是為了向你復仇啊，畢庫斯魯。」

扭曲的聲音中斷的同時，兜帽也微微傾斜，夫薩的真面目顯露在夏斯達面前。

即使如此，夏斯達的記憶還是沒有恢復。不對，應該說就算夏斯達完整地記住過去所有同學的長相，現在也想不起他的名字了。可能是受到毒液的影響吧，夫薩的臉溶化得非常嚴重，目前長相已經淪落成比半獸人還要恐怖了。

可以看見再次被深深拉下來的兜帽深處，只有一雙眼睛放射出強烈的光芒。

「注入你體內的，是為了殺掉你而開發出來，耗費幾乎令人發瘋的時間一滴一滴儲存起來的毒液。根據實驗，一個小時就能殺掉天命超過三萬的大型地龍。依照你的體力與天命總量，恐怕只剩下兩三分鐘的生命吧。我要把寄放在你這裡的怨恨與屈辱一次全討回來……」

──怨恨嗎？

夏斯達把視線從夫薩的眼睛移開，凝視著掉在黑色大理石地板上的毒針。

──我在憤怒與怨恨的驅使下想要斬殺皇帝。夫薩也在這隻針上貫注同樣的力量想殺了我。所以我的招式才會停下來。「殺之心念」贏不了「義之心念」。以前和那個男人……整合騎士長貝爾庫利交手過一個回合所掌握到的劍訣，我竟然在最後這個緊要關頭忘記了……

夏斯達已經無法保持單膝跪地的姿勢，從左肩垮倒到地板上。

逐漸朦朧的視界中央，毒針的後方──

可以看見放在銀盤上的冰塊立方體。

＊＊＊

夫薩，過去名為費留司．薩爾加迪斯的復仇者，為了盡情享受期待以久的歡喜瞬間而死命睜開雙眼。

恣意攫取無數榮耀的暗黑將軍夏斯達，現在就躺在自己腳邊。上了年紀卻還相當有彈性的皮膚變成土黃色，銳利的目光逐漸消失，也只剩下斷斷續續的氣息，這模樣實在太狼狽了。

可以說是醜陋又丟臉至極的臨死時刻。

而夏斯達之死，同時也證明了毒殺技術優於劍術與暗黑術。使用了魯貝利魯毒鋼加上血腐蛭的新型複合毒，只要輕輕刺一下就能讓敵人陷入無法拔劍與詠唱的狀態，讓其迅速喪命。

坐在皇座上的皇帝貝庫達，應該也會因為剛才那一幕而注意到暗殺者公會的價值吧。當新型毒的大量生產完成時，就不必再看騎士與術師的臉色了。屆時也能取回原本的姓名，以全新支配者的身分回到捨棄自己的薩爾加迪斯家……

身體因為喜悅而震動的夫薩，完全沒有注意到夏斯達滾落在他視界之外的刀，刀身已經再次開始幻化成霧氣了。

＊＊＊

——莉琵雅。

夏斯達在天命快要歸零之際，在心中呼喊著唯一一名心愛的女性。

莉琵雅之所以決心刺殺皇帝，一定是因為聽了夏斯達所說的新時代到來後，想要幫忙實現這個願望的緣故。她深信只要三百年來的戰爭結束，新的法律與秩序照亮這個黑暗之國，那麼只能餓死或者成為奴隸的孤兒們也能夠獲得過著幸福生活的權利。

——夫薩啊。

——你說在幼年學校被我痛扁了？還說受不了屈辱而投身於河渠？

——但你這傢伙至少還有過機會。擁有讓你進入學校就讀的雙親，足以填飽肚子的三餐以及溫暖的被窩與擋風遮雨的屋頂。你知道這個世界有多少出生時就沒有最低限度的權利，只能被當成垃圾對待並消失的年幼生命嗎？

——莉琵雅賭上性命想要糾正這樣的世界。自己不能因為你這傢伙個人無謂的私怨，就辜負了她這樣的心念——

「……不會讓你阻止我！」

夏斯達應該完全麻痺的嘴裡迸出巨大怒吼聲的同時，就有灰色龍捲風般的物體以暗黑騎士的右手為中心高高迴旋升起。

這正是連整合騎士都只有一小部分人能使用的，神器的記憶解放現象。夏斯達強力無比的心念，開始改寫積蓄、演算全Underworld情報的Main Visualizer。

灰色龍捲風顯現出沒有任何屬性的純粹破壞力，分解所有觸碰到它的物體。無法躲避就被龍捲風吞沒的大薩，厚重的斗篷發出「噗咻」的清脆聲音後就像煙一樣四處飛散。

從裡面出現的瘦削中年男子，像要掩蓋溶化崩塌的臉一樣抬起雙臂。下一刻，他的手臂就化成無數肉片迸散——接著全身化為濃密的血霧啪唰一聲飛上天空。

＊＊＊

暗黑術師蒂伊．艾．耶爾在瀕死的暗黑將軍身體湧出奇妙龍捲風的瞬間，隨即因為非常不妙的預感而用力往後飛退。同時用雙手生成風素，全速往後方飛行。

預感在看見右腳被急速擴大的龍捲風碰到，立刻就從膝蓋以下灰飛煙滅後轉變成最大等級的驚愕。

蒂伊不論是在入浴還是睡眠中都持續以數十種防禦術保護全身。因此術式就不用說了，她鐵壁般的防禦甚至可以反彈投擲的暗器、劍、毒等幾乎是所有種類的攻擊。

當然，如果是擁有同等級優先度的十候所發出的全力攻擊，確實有可能貫通障壁而傷害到她的肌膚。但絕對不可能出現障壁宛如不存在一般，光是碰到肉體就被削除的現象。

不論腦袋如何用力地否定，右腳還是迅速遭到速度比她全力退後更快的死亡龍捲風削除。

雖然蒂伊這種程度的術者，就算被砍掉一隻手或腳都能輕易用治癒術復原，但那也得還活著才行。

「咿……啊啊……！」

蒂伊嘴裡終於忍不住迸出尖銳的悲鳴。

但她的聲音卻被同時尖叫的兩隻哥布林首領給蓋過去。

排在蒂伊左邊的山地哥布林首領哈卡西與平地哥布林首領酷畢力，全都死命動著短腿急速想從龍捲風旁邊逃開。但是根本無法迴避龍捲風連蒂伊的全速飛行都能追上的膨脹。

「咕嘎——！」

哈卡西的腳隨著難聽的叫聲打滑，然後跌倒在地。他用盡力量伸出的左手，像是老虎鉗一樣抓住了酷畢力的腳踝。

「咿呀啊啊啊！放手——！快放…………」

啪唰。

兩隻哥布林族的支配者隨即化成血霧。

噗滋。

蒂伊的整隻右腳都消失地無影無蹤。

在美貌因為恐懼與絕望而扭曲的暗黑術師公會總長的眼前——龍捲風的膨脹奇蹟似的停住了。

這時已經看不見夏斯達倒在中央的身體。以那附近為中心屹立不搖的倒圓錐形暴風，這時候直徑與高度已經擴大到二十梅爾。距離較遠的其他六名諸侯迅速退到西側牆邊，排在大廳南側的各陣營幹部們也在千鈞一髮之際保住了性命。

雖然意識極為混亂，但蒂伊的思考力在朦朧之中理解了龍捲風停止膨脹的理由。

那是為了要保護十幾名上級暗黑騎士。也就是說，那道龍捲風是由夏斯達的意志所創造出來的東西。

就像要證實蒂伊的想法一樣，龍捲風的上半部漸漸開始變形。

最後出現的是，由半透明霧氣所形成的男人上半身。

雖然變得異常巨大，但那很明顯就是暗黑將軍夏斯達的分身。

＊＊＊

皇帝貝庫達，也就是加百列．米勒，這時候終於稍微有一點類似驚訝的感情，抬頭看著似乎隨時要壓過來般屹立在那裡的龍捲風巨人。

將女暗殺者的首級暴露在眾人面前後，看見這一幕的瞬間左端的騎士將會拔劍，這些事情全在加百列意料當中。而且暗殺者公會的首領以毒液還是什麼的讓想斬殺加百列的男人麻痺，

也沒有讓他感到太意外。

雖然無法達成一擊擊斃反叛者，藉此在剩下來的九名個體內心深植下忠誠心的企圖，但自發性保護皇帝的行動確實值得稱讚。加百列一邊這麼想，一邊看著事情的發展——

但倒地的背叛個體身上忽然湧起灰色龍捲風，被它包圍的暗殺者公會首領與兩隻哥布林將軍一瞬間就被消滅，這樣的情況讓加百列不禁感到茫然。

每一名將軍個體的能力值應該都差不多才對。這樣的話，就算互相對戰也不可能一瞬間分出勝負，而是會演變成不停互相削減ＨＰ並自行回復的長期戰。

但想不到短短幾秒鐘就有三個個體被消滅。這個Underworld裡，還有自己與克里達尚未得知的某種邏輯存在嗎——

當他想到這裡時。龍捲風巨人已經張開嘴，發出足以撼動天地的吼叫聲。

裝飾皇座之間牆壁的大部分窗戶玻璃都因為承受不住壓力往外側飛散。

巨人握住足有汽缸本體那麼大的右拳——

隨著轟然巨響朝加百列揮落。

加百列判斷用劍抵擋根本沒有意義，而且也沒有站起來躲避的時間了。視界的右端，可以看見擔任副官的瓦沙克敏捷飛退的模樣，這時加百列只是靜靜坐在皇座上等待灰色巨拳。

＊＊＊

夏斯達臨死前心念所產生的死亡龍捲風，算是已經超越Underworld系統的現象。

它不是以數值上的攻擊力來奪取夫薩與哥布林的天命，造成他們死亡的結果，而是藉由直接在他們的LightCube裡灌進「死亡的印象」來破壞搖光，再由這個結果反推回來，讓肉體完全消滅。

因此朝向加百列的攻擊，也沒有對皇帝貝庫達的龐大天命造成任何影響。

但是，由夏斯達搖光生成的殺意，經由量子通訊線路到達加百列肉體躺在其中的ＳＴＬ裡面──

由暗黑將軍夏斯達這名Underworld屈指可數的劍士所凝聚起來的必殺意志，直接擊中加百列．米勒的搖光中樞，也就是所謂的「自我」。

這個時候，夏斯達的主觀意識已經和自己揮出的全力一擊同化，感覺自己正衝進皇帝貝庫達的身體內部。

夏斯達原本肉體的天命明顯已經用盡，於是他了解到這將是生涯的最後一擊。

無法實現和整合騎士長貝爾庫利再次交手的約定實在令人遺憾。但那個男人應該能夠理解，暗黑將軍希望什麼，又為了什麼背叛皇帝。

除了暗殺者公會頭領夫薩之外，也同時擊斃了諸侯中最好戰的兩隻哥布林首領。雖然讓暗黑術師公會總長蒂伊逃走算是相當可惜，但那樣的重傷應該無法即時再生才對。再加上暗黑騎士團長以及皇帝貝庫達的死亡，剩下來的諸侯一定會對與人界的決戰感到猶豫。

至少要讓他們和同樣失去支配者的人界居民訂定暫時的休戰協定。如果可以因此不再用劍而是用言語來交流，讓彼此之間產生某種共識的話……

希望接下來——莉琵雅渴望的和平世界能夠到來。

和心念同化的夏斯達，貫穿皇帝貝庫達的額頭，衝進存在於內側的靈魂中樞。

只要破壞這個地方，就算是暗黑神，應該也會和夫薩等人一樣，存在整個遭到抹滅吧。

隨著無聲的吼叫，夏斯達的意識與皇帝的靈魂產生衝突——

緊接著，他嘗到生涯最後的驚愕。

什麼都沒有。

如光雲般的靈魂中樞，應該存在意識精髓的地方，竟然只有一片濃密的黑暗。

怎麼會這樣。就連與世隔絕的夫薩，靈魂都因為對生命的強烈執著而發出閃閃光芒啊。

夏斯達的心念就這樣被皇帝內部一望無際的黑暗給吞噬。

只見他的身形逐漸消失、蒸發。

——這傢伙，這個男人……

——不了解生命是什麼嗎？

不懂生命、靈魂以及愛情光輝的人，所以才會如此飢渴地求取他人的靈魂。

不論多強力的心念，只要是帶有殺意的劍就無法擊斃這個男人。

因為這個男人的靈魂雖然活著，卻早已跟死亡沒有兩樣。

得把這件事傳達給某個將來註定跟這個怪物一戰的人知道才行。

要傳達出去——告訴某個人……

但這時夏斯達的意識已經被無限的深淵整個覆蓋過去了。

…………太遺憾了…………

…………莉琵雅…………

最後爆出這樣的思考後，暗黑將軍畢庫斯魯·烏魯·夏斯達的靈魂就完全消滅了。

＊＊＊

加百列·米勒在極為強烈的靈魂光芒貫穿自己的瞬間，隨即產生了蓋過恐懼的歡喜感。

暗黑騎士的靈魂，充滿著比兩天前吸進的女暗殺者靈魂還要濃密的感情。像是對那個女人的愛，加上難以理解的類似範圍更加廣泛的慈愛感情，還有把這些當成動力來源的強烈殺意。

愛與憎恨，這個世上還存在比這更美味的東西嗎？

這時候的加百列，可以說完全沒有意識到自己的生命陷入危機當中。即使看見三個個體在暗黑騎士的攻擊下變成肉片飛散，加百列依然把吸收騎士的靈魂看得比自身安全還要重要。

如果加百列畏懼騎士的攻擊而希望自己能夠生存的話，夏斯達的殺意就會經由ＳＴＬ破壞加百列的生存本能，然後產生連鎖效應把他的搖光全部轟飛。

但是加百列．米勒是個不知生命為何物的人類。對他來說，包含自身在內的所有生命，都不過是跟幼時大量殺戮的昆蟲同樣的自動機械而已。加百列唯一的願望就是，查明成為機械動力源的靈魂，也就是充滿謎團的光輝雲層究竟有何祕密。

因此由夏斯達搖光所產生的破壞訊號，就只能平白通過加百列搖光裡面的一整片虛無，沒有發生任何衝突就消失了。

雖然加百列完全不清楚這樣的道理，但他還是一邊咀嚼騎士的靈魂，一邊把兩件事留在記憶裡面。

首先是這個世界裡，除了一般ＶＲＭＭＯ裡遊戲藉由武器與咒文的攻擊外，也存在另一種攻擊方法。

而那種攻擊方法似乎對自己沒有效果。

之後得要克里達調查剛才那種現象的原理才行。加百列一面這麼想，一面緩緩從皇座上站

起來。

＊＊＊

存活下來的六名諸侯——暗黑術師公會總長蒂伊・艾・耶爾、拳鬥士首領伊斯卡恩、商工公會頭領連基爾、巨人族首領西古羅西古、半獸人首領利魯匹林、食人鬼首領弗魯咕魯——他們有的靠在牆壁上，有的癱坐在地上，有的正一邊止著重傷的血，一邊茫然抬頭看著皇帝貝庫達的模樣。

所有人心中只存在恐懼這種感情。

暗黑將軍夏斯達令人嚇破膽的超級攻擊——一瞬間把三名將軍變成血霧，同時也把諸侯中被認為相當有實力的蒂伊右腳削除的一擊，皇帝竟然挺身從正面承受下來，而且沒有受到任何傷害。

有實力者支配一切。

皇帝貝庫達擁有六名諸侯，以及他們背後一百名以上的軍官加起也遠遠不及的力量已經是一目了然的事實。

如同微小的波浪往外擴散般，所有人都深深低下頭，對皇帝表達恭順之意。就連敬愛的騎士長遭到殺害的暗黑騎士團也不例外。

這時皇帝的聲音流暢地響徹整座大廳：

「……失去將軍的軍隊，馬上由下一個位階的人員接手指揮權。一個小時後，按照原定計畫開始進軍。」

皇帝沒有因為出現反叛者而發怒或是責備眾人。這樣的事實讓將軍們更加感到恐懼。

好不容易讓右腳止血的蒂伊，高高舉起連指尖都伸直的右手並大叫：

「皇帝陛下，萬歲！」

隔了短暫的幾秒鐘後——

「萬歲」的呼喊變成足以撼動整座黑曜岩城的轟然巨響，而且還重複了許多次。

5

愛麗絲環視了一下配給給自己的野營用帳篷，接著輕輕嘆了口氣。

簡易床鋪相當乾淨整齊，鋪在地板上的羊皮是全新品，空氣當中也只有太陽的味道。雖然這些都相當令人高興，但這很明顯不是為了愛麗絲而急遽空出來的帳篷。也就是說，騎士長貝爾庫利為了愛麗絲加入陣營時能使用，事先就多設置了一個騎士用帳篷。

雖然也可以把這種行為當成是受到信賴的證明，但了解騎士長為人的話，就會覺得自己的想法與行動已經完全被對方看透了。

不對——應該不至於完全被看透。因為就連騎士長，似乎也沒有預想到愛麗絲會帶著桐人一起過來。所以這裡只準備了一張簡易床鋪。

愛麗絲碰著桐人的背部，誘導他坐到床鋪上。下一個瞬間，年輕人立刻從喉嚨發出細微的聲音並準備伸出左手。

「好好好，等一下喔。」

跑到放在入口旁邊的行李袋前面，愛麗絲隨即從裡頭抽出黑白兩把長劍。接著回到床邊，把它們放在桐人大腿上。結果他用左臂抱住劍後就安靜了下來。

愛麗絲坐到他身旁，一邊脫掉靴子一邊思考著。

雖然對艾爾多利耶說出有必要的話會背著桐人戰鬥這樣的大話，但實際上確實有點困難。如果只有變瘦的桐人也就算了，再背上夜空之劍與藍薔薇之劍的話，行動就會因為重量而受到限制。

雖然也曾想過一直把桐人放在雨緣的鞍上，但既然敵人也有騎乘飛龍的暗黑騎士，那就會出現空中戰的情況吧。這麼一來，還是希望盡量減輕負荷的重量。

雖然不願這麼做，但戰鬥中請輜重部隊的某個人幫忙照顧桐人似乎是最合理的選擇。但問題是能不能這麼順利找到可以信賴的人。

舊識的眾整合騎士一定全都會到最前線，而自己又不認識任何一般平民士兵。但事到如今也實在不想拜託艾爾多利耶幫忙尋找合適的人選。

「桐人……」

愛麗絲由正面窺看年輕人的臉，然後以雙手輕輕包覆他的臉頰。

自己完全沒有打算把桐人當成包袱。如果能夠恢復意識，他一定會成為比任何人都要可靠的人界守護者。之所以會像這樣帶他一起來到前線，完全是因為覺得說不定能在這裡發現讓他恢復意識的可能性。

騎士長貝爾庫利表示，桐人彈開了他施放的「心念之劍」。還說那是為了要保護愛麗絲。

真的可以相信他的發言嗎？

首次在修劍學院相遇時，是逮捕者與罪人。在中央聖堂八十樓再次相遇時，是處刑人與反叛者。甚至在最上層訴說最後一句話的瞬間，兩人之間無論再怎麼美化，也只是暫時休戰中的關係。

——從那場戰爭之後你就一直失去意識了，卻還想從叔叔的劍氣下保護我嗎？

——你……到底是怎麼看我的呢？

這個問題碰到桐人黯淡的眼睛後，反彈回愛麗絲自己身上。

那自己又認為和這個年輕人是什麼樣的關係呢？

如果要用一句話來形容在中央聖堂時的桐人，那麼最適合的就是「面目可憎」了吧。敢對著整合騎士愛麗絲．辛賽西斯．薩提罵那麼多次幾次「笨蛋」的人，這名年輕人可以說是空前絕後了吧。

但是在最後一戰時，桐人面對最高司祭亞多米尼史特蕾達時的背影——

看見那名劍士黑色外套下襬不停飄動，左右手各握著一把劍的背部，愛麗絲的心就產生強烈的震動。心中的想法就只有「竟然有如此堅強，但又哀切到讓人覺得心痛的模樣」。

這樣的感情變成淡淡的刺痛感，到現在都還殘留在愛麗絲內心深處。

但因為害怕知道疼痛的理由，所以一直遮蓋著自己的心。

——因為我是被創造出來的存在。只不過是持續占據愛麗絲・滋貝魯庫身體的戰鬥用人偶罷了。自己根本沒有資格，去擁有戰意之外的感情。

但是，說不定……

就是因為我壓抑自己的心，你才會聽不見我的聲音？

如果我施放所有的「心念」，你是不是就會有所回應呢？

愛麗絲吸進滿滿的空氣並屏住呼吸。

桐人被自己雙手包覆的臉頰相當冰冷。不對，是自己的手掌太過火熱。

愛麗絲輕輕把他的臉頰拉過來，從至近距離看著他的黑色眼睛。那簡直就像黑夜一樣陰暗，但又感覺遙遠彼方可以看見一些閃爍的小星星。

愛麗絲一邊凝視著那些星星，一邊緩緩把臉湊過去——

忽然傳出鈴鐺的清脆聲音，讓愛麗絲的身體彈了起來。

雖然急忙環視了一下帳篷內部，但當然沒有任何人在。最後終於發現是掛在帳篷入口處的搖鈴被人拉動了。

有客人來訪。愛麗絲沒來由地乾咳了一聲，整理好頭髮後迅速橫越帳篷。

反正一定是艾爾多利耶又來抱怨了吧。這次一定得斬釘截鐵地告訴他，無論說什麼自己都不打算把桐人趕走。

帳篷的出入口有兩層帷幕，把頭伸出內側的薄布後，愛麗絲就用左手一口氣把外側的厚重毛皮拉開。

而她正要張開的嘴唇也在這時候停了下來。

站在她眼前的不是整合騎士，甚至連一般兵都稱不上。這讓愛麗絲忍不住凝視著訪客。

「那……那個……」

嬌小的來訪者怯生生地以細微的聲音這麼說道，雙手同時遞出蓋著鍋蓋的鍋子。

「騎士大人，幫……幫您送晚餐來了。」

「……這樣啊。」

愛麗絲稍微瞄了一下天空。不知不覺間，傍晚的紅霞確實已經退到西方的天空去了。

「謝謝……辛苦了。」

慰勞對方並把鍋子接過來的愛麗絲，再次上下打量著對方的模樣。

那是一名還很年輕，看起來只有十五六歲的少女。

長度大概到肩膀下方的頭髮是漂亮的紅色。大大的眼睛同樣是類似紅葉的顏色，另外白皙的肌膚與高挺的鼻梁都顯示出她有北方帝國的血統。

身上穿著輕裝鎧甲的女孩似乎也是守備軍的一員，但鎧甲下方的灰色上衣與裙子好像是哪所學校的制服。

竟然連這樣的小孩都得上戰場……如此想著的愛麗絲準備咬緊嘴唇時，忽然又覺得奇怪而眨了眨眼睛。

少女的長相有種似曾相識的感覺。但以前都在中央聖堂生活的愛麗絲，幾乎沒有和一般平民接觸過。

這時候，躲在紅髮少女身後的第二名少女才畏畏縮縮地現出身影。

「那……那個……這是麵包和飲料。」

聽見有著接近黑色的深茶色頭髮與深藍色眼睛的少女發出微弱聲音後，忍不住露出微笑的愛麗絲跟著也接下她遞過來的籃子。

「不用這麼害怕，我又不會把妳們抓來吃了。」

一說到這裡，愛麗絲的記憶才甦醒過來。

她曾經聽過這極為緊張的聲音。這兩個人就是那個時候的——

「妳……妳們不會是……北聖托利亞修劍學院的學生吧……？」

一問之下，兩名少女才像是放下心頭的大石般，讓緊繃到極點的臉頰瞬間放鬆下來。但馬上又端正姿勢，靠攏穿著靴子的腳跟並報上姓名：

「是……是的！我……我是隸屬人界守備軍補給部隊的緹潔·休特里涅初等練士！」

「同……同一部隊的羅妮耶．阿拉貝魯初等練士！」

愛麗絲反射性地回禮，在內心呢喃了一句「果然沒錯」。

準備把桐人和尤吉歐從學院帶走時，請求允許跟他們道別的就是這兩位女孩。

就算守備軍的人手再怎麼不足，應該還不至於會徵召學生入伍才對。這樣的話，她們應該是自願從軍，由熟悉的央都來到這危險的戰地了？這兩名稚氣未脫的少女，為什麼願意做這種犧牲呢……

右手拿著鍋子，左手提著籃子的愛麗絲認真地盯著兩個人看，結果自稱羅妮耶的深茶色頭髮少女就再次躲到名為緹潔的紅髮少女背後。緹潔雖然也縮起身體，但最後還是帶著做出必死決心的表情開口表示：

「那……那個……騎……騎士大人……我……我知道這麼問真的非常失禮……」

極為嚴謹的語氣再次讓愛麗絲忍不住露出苦笑，但她還是盡可能把苦笑變成溫柔的笑容插話道：

「聽我說，妳們不需要這麼拘謹。因為在這座野營地裡，我也不過是一名為了守護人界而來的劍士而已。直接叫我愛麗絲就可以了，緹潔小姐……還有羅妮耶小姐。」

結果緹潔以及從她背後輕輕冒出頭來的羅妮耶同時露出啞然的表情。

「……怎……怎麼了？」

「沒……沒有……只是……跟以前在修劍學院見到您時的印象完全不一樣了……」

「是嗎……」

覺得奇怪的愛麗絲歪了歪頭。自己雖然不是很清楚，但是住在盧利特村的這半年裡，真的有什麼樣的改變嗎？雖然騎士長說出臉變圓了這種毫無憑據的感想就是了。

現在回想起來，確實可能因為賽魯卡所做的料理實在太美味而忍不住吃太多了……但應該不至於胖到連外表都改變吧……

差點要繃緊的臉頰再次露出笑容後，愛麗絲又繼續表示：

「那……妳們有事找我嗎？」

「啊……是……是的。」

緊張的神情稍為變淡了一點的緹潔，一瞬間抿緊嘴唇後才又說道：

「那個……我們聽說騎士大……愛麗絲大人在騎乘飛龍來到營地時，身邊還帶著一名黑髮的年輕男性……然後，我們就想那位男性是不是我們認識的人……」

「啊，嗯……對喔，說得也是。」

愛麗絲這時才終於了解少女的來意，於是點著頭說：

「妳們在學院的時候就跟桐人很熟了……」

愛麗絲開口這麼說的瞬間，兩名少女的臉就像花蕾綻放般充滿光芒。羅妮耶的藍色眼睛裡甚至滲出些許眼淚。

「果然是……桐人學長……」

羅妮耶以細微聲音這麼呢喃著，緹潔則是握住她的手以充滿期待的聲音大叫：

「那麼……尤吉歐學長也在嘍……！」

一聽到這個名字，愛麗絲就猛然吸了一口氣。

她們兩個人完全不知道，半年前在中央聖堂展開的那場激鬥以及最後的結果。根本不可能知道。因為關於最高司祭死去的消息，就只有整合騎士知道而已。

兩個人往上看著說不出話來的愛麗絲，接著露出感到不可思議的表情。愛麗絲交互凝視著緹潔與羅妮耶的眼睛後，緩緩伏下了視線。

事到如今，不可能隱瞞她們了。

而且她們兩個人有知道一切的權利。因為她們應該是為了再次與桐人以及尤吉歐見面，才會志願參加守備軍，來到這個營地……

愛麗絲下定決心後開口說道：

「對妳們來說……可能會覺得很難過。但我相信身為桐人以及尤吉歐學妹的妳們，一定可以承受這個事實。」

說完她往後退一步，抬起毛皮帷幕，催促兩人進入帳篷。

讓愛麗絲有點失望的是，即使緹潔與羅妮耶走進桐人視界當中，他依然沒有任何反應。

愛麗絲一邊壓抑失望的感覺，一邊站在帳篷的牆邊看著這悲壯的光景。

羅妮耶到坐在床上的桐人面前跪了下來，以嬌小的雙手包裹住年輕人的左手，臉上不停流下淚水。

但更讓人心痛的是，整個人癱坐在皮革地毯上，持續凝視著眼前那把藍薔薇之劍的緹潔。在傳達尤吉歐的死訊時，她變得跟紙一樣蒼白的臉上沒有任何表情。只是默默地往下看著從中折斷的劍身。

愛麗絲本身幾乎沒有機會直接和名為尤吉歐的年輕人交談。

交談的機會大概就是逮捕他到中央聖堂並丟進地下監牢之前，以及在高塔的第八十層迎戰他們時，再來就只有與亞多米尼史特蕾達進行最終決戰時曾與他並肩作戰了。

雖然對尤吉歐不僅只從騎士長貝爾庫利手裡贏得勝利，還把自己的身體化成劍來破壞巨劍魔像，最後更砍飛最高司祭一條手臂的意志力感到衷心佩服，但關於他的記憶大多是根據賽魯卡敘述給自己聽的回憶。

賽魯卡表示，尤吉歐是相當溫順又思緒縝密的少年，似乎經常被青梅竹馬的愛麗絲・滋貝魯庫拖著去進行各種冒險。如果是這樣的個性，那麼和桐人一定是一對相當好的伙伴。

桐人和尤吉歐在修劍學院裡一定也到處闖禍。就像愛麗絲本身一樣，緹潔與羅妮耶就是被這樣的兩個人給吸引，並受到很大的影響。

——所以，拜託妳們，一定要承受住這樣的傷悲。桐人和尤吉歐他們是為了守護非常重要的事物而戰，並因此而受傷、失去意識與生命。

愛麗絲一邊在內心這麼對兩人說道，一邊持續注視著她們。

在人界生活的人民，如果受到過於強大的恐懼與悲傷這種精神上的衝擊，就有可能因為無法承受而罹患精神疾病。就像前陣子遭受黑暗軍隊襲擊的盧利特村，似乎也出現了幾名身體沒有受傷，但是卻臥病在床的村民。

緹潔她一定深愛著尤吉歐吧。

對如此年輕的她來說，接受心愛的人死去這種巨大的衝擊絕對不是一件簡單的事。

愛麗絲的視線前方，癱坐在地上的緹潔右手忽然動了一下，然後開始一點一點靠近藍薔薇之劍。

愛麗絲帶著一絲緊張看著她這種模樣。藍薔薇之劍雖然從中折斷，但依然是最高等級的神器。雖然不認為緹潔能夠使用它，但過於深刻的絕望與悲傷有時候會引發預料不到的力量。沒有辦法預測到會發生什麼事。

緹潔以僵硬動作伸直的手指，終於碰到淡藍色劍身。她沒有觸碰劍刃，而是輕輕劃過被磨得相當光滑的側面。

就在這個瞬間——

折斷的劍身發出微弱但是確實的藍色光芒，推開從採光孔透進來的紅色夕陽。

同一時間，緹潔全身震動了一下。

似乎感覺到什麼的羅妮耶也回過頭看向自己的朋友。緊繃的空氣當中，緹潔的睫毛上緩緩出現透明水滴並無聲滴落。

「……剛才…………」

粉紅色嘴唇裡發出細微呢喃聲。

「……我聽見了……尤吉歐學長的聲音……他跟我說不要哭……他一直都在這裡……」

眼淚潸潸不絕地滴落，緹潔最後終於把臉趴在劍上，像個小孩子一樣發出劇烈的嗚咽聲。羅妮耶也把臉靠在桐人膝蓋上嚎啕大哭。

雖然眼頭因為這令人悲痛，但是又相當清純的情景而發熱，但是——

愛麗絲還是在腦袋角落想著「真的有這種事嗎」。

她雖然沒有聽見尤吉歐的聲音，但是確實看到劍一瞬間發亮。這樣的話，緹潔聽見的發言也不見得一定是幻聽。

藍薔薇之劍上……真的殘留著類似尤吉歐靈魂的物體嗎？

愛麗絲在發動武裝完全支配術時，也有一種金木樨之劍與自己的意識一體化的感覺。但尤吉歐則是實際讓自己的身體與藍薔薇之劍融合，而且在這樣的情況下受到致命傷。

所以說不定真的可能出現持有者的意識殘留在半截劍上的情形。

但是剛才緹潔說尤吉歐呼喚了她。如果真是如此，那麼殘留在劍上的就不只是沒有靈魂的殘響，而是真正的意識——或者是心念吧。

是少女因為愛慕之情而產生的幻聽嗎？還是說……？

真是令人著急。如果是桐人，一定能幫忙找出這個現象的祕密吧。從這個世界的外側，一大群神祕神明所居住的地方掉落到這裡來的他一定沒問題才對。

在不停旋轉的思考水平面上，忽然浮現如小泡沫般的一句話並啪嘰一聲爆裂開來。

世界盡頭的祭壇。

據說這個不怎麼出名的地方，設置有通往世界外側的門。

如果能到那裡，所有的謎團就能夠一瞬間獲得解答嗎？桐人失去的意識也可以恢復嗎？

但是據說祭壇是位於離開東大門後的遙遠南方。也就是在暗之種族支配的黑暗領域遙遠邊境。

想到那個地方去，就不只是得防禦在大門外布陣的敵人大軍，甚至要突破包圍才行。不對，就算突破敵陣，自己也不可能放下大門的防衛不管直接往南方前進。身為被賦予過大力量的整合騎士，愛麗絲必須負起守衛人界的責任。

還是乾脆把自己當成誘餌來吸引所有敵軍，一面讓他們遠離大門一面朝著祭壇邁進。但是對黑暗領域的人民來說，侵略人界是數百年來的悲願，應該沒有比這個願望更有魅力的事情了……

果然就算要前往世界盡頭的祭壇，也得先把黑暗軍隊完全殲滅才行。

最後得到的結論，讓愛麗絲忍不住閉上眼睛。

雖然浮現殲滅敵人這種相當浩大的想法，但現狀就連要抵禦敵人的先鋒都很困難吧。但為了守護緹潔、羅妮耶還有桐人，自己還是得這麼做。

靜靜呼出一口氣後，愛麗絲中止持續了數秒的默思，走到兩名哭哭啼啼的少女身邊。

6

索魯斯的殘照在很久之前就已經消失在西邊的遠方，但東大門後面看起來呈細長狀的黑暗領域天空，卻還一直固執地殘留著不祥的血色。

簡直就像要遮蔽這樣的光景一般，人界守備軍野營地中央——白天被當成飛龍起降場的草地上圍起了一片純白布幕。在布幕前方高處不停飄動的公理教會旗幟下，聚集了三十名左右的整合騎士與守備軍隊長，只見他們都一臉嚴肅地看著彼此的臉。

愛麗絲發現他們沒有分成騎士與士兵後，隨即因為有些驚訝而停下腳步。

整合騎士穿著光輝的銀製鎧甲，隊長們則是穿戴華麗度雖然不及但優先度也相當高的鋼鐵鎧甲，一群人同樣單手拿著裝有西拉魯水的玻璃杯熱烈地進行議論。豎起耳朵傾聽的話，就能發現那些拐彎抹角的敬語已經完全被省略了。

「大小姐，以急就章的集團來說，已經頗像一回事了吧。」

身旁忽然傳出低沉的聲音，讓愛麗絲急忙往該處看去。

把雙手叉在東方風味服飾懷裡的騎士長貝爾庫利，以動作制止了準備敬禮的愛麗絲，接著說道：

「這支守備軍裡，已經省略所有的繁文縟節了。幸好禁忌目錄裡沒有『一般民眾跟騎士說話前，一定得仔細向對方問安』這樣的條款。」

「這……這樣啊……這確實是一件好事，但先不說這個了……」

愛麗絲再次把視線移回軍議會場上。

「——其他整合騎士到哪裡去了？目前看來，那邊只有十名左右的騎士。」

「很遺憾，那些幾乎就是全部了。」

「咦……咦咦？」

用手掌遮住忍不住提高的聲音後，愛麗絲以有些苦澀的表情往上看著騎士長。

「怎麼可能……騎士團包含我在內應該有三十一名成員才對。」

人數正如最新的整合騎士艾爾多利耶被賦予的薩提汪這個神聖語名所表示。

貝爾庫利在參雜嘆息聲當中回答了一句「是沒錯啦」後，隨即又壓低聲音表示：

「大小姐也知道吧。元老長裘迪魯金對記憶產生問題的騎士施予『再調整』的處置。他死去的時候，在元老院再調整中的七名騎士仍未覺醒。」

「…………！」

愛麗絲忍不住瞪大眼睛。貝爾庫利把視線從出現這種反應的愛麗絲身上移開，以更加苦澀的聲音繼續說道：

「知道再調整用術式的只有裘迪魯金與最高司祭兩個人。他們已經死亡的現在，就必須花時間解析術式才能讓七名騎士覺醒，但我們現在根本沒有這種時間。只有一名尚未進行再調整，單純處於凍結睡眠中的騎士，我好不容易才讓那傢伙醒過來，只不過……」

感覺騎士長的語氣有些吞吞吐吐，於是愛麗絲開口詢問：

「那一個人是？」

「……『無聲』的謝達。」

「…………！」

雖然是沒有直接見過面，只聽過幾則軼事的名字，但愛麗絲還是不由得屏住了呼吸。因為那些軼事的內容都相當恐怖。

但是貝爾庫利卻像是表示這些事以後再說般乾咳了一聲，接著繼續說明目前的戰力：

「……總而言之，目前覺醒的整合騎士共有二十四人。當中有四個人留下來管理中央聖堂和央都，四個人被我派去負責盡頭山脈的戒備。剩下來的十六人……就是能夠用在這條絕對防衛線的上限人數了。當然也已經把我和大小姐算進去嘍。」

「十六個人……嗎？」

愛麗絲差點就加上「只有」幾個字，但還是咬起嘴唇忍住了。

而且仔細確認這些人長相的話，就能發現目前在議場的十四個人裡，有半數以上是沒有神器——也就是無法使用武裝完全支配術的下級騎士。光是以劍斬殺敵人的話，他們當然都是能夠獨自砍殺一兩百隻哥布林的勇士，但無法期待擁有改變全體戰況的爆發力。

這時貝爾庫利改變語氣對沉默下來的愛麗絲說：

「對了，說到要找誰照顧那名年輕人嘛……我看乾脆由我拜託後衛部隊……」

「啊……不用了，不必擔心這件事。」

愛麗絲一面對騎士長生疏的貼心舉動露出微笑一面回答：

「剛好有在修劍學院擔任他隨侍劍士的志願兵……我已經請她們開戰後照顧桐人了。」

「哦，那真是太好了……那怎麼樣啊？黑髮小子和過去曾有過交流的人接觸後，有沒有出現什麼反應？」

愛麗絲臉上的笑容消失，無言地搖了搖頭。

貝爾庫利短短嘆了口氣，低聲說了句「這樣啊」。

「……這件事情我只跟妳說。老實說，我覺得那名年輕人可能是決定接下來這場戰役勝敗的關鍵人物……」

愛麗絲驚訝地抬頭看著騎士長的臉。

「就算有大小姐和伙伴的幫忙，他還是完成了以劍擊斃元老長與最高司祭這種超乎想像的壯舉。純粹比較心念強度的話，可能連我都不及他。」

「……怎麼可能有這種……」

事到如今也不可能再對桐人的實力感到懷疑，但騎士長貝爾庫利的心念是花了兩百年以上的時間鍛鍊出來的成果。相對的桐人只是尚未成年的學生。愛麗絲反而覺得，如果是劍技與體術就算了，只有心念這一個項目絕對比不上騎士長才符合常識。

但貝爾庫利卻以充滿自信的動作否定了愛麗絲的發言。

「之前以心念互擊時，我確實感覺到了。那個小伙子擁有跟我相同，甚至是超越我的實戰經驗。」

「實戰……？這是什麼意思……？」

「就是字面上的意思，也就是攸關生死的戰鬥啊。」

這才真的讓人想回答「怎麼可能呢」。

生活在人界的居民，全都受到禁忌目錄與帝國基本法的保護，或者可以說束縛。就算可以用木劍比試好了，一般人從出生到老死大概都不會經歷過以真正的劍進行某一方可能耗盡天命的實戰。

唯一的例外就是整合騎士，因為他們會跟想侵略盡頭山脈的哥布林以及暗黑騎士進行實戰。但那在漫長的任期裡最多也只有一兩次，而且整合騎士方的戰力占壓倒性優勢，老實說很難稱為攸關生死的戰鬥。

考慮到這些事情後，就能確定人界裡實戰經驗最豐富的，就是從騎士團規模比現在小很多的時代就一直和黑暗軍隊戰鬥的貝爾庫利了。實際上，在他剛成為整合騎士時——雖然很難相信——似乎曾經慘敗於當時的暗黑騎士手上，好不容易才拖著一條命逃了回來。

桐人他實戰的次數會贏過這樣的貝爾庫利？

如過真的有這種事，那也不會是在這個世界的經驗。

應該是在他真正的故鄉，也就是「外面的世界」。但那裡同時也是真正創造地底世界的諸神明所居住的世界才對。但在那邊還有實戰？到底是跟什麼人賭上生死呢……？

不知道究竟該如何想下去的愛麗絲，稍微猶豫了一下才下定決心。

既然這樣，就只能對貝爾庫利說出一切了。像是外面世界的存在——以及世界盡頭的祭壇存在通往那裡的大門等事情。

「……叔叔……其實我和最高司祭戰鬥的時候……」

當愛麗絲選擇用詞遣字把話說到這裡時——

騎士長後方突然傳來尖銳的聲音。

「閣下，時間到了。」

嚇了一跳的愛麗絲看向聲音的主人。

一名全身包裹在暗夜當中依然發出醒目淡紫色光芒的鎧甲與頭盔當中，左腰掛著白銀細劍的整合騎士站在那裡。

一看見完全遮住臉孔，帶著猛禽翅膀形狀的頭盔，愛麗絲心中浮現的感慨——以極端一點的說法來表現的話，大概就是「嗚噁」這兩個字了。

對愛麗絲來說，來者恐怕是這個世界裡和她最合不來的人物。那個人正是副騎士長，整合騎士排名第二的法那提歐・辛賽西斯・滋。

愛麗絲很努力地不把內心的感情顯露在臉上，接著反射性將右拳貼在左胸，並把左手按在劍柄上行了騎士禮。

相對的法那提歐也喀鏘一聲震響鎧甲做出同樣的動作。但是與雙腳稍微張開並且直立的愛麗絲不同，法那提歐是把重心放在右腳並且垂下左肩，擺出看起來比較柔弱的姿勢。

實在沒辦法接受這個人的這種個性……愛麗絲一邊放下手一邊在心中這麼自言自語。

雖然自認為已經以鎧甲、頭盔以及帶著威嚴的語調來掩飾，但在同性的眼裡看起來，法那提歐的動作就已經像一朵巨大的花朵，不斷散發出難以掩蓋的強烈女人味。而這正是孩提時期就被帶到中央聖堂的愛麗絲終究無法學會的「技能」。

副騎士長法那提歐在中央聖堂第五十層與桐人、尤吉歐戰鬥，被桐人的武裝完全支配術直接擊中後身負瀕死的重傷。愛麗絲從在現場的下級騎士口裡聽說過，桐人當時卻對著費盡千辛萬苦才打倒的法那提歐施加治癒術，甚至還用不可思議的術式把她傳送到某個地方去。

雖然覺得這確實很像桐人會做的事，但內心還是覺得不以為然。

說起來法那提歐明明一心喜歡著騎士長貝爾庫利，但是卻還把對自己著迷的四名下級騎士編列為自己的直屬部下。難道不覺得永遠只能憧憬，一輩子都無法獲得青睞的他們很可憐嗎？至少應該時常摘下頭盔來讓他們看看臉龐吧。

當愛麗絲浮現這種稍微帶著一點私怨的想法時，法那提歐就用雙手抓住頭盔的側面，這樣的舉動讓愛麗絲著實嚇了一跳。

被解開的掛鉤發出「啪嘰、啪嘰」的聲音，接著淡紫色頭盔就隨手被往上拉起來。整個擴散開來的艷麗黑髮，在營火照耀下發出絲絹般的光芒。

在中央聖堂時，只有在前往大浴場途中偶然遇見法那提歐才能看到她的真面目。記憶當中，這應該是副騎士長第一次在眾人環視的環境下脫下頭盔。

愛麗絲凝視跟以前比起來似乎變得柔和一些的美貌，並且理解到產生變化的理由。原來是圓潤的嘴唇上塗抹了淡淡的口紅。想盡辦法要隱藏女性身分的她竟然會化妝——？

法那提歐對著茫然站在現場的愛麗絲露出平穩的微笑。

「好久不見嘍，愛麗絲。看見妳平安無事真令人高興呢。」

「…………」

「嘍」？「呢」？

說不出話的時間又加了三秒鐘左右，接著愛麗絲才終於能夠向對方打招呼：

「好……好久不見了，副長。」

「叫我法那提歐就可以了。對了，愛麗絲，我剛才聽說……妳把那個黑髮的小子也一起帶來了？」

以輕鬆態度說出的發言，讓愛麗絲把驚訝丟到一邊去，取而代之的是高漲的警戒心。

雖然法那提歐的傷是由桐人與賢者卡迪娜爾治癒，但她不見得知道這個事實。她對打倒自己的桐人有所怨恨與憎惡也不是什麼不可思議的事情。

「是……是的。」

愛麗絲簡短地回答，而副騎士長則是帶著嫣然微笑點了點頭。

「這樣啊。那軍議之後，可不可以讓我跟他見個面？」

「……法拉提歐閣下為什麼要見他？」

「別露出那種表情嘛。事到如今，我也不會想殺害那個年輕人了。」

壓抑下微笑中一絲苦澀的感情，法那提歐聳著肩並這麼說道。

「我只不過是想跟他道謝，聽說是那個小伙子幫受到致命傷的我治療。」

「……妳已經知道了嗎？但我想沒有必要跟桐人道謝。因為我聽說幫副長療傷的，是名為卡迪娜爾的前任最高司祭。很遺憾的是……那位司祭大人已經在半年前的戰爭中亡故了。」

稍微放鬆肩膀力道的愛麗絲一這麼說，法那提歐便迅速把視線朝向天空並點了點頭。

「嗯……我還有一些朦朧的記憶。我還是第一次接受那麼溫暖且強大的治癒術。但是，把我送到那位大人身邊的就是桐人，而且……還有另一件事也想向他道謝。」

「另一件事……？」

「沒錯——就是和我戰鬥並且把我打倒。」

……她果然想找桐人算帳嗎？

面對往後退了半步的愛麗絲，法那提歐一臉嚴肅地搖了搖頭。

「這是我的真心話。因為那個小伙子，是我以整合騎士的身分活了這麼久以來，第一個知道我是女性依然全力跟我戰鬥的男人。」

「啥……？妳這是……什麼意思……」

「我以前也像妳這樣，沒有戴上頭盔就以素顏直接戰鬥。但某一天我就注意到了。不論是擔任模擬戰對手的男騎士，甚至是進行生死決鬥中的暗黑騎士，劍招都有些畏縮。因為我是女人這樣的理由而留手，對我來說是比戰敗倒地還要大的屈辱。」

但這也是沒辦法的事吧。幾乎沒有什麼男人可以抗拒由素顏的法那提歐所散發出來的女人味。

自從在盧利特村近郊過生活後才首次知道，人界大部分地方，女性都幾乎不會從事握劍的天職。例外大概就只有貴族或者領主的子女，至於一般平民女性原則上只有結婚生子並在家做家事的生活方式可以選擇。

如果這種守舊的觀念和禁忌目錄一樣禁錮男人們的心，那就實在是太諷刺了。就是男人應該保護女人這樣的先入為主觀念，讓他們的劍招在法那提歐的花容月貌面前變得遲鈍吧。既然生活在黑暗領域的暗黑騎士也會娶妻生子，那就不可能是例外。至於外表完全不同的哥布林和半獸人等亞人族，則可能和人類有不同的價值觀。

但同為女騎士的愛麗絲，之前從來沒有注意到男騎士的退縮還是留手之類的事情。因為不論對方是留手還是盡了全力，她都有自己絕對比較強的自信。

——這樣的憤怒，不就是妳拘泥於自己是女性這件事的最佳證明嗎？

當愛麗絲這麼想的同時，法那提歐也低聲說出完全相同的話：

「——我用這個頭盔遮住面容與聲音，為了不讓敵人近身而學會連續劍技。但這正是因為我拘泥於自己性別的緣故。那個小伙子瞬間看穿這一點，然後全力跟我過招。在和他的戰鬥裡，我使盡渾身解數的劍技與術式並被他打敗。當託卡迪娜爾大人的福撿回一條命的我恢復意識時，心中無聊的堅持就消失了……總而言之，只要我擁有讓對方無法留手的實力就可以了。那個小伙子讓我注意到這單純的事實，而且還讓我活下來，想向他道謝也不是什麼不可思議的事情吧？」

以認真的表情說到這裡，法那提歐臉上忽然露出惡作劇的微笑。

「除此之外……也有點生氣啦。小伙子竟然對著素顏的我說完全感覺不到一絲女人味。所以就想試試看，幫小伙子做各種服務的話，他會不會就醒過來了。」

「什麼……」

在說什麼蠢話啊。

如果桐人真的這樣就醒過來，那麼自己至今為止所做的努力不就太空虛了嗎？而且桐人也確實有讓人無法堅決否認這種可能性的部分。

毫不隱瞞眉間險惡的氣息，愛麗絲以尖銳的聲音反擊：

「很謝謝閣下的心意，但他目前在帳篷裡休息。所以就由我來幫忙傳達法那提歐閣下的謝意吧。」

「哎呀……」

副騎士長也輕輕動了一下眼角。

「要和小伙子見面還得要妳許可嗎？在中央聖堂的時候，妳要求跟值勤中的騎士長閣下見面時，我不記得曾經因為私情而拒絕過妳啊。」

「我才想說，我跟叔叔見面根本不需要法那提歐閣下的許可吧。說起來呢，如果想被男性騎士徹底打敗，那麼拜託叔叔不就可以了嗎？」

「哎呀，騎士長閣下不能算數喔。他是世界最強的劍士，對所有人留手本來就是理所當然。他甚至還賣人情給暗黑將軍呢。」

「哦，是這樣嗎？和我練劍時，叔叔總是渾身大汗而且相當認真喔。」

「……閣下！她說的是真的嗎？」

「說起來都是叔叔太寵這個人了……！」

愛麗絲與法那提歐同時看向旁邊。

但騎士長已經不在那裡了。

幾分鐘前貝爾庫利才站在那裡的地方，現在只有一團枯掉的野草沙沙地滾動著。

從下午六點開始的軍事會議，就受到擔任司儀的副騎士長法那提歐・辛賽西斯・滋，以及新加入陣營的整合騎士愛麗絲・辛賽西斯・薩提所發出的劍氣所影響，只能在極為緊繃的空氣下進行。

結束簡短自我介紹的愛麗絲，隨即迅速坐到準備在最前排的椅子上。

「……愛麗絲大人。」

坐在旁邊的艾爾多利耶畏畏縮縮地遞過裝有西拉魯水的杯子，愛麗絲一把抓過去後，一口

氣把冰涼又酸甜的液體喝光。長長呼出一口氣的她，好不容易才成功轉換心情。

話說回來——

擁有神器的上級整合騎士真的太少了。知道名字與長相的，大概就只有騎士長「時穿劍」貝爾庫利、「天穿劍」法那提歐、「霜鱗鞭」艾爾多利耶，以及「熾焰弓」迪索爾巴德。

再加上擁有「無聲」異名的謝達·辛賽西斯·推魯弗，以及非常年輕的少年騎士連利·辛賽西斯·推尼賽門似乎也有神器，但幾乎是首次見面的緣故，根本不知道他會使用什麼樣的劍技。總之以上的幾名再加上「金木樨」愛麗絲共七個人，就是上級騎士的總數了。

剩下來的九個人裡，包含直屬於法那提歐的「四旋劍」在內，全都是沒有神器的下級騎士。而且也可以看見極會鬧事，連貝爾庫利都拿她們沒辦法的見習少女騎士里涅爾·辛賽西斯·推尼耶特以及費賽爾·辛賽西斯·推尼奈的身影。現在是乖乖地坐在角落的椅子上，但誰也不敢保證她們到時候會不會上戰場。

總而言之，這僅有的十六個人，就是整合騎士團能投入這條絕對防衛線的所有戰力了。

另一方面，共有三十名左右的人界守備軍部隊長參加會議。雖然士氣不低，但一眼就能看出劍技的實力和整合騎士之間有很大的差距。愛麗絲等上級騎士就不用說了，就連下級騎士也可以連續跟他們三十個人比賽並輕鬆獲勝吧……

「——這四個月來，我們檢討過各種作戰……」

法那提歐不知不覺間就開始說起話來，而她的聲音也把愛麗絲的意識拉回到現實。

「結果得到的結論是，以目前的戰力要抵抗敵軍的總攻擊可以說相當困難。一旦被包圍，我軍就完全沒有勝算了。」

以天穿劍細長的劍鞘代替指示棒，法那提歐在設置於軍議場深處的地圖上某一點敲了一下。

「正如各位所見，盡頭山脈的這一側只有往四方擴散的十基洛爾草原與岩石地。要是被推進到這裡，再來就只能被五萬敵軍包圍並且殲滅。因此必須在這條連接東大門的，寬一百梅爾長一千梅爾的峽谷裡戰到最後。我們將在此處布下縱深陣，單純等待敵軍的突擊並削弱對方實力。這就是作戰的基本方針。到這裡有什麼問題嗎？」

立刻舉起手的人是艾爾多利耶。晃著淡紫色頭髮站起來的年輕人，以壓抑住平常那種紳士模樣的聲音問道：

「如果敵軍是只由哥布林與半獸人組成的步兵，那麼不管來五萬還是十萬都不成問題。但那些傢伙也知道這一點。所以敵軍裡面也有裝備了強大弓箭的食人鬼軍團，以及更加危險的暗黑術師團。要怎麼應付這些應該會從步兵背後發動的遠距離攻擊呢？」

「應對方式將會是危險的賭注……」

法那提歐暫停了一下，視線稍微瞄了愛麗絲一眼。愛麗絲不由得挺起背桿，聽她繼續說明下去。

「……即使是白天，陽光也照不到峽谷底部，所以地面是寸草不生。也就表示，空間神聖力相當稀薄。只要我們在開戰前把神聖力全部用盡，敵軍就沒辦法以強力的術式發動攻擊。」

法那提歐大膽的意見，讓眾騎士與部隊長產生一陣騷動。

「當然，我方也將無法使用術式。但我們原本就只有一百名左右的神聖術師。要是以術式互擊的話，神聖力的消費量應該是對方遠超過我們才對。」

法那提歐說的確實沒錯。但是——她的作戰有兩個問題點。

這時取代說不出話來的艾爾多利耶要求允許發言的，正是弓箭手迪索爾巴德。穿著紅銅色鎧甲的資深騎士，以沉穩的聲音發問：

「原來如此，副長閣下說的應該沒錯。但神聖術不只能用來攻擊。要是神聖力枯竭的話，不就連傷者的天命都無法回復了嗎？」

「所以我才說是一場賭注。我們已經把積蓄在中央聖堂寶物庫裡所有的高級觸媒與治療藥全搬到這座野營地來了。限定術式只使用治癒術，再加上藥品輔助的話，光靠觸媒就可以撐兩天……不對，是三天。」

聽見她這麼說，隨即響起超越剛才那一次的驚訝聲。說到中央聖堂的寶庫，大家都知道警衛森嚴的程度甚至還成為童話故事的題材。通常寶物只有被搬進去的份，這次應該是有史以來第一次被搬到外面來吧。

這時就連這名豪傑騎士，威嚴的臉上也浮現驚訝的臉色沉默了下來。等迪索爾巴德一邊發出低沉的沉吟聲並坐下後，愛麗絲就站了起來。

「還有另一個問題，法那提歐閣下。」

她決定暫且將剛才的爭論放到一邊，先提出第二個問題點：

「就算索魯斯與提拉利亞的恩惠再怎麼稀薄，峽谷也不是完全黑暗，而且也沒有與大地隔絕。我想那個山谷裡應該有長年累月積蓄下來的龐大神聖力。到底什麼人可以在開戰前這麼短的時間內把這股力量使用殆盡呢？」

這次換成法那提歐無法立刻回答了。

貫穿山脈的山谷確實比野營地後方的那片草原還要狹窄，但是寬度也有一百梅爾，長度甚至有一千梅爾。要讓充滿如此廣大空間的神聖力瞬間枯竭，必須要幾百名術者同時使用高等神聖術，但法那提歐剛才已經說過，守備軍裡沒有這麼多術者了。

或者由少數人使用足以產生天地變異的超大規模術式也可以耗盡神聖力，但擁有這種力量的，除了已經死亡的最高司祭亞多米尼史特蕾達與賢者卡迪娜爾之外，應該就沒有別人了。

但是副騎士長卻一邊用金褐色眼睛凝視著愛麗絲一邊用力搖了搖頭。

「妳錯了，的確是有。唯一有一個人能夠辦到這種事。」

「…………唯一一個人……？」

愛麗絲一邊呢喃，一邊環視守備軍成員。

但法那提歐接下來所說的，竟是完全出乎意料之外的名字。

「就是妳，愛麗絲・辛賽西斯・薩提。」

「咦……？」

「妳自己可能沒有發現，但妳現在的力量已經超越整合騎士的範疇。現在的妳，應該可以行使……足以開天闢地的真正神力。」

7

「上級整合騎士有那麼強大的力量嗎？」

坐在類似恐龍般的雙頭怪物所拖行的大型戰車上——說是戰車，其實只不過是沒有砲台也沒有履帶的箱型四輪車——身體跟著晃動的加百列．米勒如此問道。

即使是鋪著高級坐墊的長椅依然無法消除震動，但是跟士兵時期經常搭乘的布萊德雷步兵戰鬥車那種幾乎要把人殺掉的乘坐感比起來已經好太多了。大概就只是會讓放在邊桌上的紅酒杯發出啪嚓啪嚓拍打聲的程度。

從黑曜岩城出發到現在已經過了三天，雖然是現實世界裡未曾經歷過的長時間移動，但幾乎感覺不到疲勞。雖說這可能跟戰車的坐墊相當舒服無關，只是因為這裡是假想世界罷了。

加百列腳邊，慵懶躺在厚厚地毯上的妙齡美女，一邊撫摸纏著繃帶的右腳一邊點了點頭。

「他們的實力無庸置疑。這個嘛……在長達三百年的戰史裡，我們暗之術師與騎士從來沒有殺死過整合騎士——這麼說您能夠理解嗎？當然，反過來的情況可以說多如天上繁星。」

「唔……」

代替閉上嘴的加百列，在寬廣車廂牆邊盤腿坐著，抱著一瓶蒸餾酒的瓦沙克發出疑惑的聲音。

「但是蒂伊大姊啊。那群叫作整合騎士的傢伙真這麼強的話，為什麼沒有攻過來呢？」

暗黑術師總長蒂伊・艾・耶爾對瓦沙克露出更加艷麗的笑容，然後豎起食指說：

「問得好，瓦沙克大人。那些傢伙確實是能夠以一擋千的猛將，但怎麼說也只有一個人而已。只要在廣大空間被上萬名軍隊包圍，就有可能因為不斷受到一些小傷害而耗盡天命對吧？所以那群傢伙才會這麼卑鄙，絕對不會越過沒有被包圍危險的盡頭山脈。」

「哦……原來如此。就是防禦力再怎麼強的Ｍｏｂ，只要用簡單的ＤｏＴ傷害一點一點削除生命值，總有一天能夠打倒牠的意思……」

「什麼……？Ｍｏｂ……？」

人工搖光的蒂伊當然不會懂瓦沙克的比喻，這時加百列狠狠瞪了他一眼，才輕咳了一聲繼續說道：

「總而言之，只要把那些整合騎士拖到夠寬敞的戰場，就能夠加以包圍並殲滅對吧？」

「理論上是這樣。雖然哥布林和半獸人一定會出現超過萬名以上的犧牲者就是了……」

蒂伊發出「嗚呵呵」的笑聲，從放在地板上的銀杯裡拿起一個顏色刺眼的果實，接著同樣鮮紅的嘴唇以舔食般的動作將其含進嘴裡。

其實根本不用她說，步兵個體的損耗對加百列來說原本就無關痛癢。只要能夠擊破敵軍，就算包含眼前蒂伊在內的黑暗領域大軍全部犧牲，他也不會有任何怨言。這場戰爭在某種意義上，和Glowgen Defense Systems的戰術研究所裡日常舉行的戰術模擬練習沒有什麼兩樣。

越過成千上萬的屍體，以新支配者的身分君臨人界，對全土發出最初也是最後的命令。命令他們找出名為愛麗絲的少女並把她帶過來。然後在這個奇妙世界裡的任務就結束了。

一想到這裡，就覺得這口味有點獨特的紅酒讓人感到有點懷念。

加百特舉起玻璃杯，一口氣喝光濃紫色液體。

這個時候，「愛麗絲」浮現在靈魂獵人加百列．米勒腦海裡的模樣，在無意識中就和名字極為類似的首位犧牲者愛麗西亞．克林格曼那無垢、稚嫩且纖細的容貌重疊在一起。他認為愛麗絲一定是生活在類似故鄉太平洋帕利塞德的城市裡，而且是一名溫柔美麗——又柔弱無力的少女。

因此加百列才沒注意到某個可能性。

他完全沒有想到，追求的「愛麗絲」會以整合騎士的身分率領著敵軍。

皇帝旗不停飄動的指揮車排在最後方的長長隊伍，就這樣緩慢但確實地朝向西方邊境持續行軍。染著血色的遠方天空中，宛如鋸齒般尖銳的群山已經逐漸現出身影了。

移動開始的第四天，也就是十一之月七日。

黑暗領域軍的本隊來到一處山麓，從這個地方能夠看見即將崩壞的大門。寬廣的台地周邊，已經排滿了先遣部隊準備好的黑色帳篷。

咚咚隆。

咚咚隆。

撼動地面的重低音是來自於巨人族擊打的戰鼓。

在最後方指揮車的屋頂上，加百列無言地注視著原本排成一列的本隊，像被巨大心臟推動的無數血球一般整個散開的模樣。

打先鋒的第一連隊，是由哥布林的輕裝步兵大隊與半獸人重裝步兵大隊共一萬五千名所組成。他們配合貫穿盡頭山脈峽谷的寬度排成了縱隊。隊列的各處都配置了宛如攻城塔一樣高大的巨人，數量雖然不多只有僅僅五百名，但應該能發揮出主力戰車般的功效，援護戰場上的步兵隊伍吧。

亞人族後方的第二連隊，是由共有五千人的拳鬥士團與同樣為五千人的暗黑騎士團所組成。剛繼承暗黑將軍的年輕騎士可能是希望洗刷前代的汙名自願打頭陣，但加百列否決了他的要求。這是因為預測到騎士個體的整體士氣一定相當低落，所以要排除這種不穩定的要素。

第三連隊由食人鬼的弓兵七千，以及全是女性的暗黑術師團三千所組成。從步兵後方衝進峽谷，藉由遠距離攻擊殲滅敵軍就是他們的任務。據術師總長蒂伊所表示，就算距離遙遠，只要能目視構成敵人主力的整合騎士，就可以集中火力於一點來打倒他們。

老實說，加百列也不是沒有直接跟這些號稱無敵的騎士戰鬥，然後嚐嚐看這些靈魂的欲望。但要是因為意想不到的事故而失去這個高等帳號，那就偷雞不著蝕把米了。之後不論要生產多少Underworld人，也就是人工搖光都沒問題。目前還是要以捕獲「愛麗絲」並且脫離Ocean Turtle為優先目標。

登入到現在，內部時間已經過了八天，現實世界裡是將近十五分鐘左右。今後要完全支配人界，把搜尋愛麗絲的命令傳達到全世界應該要花上十天左右吧。考慮到這一點，就會希望盡快結束這場戰爭——最長也只能花整整一天就要把事情解決。

「唉～結果沒有我出場的機會嗎？」

身邊抱著已經不知道是今天第幾瓶威士忌的瓦沙克這麼抱怨著。瞄了他一眼後，加百列就用稍微辛辣的口氣指責他說：

「我都看到了。那個叫作夏斯達的將軍變成龍捲風時，你這傢伙丟下我率先逃跑了對吧。」

「嘿嘿，不愧是隊長，什麼都逃不過你的眼睛。」

瓦沙克一點都沒有愧疚的模樣，直接咧嘴笑了起來。

「哎呀，我從以前就專門負責ＰｖＰ。不擅長對付那種沒有實體的怪物啦。」

聽見部下說出這種不知道是認真還是開玩笑的藉口，加百列看了他一陣子後才簡短地詢問：

「瓦沙克，你為什麼自願參加這次的作戰？」

「你說的作戰是潛行到Underworld嗎？那當然是因為好像很有趣啦……」

「不是，我問的是在這之前。也就是襲擊Ocean Turtle的作戰。你雖然是GlowgenＤＳ的工作人員，但怎麼說也是專門負責網路作戰的吧。什麼動機讓你參加這種可能會吃真實子彈的任務？從你的歲數來看，也不可能是像漢斯與布里克那種從中東回來的傭兵吧。」

加百列難得會說出這麼長一段話，但他當然不是對瓦沙克・卡薩魯斯有什麼太大的興趣。只是忽然想到這個年輕人輕薄的態度底下究竟隱藏了些什麼。

瓦沙克輕輕聳了聳肩，回答了一句「都一樣啊」。

「這個問題的答案，也一樣是好像很有趣。」

「哦……」

「真要說的話，像你這種大學畢業的菁英分子跑到戰場來才更誇張呢。就算是有從軍的經驗也一樣。」

「我這個人是現場主義者。」

加百列一邊回答，一邊在內心呢喃著。

瓦沙克，對你來說什麼叫作有趣？是用槍射擊？還是……能夠殺人呢？

當他想著要繼續深究下去還是就此中斷對話時，掛在指揮車後方的梯子就傳來喀喀的高跟鞋聲音，接著暗黑術師公會總長蒂伊·艾·耶爾就出現了。

她恭敬地行了個禮，舔了一下嘴唇後就開始報告：

「陛下，全軍的配置已經完成了。」

「嗯。」

加百列放下翹著的腳，從暫時的皇座上站起來，朝著下方環視了一圈。

除了在前方展開陣形的三萬五千名主力部隊外，還有主要由哥布林與半獸人構成的預備軍一萬，以及商工公會的錙重部隊五千在指揮車左右兩側待機。

這支總數達五萬的軍隊，就是加百列擁有的全部兵力。所以如果喪失所有個體還無法攻破敵軍的防守，那就得從頭修正計畫了。屆時捕獲愛麗絲的可能性也將變得極其微小。

但根據偵查的龍騎士所表示，敵軍最多也只有三千人左右。也就是說只要能按照計畫排除整合騎士，就不可能會敗北。

「好，距離大門崩壞還有多久的時間？」

蒂伊保持低著頭的姿勢回答加百列的問題：

「大概還有八個小時左右。」

「那麼，在崩壞的一個小時前讓第一師團進入峽谷。在最靠近大門的地方分散部隊，等大門一崩壞就一起展開突擊。戰線往前推進之後，就投入第二、第三師團，一口氣殲滅所有敵人。」

「遵命。相信不用等到明天，陛下就能看見敵將的首級了。雖然很可能已經燒得焦黑就是了。」

蒂伊發出「呵呵呵」的微笑後，迅速對在背後待機的傳令術師下達指令，接著再次深深行了個禮並走下樓梯。

加百列從指揮車的車頂眺望著屹立在遠方的巨大石門。

雖然距離兩英哩以上，但是卻有種快要壓在自己頭上的重量感。那道門整個崩壞的時候，一定是相當壯觀的景象吧。

但是真正的饗宴要從那時候才開始。爆散並且消失的數千個靈魂，一定會放出筆墨難以形容的美麗光芒。躲在Ocean Turtle上軸的那群ＲＡＴＨ技術人員，應該會對無法在內部觀賞自己策劃的最壯觀場景而感到遺憾吧。

咚咚隆。咚咚隆。

咚、咚。咚、咚。

節奏加快的戰鼓，似乎更加強化了由數萬軍人所散發出來的飢渴與鬥志。

8

「那……桐人就拜託妳們了。」

愛麗絲依序凝視著兩名年輕少女的臉這麼表示。

初等練士，不對，應該說已經是一名正式劍士的緹潔・休特里涅與羅妮耶・阿拉貝魯挺起背桿點了點頭。

「好的，請交給我們吧，愛麗絲大人。」

「我們一定會好好保護桐人學長。」

剛回答完，緹潔就以左手，而羅妮耶則以右手用力握住新製輪椅的把手。

閃爍著銀灰色光輝的細長輪椅，是愛麗絲以術式將物資帳篷裡多出來的全身鎧甲改變形狀所製成。它比在盧利特使用的木製輪椅還要輕，而且也有足夠的強度。

但是坐在上面的桐人緊緊抱住的兩把劍所帶來重量就實在沒有辦法處理了。心裡雖然有點擔心兩名少女不知道能不能推動輪椅，但兩個人配合得天衣無縫，筆直地把輪椅推到愛麗絲面前。

這樣的話，就算接到立刻撤退的命令也不會落人後了。只不過，被逼得必須從峽谷撤退時，守備軍就等於是陷入遭到包圍殲滅的命運。

老實說，只要發現戰況略呈敗勢，就希望她們能帶著桐人逃向西方。但那也不過是把命運延後幾個月——不對，應該說延後幾週而已。

事先已經訂好計畫，只要守備軍敗北，保護盡頭山脈的四名騎士也將跟著撤退，然後一邊讓各地的城鎮與村子裡的居民避難，一邊將央都聖托利亞的城壁做為最後的防禦線。但這只是無謂的抵抗。那個美麗的都市以及石灰岩製成的中央聖堂，不久後就會遭到侵略軍蹂躪並燒燬。在盡頭山脈這個封閉的牆壁內側，眾人將無處可逃……

愛麗絲跪了下來，從同樣的高度下凝視著桐人的眼睛。

來到野營地的五天當中，只要有時間就會對桐人說話，甚至握住他的手與緊緊抱住他。但是到今天為止，都沒辦法讓他產生太大的反應。

「桐人……這可能是我們最後一次見面了。」

勉強保持著微笑的愛麗絲，對著黑髮年輕人這麼呢喃。

「叔叔說你可能是決定這場戰爭勝敗的關鍵人物。我也是這麼認為。因為這支守備軍就等於是你創造出來的啊。」

實際上，如果沒有桐人和尤吉歐，目前在東大門布陣的就是最高司祭亞多米尼史特蕾達與整合騎士團，以及由那種恐怖的巨劍魔像所組成的軍團了。

如果有兩三千個擁有強大戰鬥力的巨劍魔像，五萬的黑暗領域軍隊根本就算不了什麼。但那也等同於人界的滅亡。因為巨人的素材就是好幾萬名人界的居民。桐人他們犧牲了一條生命與一顆心，才防止了這樣的悲劇。

但是，貝爾庫利率領的人界守備軍就這樣敗北的話，人界依然會陷入不同形式的巨大悲劇當中。

「……我也會努力。會把你給予我的天命完全燃燒殆盡。所以……如果我被擊倒，以最後的力量呼喚你時，請一定要站起來拔出你的劍。只要你能醒過來，有幾千、幾萬名敵人都不是問題。你一定會再次產生奇蹟，守護人界……還有大家。因為你是……」

——打倒那個最高司祭的最強劍士啊。

在內心深處這麼呢喃後，愛麗絲就伸出雙手，用力抱緊桐人瘦削的身軀。

鬆開分不清是一瞬還是數分鐘的擁抱後，站起身的愛麗絲，注意到藍色眼睛裡晃動著複雜光芒的羅妮耶一直凝視這邊的視線。一開始不知道是怎麼回事的她眨了眨眼睛，但是馬上就了解是怎麼一回事。

「羅妮耶小姐。妳……喜歡桐人吧。」

一邊微笑一邊這麼說之後，嬌小的少女就用雙手遮住嘴巴，臉頰到耳朵附近也整個紅透了。她隨即伏下視線，以幾乎快聽不見的聲音回答：

「沒……沒有，我……怎麼配呢……我只不過是一名隨侍初等練士而已……」

「哪有什麼配不配的。羅妮耶小姐也是爵士家的繼承人吧？我是出生在邊境的小村子裡，而桐人則是連出生地都不清楚……」

羅妮耶忽然用力搖頭來打斷愛麗絲所說的話。

「不是的！我……我……」

緹潔伸出右手來，溫柔地支撐住雙眼積蓄著大大淚珠且聲音斷斷續續的羅妮耶。這時她紅葉色的眼睛裡也滿是淚光，接著以顫抖的聲音開始說道：

「愛麗絲大人……您知道桐人學長與尤吉歐學長犯下什麼樣的禁忌嗎？」

「嗯……嗯。聽說是因為在學院內發生爭執……最後殺傷了其他學生。」

半年前，當時什麼都不知道的愛麗絲依然是公理教會的尖兵。即使到了現在，她還是清楚記得自己接到元老院的逮捕令時那種震驚的感覺。因為就連在教會的史書裡，都沒看過央都的學院發生學生殺害學生這種重大的禁忌違反。

愛麗絲點頭後，緹潔又繼續追問：

「那麼……您知道學長們為什麼會犯下那樣的禁忌嗎……？」

「不……這我就不清楚了……」

當她搖頭時，耳朵深處忽然重新響起一道叫聲。

和桐人一起被拋到中央聖堂的外壁之後，他對著表示不需要罪人幫助的愛麗絲大叫了一段話……

「——就算禁忌目錄沒有禁止這麼做……但妳真的認為上級貴族就能夠隨心所欲地玩弄羅妮耶和緹潔那樣的無辜少女嗎！」

沒錯，我就是在那個時候聽到這兩個人的名字。

上級貴族，指的應該是桐人斬殺的學生吧。而被玩弄則是——

在瞪大雙眼的愛麗絲面前，緹潔以發抖的聲音開始說道：

「……萊歐斯．安提諾斯上級修劍士與溫貝爾．吉傑克上級修劍士，不停對我們的朋友芙蕾妮卡．歇絲基初等練士做出屈辱的命令。我們雖然對兩位修劍士提出抗議，但那個時候卻因為過於氣憤而使用了足以被判定為失禮行為的言詞。因此他們就發動了基於帝國基本法的貴族賞罰權……」

接下來的事情，光是回想也很痛苦吧。緹潔再也說不出話，而羅妮耶則是低著頭發出嗚咽聲。

想要她們別再說下去的愛麗絲正準備開口時，紅髮少女又勇敢地繼續開始說道：

「……當我們即將被施加難以忍受的懲罰時，桐人學長和尤吉歐學長就為了解救我們而揮了劍。如果我們聰明一點，就不會發生那種事了。學長他們就不會為了糾正法律而和教會戰鬥，也不會因此喪命了。我們……犯下了再也無法彌補的罪過。所以……就算臉皮再厚，我也不敢說自己喜歡學長……」

把心事全部吐露出來的緹潔，這時終於也流下眼淚。兩名年輕的少女抱在一起，低聲發出對這個年紀來說太過沉重的悔恨嗚咽。

愛麗絲一面咬緊牙根，一面抬頭看向採光用的小窗。

她自認為已經清楚占據著四帝國的上級貴族究竟有腐敗了。他們飽食終日、累積私財且荒淫無道。

但是過去的整合騎士愛麗絲，認為詳細知道這些罪過會讓自己也遭到汙染，所以故意不去注意這些貴族的所作所為。不論他們做什麼，只要沒有觸犯禁忌就沒關係——因為自己是被從神界召喚到這裡的法律守護者。她一直都是這麼深信不移。

但這種沉默的不作為才是罪過。雖然沒有違背桐人憎恨的禁忌目錄，但就是這樣才罪孽深重。跟什麼都沒做的自己比起來，眼前的兩名少女要勇敢多了。

愛麗絲深深吸了口氣，以灌注力量的聲音說：

「不，妳們錯了。妳們才沒有什麼罪。」

忽然迅速抬起頭的人是羅妮耶。雖然這名少女給人總是躲在緹潔背後的印象，但現在眼睛裡卻帶著強烈的光芒並大叫：

「愛麗絲大人……身為光榮整合騎士的愛麗絲大人不會了解！我們的身體被那兩個男人玩弄，尊嚴也被罪過汙染了！」

「身體只不過是心靈的容器。」

愛麗絲一邊回答，一邊以握住的右拳用力敲打胸口中央。

「只有心……靈魂才是唯一確實的存在。只有自己才能決定靈魂的模樣。」

愛麗絲閉上眼睛，把意識集中在自己的內面。

大約兩週前，盧利特村遭受襲擊，愛麗絲以心靈的力量——也就是心念力取回了失去的右眼。她當時就已經親身體驗到，只要堅定並專注地想著，就能夠不依靠術式讓肉體產生變化。但現在光是這樣還不夠。不光是肉體，必須用心念的力量讓身上的服裝也產生變化才行。應該辦得到才對。過去桐人不是展現給自己看過了嗎？拿著兩把劍和最高司祭亞多米尼史特蕾達對峙的他，身上那套和之前服裝完全不同的異國風黑色皮革長外套就在眼前不停飄動。

一定要恢復。恢復成在陌生的全白巨塔裡醒過來，為了消除喪失記憶的不安與寂寞，只能用厚厚冰層封閉自身心靈之前的愛麗絲。

——我也和妳們一樣喔，羅妮耶、緹潔。以人類的身分來到這個世界上，犯下許多過錯，背負巨大的罪過，然後現在來到這裡。如果說桐人和尤吉歐殺人是妳們的罪過……那麼在那之前，如果年幼的我沒有忘記禁忌而碰到黑暗領域的土壤，桐人他們根本就不用以來到央都為目標了。

沒錯，那就是我的罪過。就算沒有記憶，愛麗絲．滋貝魯庫也不是不認識的其他人，確確實實是過去的我。在盧利特村的日子告訴了我這一點。

即使閉上眼睛，也清楚知道有溫暖的白光正包圍自己的身體。

愛麗絲緩緩睜開眼睛。

由於她低著頭，所以一開始看見的是自己穿著的裙子。但那不是代表公理教會的純白色，而是像秋天的天空般清澈的藍色。

裙子上還有一件原色圍裙。黃金鎧甲與護手已經消失。把手往頭上伸去，指尖就碰到大大的緞帶。而且頭髮似乎也變短了一點。

一抬起頭，眼睛就和露出茫然表情的羅妮耶與緹潔相對。

「……看吧？身體和外表，只不過是心靈的附屬物罷了。」

當然這只是暫時性的變身。當集中的精神中斷的瞬間，就會恢復成原本騎士的模樣吧。但這樣應該能把愛麗絲、桐人以及尤吉歐的心意傳達給這兩名少女知道。

「沒有任何人能夠弄髒自己的心靈。在邊境出生的我，原本應該是以這種模樣長大才對。但是十一歲的時候，以罪人的身分被帶到央都，然後遭到術式刪除記憶並成為整合騎士。我也曾經詛咒過這樣的命運……」

愛麗絲所說的，是除了自己之外就只有整合騎士長貝爾庫利知道的重大祕密。但是她相信這兩個人應該能接受，所以又繼續表示：

「但是……桐人教會了我，即使是這樣我依然有辦得到而且應該去做的事。所以我已經不再迷惑。我決定接受自己並往前邁進。」

愛麗絲舉起雙手，同時緊握住羅妮耶與緹潔的手。

「妳們一定也有只屬於自己的，寬廣、漫長且筆直的道路。」

互握住的手上，滴落下幾滴的淚水。

順著少女臉頰滑下的淚，帶著與剛才完全不同的彩色，發出了極為美麗的光芒。

最後再次抱緊坐在輪椅上的桐人，把他交給羅妮耶與緹潔後，愛麗絲就走出帳篷。

結果艾爾多利耶就像早在外面等待一般跑了過來，說出了誇張的讚辭：

「哦哦，真是太完美了……看起來簡直就像是凝縮了索魯斯的光輝一樣……這才是吾師愛麗絲大人啊……」

「反正戰鬥個一個小時就會沾滿塵土了。」

愛麗絲冷冷地如此回應，低頭瞄了一眼自己的身體。

剛才的變身現象已經消失，黃金護胸與純白裙子反射陽光後發出炫目的光芒。如果能活著回來，就在哪個地方加上藍色布料吧，心裡這麼想的愛麗絲抬頭看向西方的天空。

索魯斯早已開始西下。大約再過三個小時左右，就會消失在地平線上。在那同時，東大門的天命也將消滅。三百年的封印終於要解除了。

能做的事都已經做了。

這五天裡，愛麗絲也參加了守備軍的訓練，發現士兵們的戰技已經被磨練到很難相信只經過半年的訓練。更驚人的是，所有士兵都學會了不存在於傳統流派的連續劍技。

一問之下，原來是副騎士長無私地教授眾人她耗費漫長歲月所鑽研出來的劍技。雖然最多只到三連擊，但對上只按照本能揮動蠻刀的哥布林與半獸人應該是相當可靠的武器。

當然，擁有獨特連續技的暗黑騎士對士兵們來說負擔還是太重了。包含似乎擁有更高速連擊的拳鬥士在內，都只能夠由整合騎士來對抗他們。

最重要的是，不能被一開戰應該就會湧過來的亞人族大部隊壓制，以及必須在受到最小的損害下撐過食人鬼的大弓與暗黑術師的遠距離攻擊。

作戰是能否成功的重任，現在就加諸在愛麗絲一個人肩上——

把視線從天空移下來後，就看見後方補給部隊為了準備最後的餐點而升起的好幾道炊煙。羅妮耶與緹潔應該已經快帶著桐人到那邊和他們會合了。

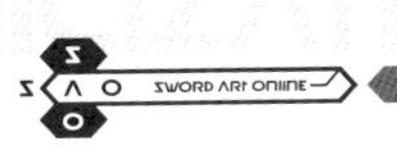

無論如何都要保護他們。

「愛麗絲大人，差不多了……」

聽見艾爾多利耶的聲音後點了點頭，接著愛麗絲為了轉頭而一隻腳往後退。但這時又停下腳步，把視線移到唯一的弟子身上。

「……怎……怎麼了嗎？」

凝視著青年騎士像是感到困惑而眨眼的臉，愛麗絲原本繃緊的嘴唇稍微放鬆了一些。

「……艾爾多利耶，一直以來你真的是盡心盡力在幫助我。」

「怎……怎麼忽然說這種話！」

愛麗絲把自己的右手輕輕放在啞然站在現場的騎士左手上，又繼續說道：

「你待在我的身邊，對我來說是很大的安慰。你是因為擔心我……才不選擇迪索爾巴德閣下那樣資深的男騎士，而選擇讓沒有太多實績的我指導對吧？」

「沒……沒這回事，我怎麼可能有那麼傲慢的舉動！我只是打從心底佩服愛麗絲大人的劍技……」

艾爾多利耶拚命搖頭否認，愛麗絲則一瞬間握緊他的手又放開，然後再次露出微笑。

「就是有你的支持，我才能在這條險峻的道路上一直走到今天。謝謝你，艾爾多利耶。」

說不出話來的年輕騎士，眼睛裡忽然冒出斗大的淚水。

「…………愛麗絲大人……為什麼要說……到今天呢。」

他以沙啞的聲音這麼問道。

「為什麼愛麗絲大人要用這種自己的道路好像要在這裡結束般的說法呢。您……您還沒有把所有的本事教給我啊。不論是劍技還是術式，我的實力都還跟您有天大的差異。接下來您還得一直、一直鍛鍊、指導我才行啊……！」

在他伸出不停發抖的右手快碰到自己之前——

愛麗絲忽然變成以嚴厲的聲音大喊：

「整合騎士艾爾多利耶·辛賽西斯·薩提汪！」

「是……是的！」

騎士的手倏然停止，擺出直立不動的姿勢。

「做為你的師父，接下來就是我最後的命令。你要好好活下去。活著見證和平到來，並且奪回你真正的人生與心愛的人。」

除了愛麗絲之外的所有整合騎士，「記憶的碎片」以及被變成劍的「心愛的人」都還是被封印在中央聖堂最上層裡。一定有方法讓它們恢復成應有的形狀，回到應該存在的地方。

對保持立正姿勢並無聲落淚的艾爾多利耶點了點頭，愛麗絲迅速轉過身子。金黃色頭髮與純白裙子直接撕裂秋天的冷空氣。

正前方可以看見沉浸在微暗當中的大峽谷與東大門。

接下來愛麗絲將詠唱過去未曾經驗過的超大規模神聖術。這全是為了將充滿山谷裡的神聖力一滴不剩地濃縮起來，藉此給予敵軍痛擊。

如果說錯一句術式——不對，應該說意識稍微有點不集中的話，濃縮的神聖力就會爆炸，讓愛麗絲整個人完全消失在這個世界當中。

但她完全不覺得害怕。這五天裡，已經以整合騎士的身分和貝爾庫利與法那提歐、艾爾多利耶等人度過了相當充實的時間，而且也以愛麗絲的身分在盧利特村和妹妹賽魯卡生活了半年。

更重要的是，遇見了桐人與尤吉歐，藉由跟他們交手而有了心靈上的交流，更因此了解了人類的感情——也就是悲傷、憤怒以及愛情。

自己還有什麼好奢求的呢？

愛麗絲高聲震響著鎧甲，一步一步筆直地走進等待開戰瞬間來臨的守備軍中央。

（Alicization invading 完）

後記

大家好，我是川原礫。目前是帶著猛烈的焦躁感寫著這篇後記。因為我在完全忘記還有後記的情況下又經過了相當長一段日子了！

呃～那麼重新謝謝大家閱讀這本《刀劍神域15 Alicization invading》。

上一集的「uniting」裡，即使打倒了教會的大魔王，也就是最高司祭亞多米尼史特蕾達，依然在「待續」的情況下結束，而本集的內容就是接下來的結果了……故事跳出人界這個範疇，將舞台移到廣大無邊的黑暗領域當中。現實世界裡也發生了亞絲娜等人所在的Ocean Turtle遭到襲擊，菊岡先生從浴衣換成夏威夷衫等充滿各種動亂的發展……

在這樣的情況下，下一集裡人界守備軍與黑暗領域軍的戰爭終於要開始了。從第9集就開始的Alicization篇也終於要朝著高潮一路猛衝，就請各位再多陪我一下吧！

關於我的近況嘛，就是我和負責插畫的ａｂｅｃ老師一起以來賓的身分參加了美國最大的動漫博覽會「Anime Expo」。雖然是第一次到洛杉磯（應該說也只是第二次到美國），不過發現城市越大活動會場確實就越大！而且擠滿整個會場的全美動畫迷所表現出來的熱情更是讓人嘆為觀止！

當然也有許多ＳＡＯ粉絲來到現場，讓我非常感動。同時也再次體認到，就是有從網路時期到電擊文庫，再由動畫化到遊戲化的十幾年來都持續支持著我的各位粉絲，才能讓ＳＡＯ這部作品成長茁壯到今天這樣的地步。

本書出版的時候，電視動畫的第二期應該已經開始播映了（註：此指２０１４年）。舞台雖然是和第一期完全不同的「槍的世界」，但是從導演到諸位配音員，都全力表現出槍戰的帥氣與絕對不變的ＳＡＯ感，也請大家多多支持動畫。

時間差不多快到了，謝詞就簡潔一點吧！幫本集不斷登場的大量新角色們繪製魅力十足外表的ａｂｅｃ老師、和我一起去ＬＡ的責編三木先生、我們不在的時候幫忙守護日本的副責編土屋先生，以及閱讀完本書的各位，真的很謝謝你們！

二〇一四年七月某日　川原　礫

加速世界 17

Accel World

川原 礫
插畫／HIMA

「明明是要衝入綠色軍團『長城』的根據地……為什麼會跑到泳池呢!?」

與「加速研究社」的戰鬥結束。
為Black Vice、Argon Array、Dusk Taker與Wolfram Cerberus，
甚至連災禍之鎧MK II也出現的死鬥劃下休止符的，
是獲得大天使梅丹佐加護的Silver Crow的「意念之力」。

在戰鬥時，春雪在梅丹佐帶領他抵達的Highest Level中，
稍微接觸到了「Brain Burst」製作出來的理由，以及超頻連線者存在的意義。

為了ISS套件事件的後續處理，透過第三次七王會議，
黑雪公主決定進行「黑暗星雲」團員強化，以及擬定
對白色軍團「震盪宇宙」的對策方針。
要挑戰「White Cosmos」，必須先與綠色軍團「長城」締結休戰協定。
於是春雪等人為了與七王之一「Green Grandee」交涉，
前往綠色軍團根據地——澀谷。
可是在重大局面之前，
黑雪公主等人不知為何竟然穿著泳裝出現在高級旅館的泳池中。
這是新的特訓，還是只是單純的遊憩活動呢!?

最令人蕩氣迴腸的次世代青春娛樂作品!!

熾烈的戰鬥結束後，
竟然突入戀愛喜劇的劇情!?禁斷的最新刊！

預定2015年6月發售!!

特報!!
漫畫／比村奇石、原作／川原 礫、角色原案／abec的《Sword Art Online 刀劍神域Progressive》漫畫版第一集預定於2015年6月發售!!

Kadokawa Light Novels

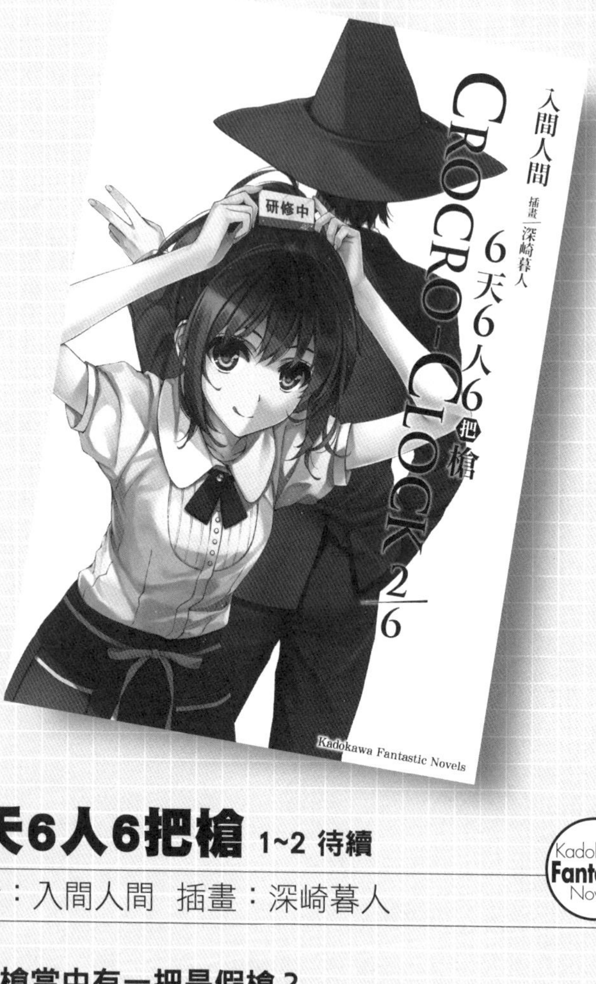

6天6人6把槍 1~2 待續

作者：入間人間　插畫：深崎暮人

六把槍當中有一把是假槍？
命運的俄羅斯輪盤開始轉動……

首藤祐貴在逃亡途中，和殺手木曾川相遇。小學生時本美鈴在尋找射殺對象時，遇上歌手二条終。陶藝家綠川圓子和徒弟準備舉辦個展。殺手黑田雪路和他要殺害的目標在極近距離下面對面。頹廢大學生岩谷香菜忽然想丟掉手槍。偵探花咲太郎依舊不靈光。

各 **NT$180/HK$55**

台灣角川

Kadokawa Light Novels

重裝武器 1~8 待續

作者：鎌池和馬　插畫：凪良

「可惡！不行，完全贏不了！」
不良士兵笨蛋兩人組，本次面臨前所未見的強敵！

這次的舞台位於遠東洋，也是OBJECT的誕生地，「島國」。因前所未有的強大OBJECT出現，讓笨蛋兩人組庫溫瑟及賀維亞陷入困境！而危機當中來到兩人身邊的，卻盡是些讓人不禁質疑是否真的有勝算的陣容……近未來動作故事再度展開！

台灣角川

各 **NT$180~280/HK$50~85**

©RYOHGO NARITA 2011

Kadokawa Light Novels

BACCANO!
大騷動!
1932-Summer
man in the killer
成田良悟
Ryohgo Narita
Kadokawa Fantastic Novels

BACCANO！ 大騷動！ 1~16 待續

作者：成田良悟　插畫：エナミカツミ

第九屆電擊遊戲小說大賞〈金獎〉之黑街物語！
當只求一死的少年遇見了不死者，騷動即將展開！

俗稱「碎冰錐湯普森殺人事件」的奇妙事件令全紐約市陷入恐懼，被害者均被碎冰錐狂戳致死。各大媒體爭相報導，警察則悄悄將矛頭對準了葛拉罕．史貝特這名不良少年。就在這時，造訪紐約的艾爾摩與葛拉罕相遇了……

各 **NT$180~260/HK$50~75**

台灣角川

Kadokawa Light Novels——

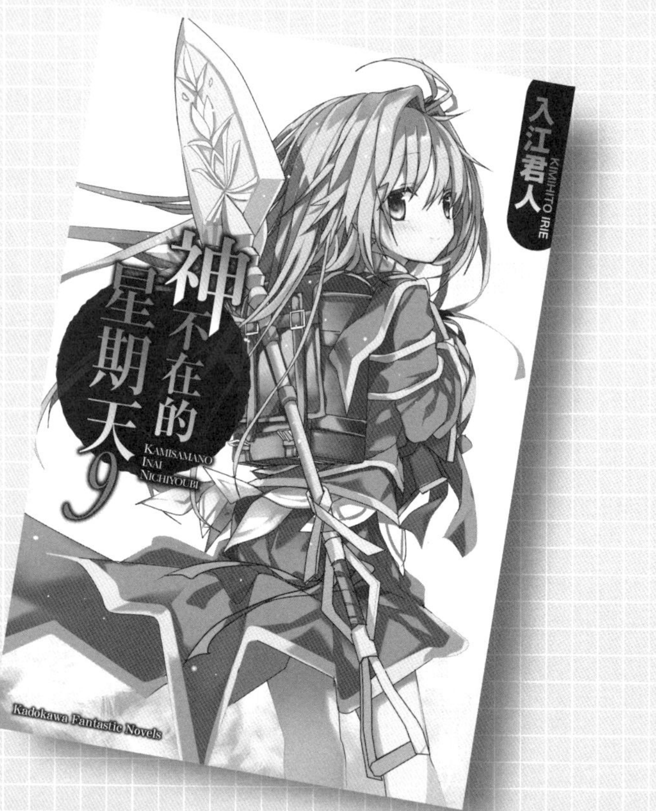

神不在的星期天 1~9（完）

作者：入江君人　插畫：茨乃

在世界末日相遇的少年與少女能否引發奇蹟？
守墓人艾希望的故事終將完結——

艾在星期六早晨死了。無論尤力、疤面、蒂伊還是巫拉，都各自以自己的方式接受了艾的死。艾接下來要以死者的身分接受埋葬還是要繼續待下去……她一直等著在沒有威脅的世界裡化為魔彈的艾利斯，以及在沒有邪惡的世界裡降臨的魔女的女兒——

各 **NT$180~220/HK$50~68**

台灣角川

Kadokawa Light Novels

奮鬥吧！系統工程師 1~10 待續

作者：夏海公司　插畫：Ixy

萌起話題的SE殘酷故事第十集，
短篇集第二彈登場！

被認為與員工福利無緣的駿河系統，這次居然要舉辦員工旅遊了！工兵滿心期待著溫泉及宴席等愉快的活動。但系統開發公司的員工旅遊，真能如此順利落幕嗎？除書名的副標章節，書中另收錄其他精選的短篇故事！

台灣角川

各 NT$180~200/HK$50~55

Kadokawa Light Novels

蘿球社！ 1~13 待續

作者：蒼山サグ　插畫：てぃんくる

跟小學生一起盡情揮灑青春的汗水！
第十三集本傳完結！

慧心與硯谷女子學園，終於開始進行正式比賽。面對六年級＆五年級的奮戰，硯谷也以全力應戰。在這種一進一退的白熱化發展之中，慧心女籃竟發生了意外事故……而硯谷不愧為一支強隊，但智花她們也有自己的武器！這場比賽到底會如何演變——？

各 **NT$180~220/HK$50~60**

台灣角川

國家圖書館出版品預行編目資料

Sword Art Online刀劍神域. 15, Alicization invading / 川原礫作 ; 周庭旭譯. -- 初版. -- 臺北市 : 臺灣角川, 2015.04

面 ; 公分

譯自 : ソードアート・オンライン. 15, アリシゼーション・インベーディング

ISBN 978-986-366-461-1(平裝)

861.57 104003096

Kadokawa Fantastic Novels

Sword Art Online刀劍神域 15

Alicization invading

（原著名：ソードアート・オンライン15 アリシゼーション・インベーディング）

2015年4月17日 初版第1刷發行
2023年6月7日 初版第10刷發行

作者：川原 礫
插畫：abec
日版設計：BEE-PEE
譯者：周庭旭
發行人：岩崎剛人
總編輯：蔡佩芬
副總編輯：朱哲成
美術設計：李思穎
印務：李明修（主任）、張加恩（主任）、張凱棋

發行所：台灣角川股份有限公司
地址：104台北市中山區松江路223號3樓
電話：（02）2515-3000
傳真：（02）2515-0033
網址：www.kadokawa.com.tw
劃撥帳戶：台灣角川股份有限公司
劃撥帳號：19487412
法律顧問：有澤法律事務所
製版：尚騰印刷事業有限公司
ISBN：978-986-366-461-1